AF222653

KARIN LINDBERG

Kein CEO ist
auch keine Lösung

ÜBER DAS BUCH

Nach herben Enttäuschungen in Sachen Liebe lässt Chelsea das Leben auf dem Gestüt ihrer Familie in England hinter sich und startet einen Neuanfang in Dubai.

Da Männer ihr gestohlen bleiben können, ist sie froh um ihren Job als Physiotherapeutin für Rennpferde.

Vierbeiner sind tausendmal ehrlicher als Männer!

Auf einer Party auf einer schicken Yacht vor der glitzernden Skyline will der charismatische Aidan sie abschleppen. Chelsea jagt ihn zum Teufel, denn ein selbstverliebter CEO ist das Letzte, was sie braucht!

Doch als ihr Lieblingshengst bei einem missglückten Rennen in Not gerät, springt ausgerechnet Aidan als Retter ein.

Dieser erklärte Herzensbrecher legt sich ziemlich ins Zeug, um sie zu beeindrucken. Ist das nur seine übliche Masche, oder sollte Chelsea sich überzeugen lassen, dass er es ernst meint?

KARIN LINDBERG

Kein CEO ist auch keine Lösung

Chelsea & Aiden
Liebesroman

Bibliografische Information der Deutschen Nationalbibliothek
Die Deutsche Nationalbibliothek verzeichnet diese Publikation in
der Deutschen Nationalbibliografie; detaillierte bibliografische Daten
sind im Internet über http://dnb.d-nb.de abrufbar.

Lektorat: Dorothea Kenneweg
Korrektorat: Ruth Pöß
Covergestaltung: Catrin Sommer – rauschgold coverdesign

Satz und Verlag: BoD · Books on Demand GmbH,
In de Tarpen 42, 22848 Norderstedt, bod@bod.de
Druck: Libri Plureos GmbH, Friedensallee 273, 22763 Hamburg

ISBN: 978-3-7693-8303-4

Prolog

AIDAN

Du solltest wirklich zu dieser Party gehen, Aidan.« Meine Assistentin stand im Türrahmen und fixierte mich mit diesem strengen Blick, den ich gar nicht leiden konnte.

»Roxy«, erwiderte ich und unterdrückte ein genervtes Stöhnen, weil ich insgeheim wusste, dass sie recht hatte. Das hieß allerdings noch lange nicht, dass ich tatsächlich bei diesem verdammten Event auftauchen würde.

»Du weißt, dass ich diese Art von Einladungen für reine Zeitverschwendung halte«, fügte ich an, aber ich wusste, damit konnte ich Roxy nicht überzeugen.

Sie hob eine Braue und trat zwei Schritte näher. Ihre hohen Absätze klackerten über das Parkett. Meine Assistentin sah super aus und traf bei der Klamottenauswahl immer das gewisse Etwas, aber das Beste an ihr war ihr Köpfchen. Sie war geistreich, klug und humorvoll – und überaus nervig, weil sie sich nicht von mir und meiner schlechten Laune beeindrucken ließ. Roxy und ich arbeiteten auf Augenhöhe, und das sollte auch so bleiben. Außerdem flogen zwischen uns keinerlei Funken, und dafür war ich dankbar, denn es machte unsere Geschäftsbeziehung um ein Vielfaches leichter. Sie war über die letzten zwei Jahre zu einer guten geworden, der ich zu einhundert Prozent vertraute, deshalb – und wegen ihrer fachlichen Qualitäten natürlich – kamen wir sehr gut miteinander aus.

»Letzte Woche hast du noch geheult, dass du mehr Netzwerken solltest«, erinnerte sie mich jetzt unnötigerweise an die Gründe, warum ich für heute Abend zugesagt hatte. Ein Zähneknirschen konnte ich danach nicht länger unterdrücken, denn ich bereute diese Entscheidung. Viel lieber würde ich weiter in meinem gediegenen Büro sitzen und über diesen Unterlagen brüten. Ich warf einen Blick aus dem Fenster auf die Skyline von Dubai. Tausende Lichter funkelten über der Stadt, ich liebte den Trubel, die vielen geschäftlichen Möglichkeiten und natürlich die unzähligen Sonnenstunden, die mir die Emirate schenkten. Es gab mehr als genug zu tun, und ich hatte keine Zeit zu verschwenden, schon gar nicht mit neureichen Langweilern und Blendern, die sich auf einer Yacht selbst beweihräucherten.

»Ich habe es mir anders überlegt«, gab ich deshalb knapp zurück.

Roxy zuckte nicht mit der Wimper. »Jetzt benimm dich nicht so, als wärst du sieben Jahre alt und hättest keine Lust auf deine Hausaufgaben. Was ist so schlimm daran, ein paar Stunden auf einem Luxusschiff zu verbringen, leckeres Essen zu genießen und Drinks zu schlürfen, während ihr über den Persischen Golf schippert?«

»Du kannst ja für mich hingehen, wenn du so scharf darauf bist«, gab ich zurück, obwohl ich wusste, dass ich mich, wie sie mir ja auch vorwarf, infantil benahm.

»Sei nicht albern, Aidan.« Sie hob ungeduldig die Schultern. »Mir ist es egal, was du machst. Ich wiederhole nur das, was du mir aufgetragen hast, weil du mein Gehalt bezahlst. Du kennst deine Schwächen sehr gut, deshalb willst du ja, dass ich dich an diesen Termin erinnere.«

»Ich und Schwächen?« Jetzt musste ich doch grinsen, weil sie es immer wieder schaffte, mich spielend leicht auf meine mir selbstauferlegten Pflichten hinzuweisen. *Wining and Dining* war nicht das, was mir Spaß brachte, aber hin und wieder musste ich mich auf dem gesellschaftlichen Parkett blicken lassen, um neue Kontakte zu knüpfen und bestehende zu pflegen.

Sie hatte mich nun tatsächlich überzeugt, dass ich mich heute nicht verkriechen konnte. Ich stand auf, dann strich ich die aufgekrempelten Ärmel meines weißen Hemdes nach unten und schloss die Manschetten, ehe ich in meine Anzugjacke schlüpfte.

»Endlich kommst du zur Vernunft. Ich dachte schon, ich muss heute die halbe Nacht auf dich einreden«, kommentierte Roxy trocken.

»Wenn man dir so zuhört, könnte man meinen, ich wäre ein unerträglicher Boss.«

Sie schaute mich mit diesem gewissen Funkeln in den Augen an, das mir verdeutlichte, dass genau das der Fall war. Roxy war taktvoll genug, um es nicht laut auszusprechen. Letztlich wusste ich selbst, dass ich manchmal anstrengend sein konnte. Aber meine Hartnäckigkeit war auch das Geheimnis meines Erfolges: Dass ich nicht lockerließ, dass ich gerne und viel arbeitete und dass ich gewissenhaft auswählte, mit welchen Menschen ich mich beruflich wie privat umgab, hatte mir ein Vermögen beschert. Trotzdem hatte ich keine Lust auf diese Party –, denn dort würde ich mit Sicherheit vielen Leuten begegnen, die mir allein durch ihr blödes Gelaber dermaßen auf die Eier gingen, dass mir jetzt schon der Hals eng wurde.

Roxy wusste vermutlich, was mir durch den Kopf ging, sie schenkte mir daher einen aufmunternden Blick. »Du schaffst das schon, Aidan. Fährst du selbst, oder soll ich einen Fahrer organisieren?«

»Danke, ich nehme meinen Wagen. Wir sehen uns morgen.«

»Ich wünsche dir keinen schönen Abend, weil du das vermutlich als Stichelei empfinden würdest. Wenn was ist, ruf mich nicht an.« Damit machte sie auf dem Absatz kehrt und verschwand in ihrem eigenen Büro.

Ich hatte keine klassische Vorzimmerdame, die für mich Kaffee holte und Schriftverkehr erledigte. Roxy war vielmehr seit zwei Jahren meine rechte Hand, die meine Gedankengänge nachvollziehen konnte und mich in meinem Tun unterstützte. Sie begleitete mich zu vielen Terminen und sorgte dafür, dass ich alles, was ich zu regeln hatte, auch wirklich erledigte. Denn das war eine ganze Menge. Wenn ich wollte, könnte ich vierundzwanzig Stunden am Tag arbeiten, ohne eine Sekunde Langeweile zu empfinden.

Ich hatte hart gekämpft, um da zu stehen, wo ich heute angekommen war. Dafür hatte ich eine Menge getan. Es war mir nicht schwergefallen, gewisse Opfer zu bringen, denn es war schlicht mein Lebensstil, die Dinge anzupacken und so lange weiterzumachen, bis ich meine Ziele erreicht hatte. Eben deswegen grauste mir jetzt schon vor den kommenden Stunden, in denen ich größtenteils mit Smalltalk und belanglosem Lächeln zu tun haben würde. Im besten Falle würde mir eine gut aussehende Frau über den Weg laufen, mit der ich im Anschluss an das Pflichtprogramm ein wenig Zerstreuung fand. Aber auch dabei musste ich aufpassen, bedauerlicherweise glaubten einige Damen nach einer Nacht mit mir, dass ich zu ihrem Traumprinzen mutieren könnte. Das passierte hin und wieder, obwohl ich jede meiner Gespielinnen im Vorfeld darüber aufklärte, dass ich ihnen eine der besten Nächte ihres Lebens zu schenken bereit war, aber niemals mehr. Leider kam es dennoch vor, dass sie guten Sex mit einer sich anbahnenden Romanze verwechselten.

Aber von mir gab es niemals rote Rosen am Morgen danach und auch kein zweites Date. Dafür war ich nicht geschaffen. Ich verließ mein Büro und stieg kurz darauf in meinen schnittigen Wagen, um zu diesem verdammten Termin zu fahren. Vielleicht geschahen ja noch Zeichen und Wunder und ich würde irgendwie darum herumkommen, mir den Abend mit langweiligen Gesprächen um die Ohren schlagen zu müssen. Aber an Wunder glaubte ich leider schon lange nicht mehr.

Eins

CHELSEA

Es war ein herrlich lauer Abend, die Musik war chillig, und ich genoss es sogar ein wenig, mich auf dieser Luxusyacht unter das edle Partyvolk zu mischen. Schon die Fahrt mit dem kleinen Motorboot, das uns von der Dubai Marina hinaus aufs offene Meer gefahren hatte, war spektakulär gewesen. Die eigentliche Partylocation war das Schiff irgendeines superreichen Oligarchen. Die Umgebung war märchenhaft, aber mein aktueller Gesprächspartner kam mir eher wie eine Witzfigur vor.

»Ist das ein Name? Ich dachte, Chelsea wäre ein Fußballverein«, spöttelte der arrogante Schnösel vor mir. Was zur Hölle?

Seinen Namen hatte ich schon kurz nach der Bekanntmachung vergessen, irgendwas mit Stephen oder Simon. Auf seinem gegelten Haar saß eine goldene Sonnenbrille. Vermutlich hielt er sich für die Krone der Schöpfung, denn genau so benahm sich der Kerl. Unerträglich.

Entweder war dieser Typ hohl oder schlicht unverschämt. Ich glaubte, dass beides zutraf. Gleichzeitig spürte ich, wie die Empörung weiter in mir rumorte. Ganz langsam, wie

Milch, die man auf der Herdplatte vergessen hatte, stieg Unmut in mir auf. Ich blinzelte und öffnete meinen Mund, aber ich sagte nichts, sondern schloss ihn wieder, weil ich meine Freundin Aria, mit der ich hergekommen war, nicht in Verlegenheit bringen wollte.

Aria hatte mich zu dieser exklusiven Party geschleppt, weil sie nicht allein hatte gehen wollen. Sie arbeitete als Tierärztin in einer Klinik, sie war auf Falken spezialisiert, die hier am Persischen Golf von den Reichen und Schönen als Sporttiere gehalten wurden. Falkenrennen war ein beliebter Zeitvertreib, nicht nur bei den Einheimischen. Für Aria war es ein ertragreiches Geschäft, aber sie war noch nicht lange in den Emiraten tätig und daher auf einen guten Leumund und Networking angewiesen.

»Chelsea«, hatte sie vor zwei Tagen am Telefon gebettelt. »Du kannst mir das nicht antun, Amir al Hammadi ist einer meiner besten Kunden, er hat direkte Kontakte zur königlichen Familie. Er besitzt mehr als zehn Falken und hat wichtige Freunde, ich kann seine Einladung nicht ablehnen. Außerdem sind dort viele Leute, die sich auch für dich als beruflich von Vorteil erweisen könnten.«

Tja. Damit hatte sie mich an der Angel gehabt, denn ich war alles andere als zufrieden mit meiner derzeitigen Einkommenssituation. Aber das hieß nicht, dass ich mich von strunzdummen Männern blöd von der Seite anlabern lassen musste. Und das Exemplar, das sich zu uns gesellt hatte, war schlicht nicht länger zu ertragen.

»Entschuldigt mich bitte für einen Augenblick«, sagte ich und ging davon, so langsam, dass es nicht aussah, als wollte ich fliehen. Aria musste ich nichts erklären, sie kannte mich gut genug, um zu wissen, warum ich das Weite suchte. Der Kerl war nicht der erste, der diese dämliche Namens-Anspielung von sich gegeben hatte. Was hatten sich meine Eltern seinerzeit wohl gedacht, als sie mich Chelsea genannt hatten?

Leider konnte ich sie nicht mehr fragen, denn sie lebten schon lange nicht mehr. Aber soweit ich wusste, waren sie keine Fußballfans gewesen, denn mein Name hatte eine tiefere Bedeutung für sie gehabt.

Ich stieß einen Seufzer aus und zupfte an meinem Kleid herum, während ich mich ins Abseits verkrümelte – was gar nicht so leicht war. Es waren irrsinnig viele Gäste an Bord dieser vierzig Meter langen Luxusyacht. Aus den Lautsprechern dröhnte Clubmusik, überall liefen Kellner herum, die Drinks und Snacks servierten. Wir waren vor einer Weile in einer Bucht vor Anker gegangen. Eine Flucht war also derzeit ausgeschlossen, denn ich hatte nicht vor, mich ins Meer zu stürzen. Zudem war ich keine gute Schwimmerin und fand das dunkle Wasser irgendwie gruselig. Nein, es kam nicht infrage, dass ich wie eine Meerjungfrau abtauchte. Durchatmen musste ich trotzdem.

Ich sah mich um und entdeckte eine Treppe, die nach unten führte. Unauffällig bewegte ich mich in diese Richtung. Als ich sicher war, dass mich niemand beobachtete, kletterte ich über die schmale Kette, die als Absperrung diente, und verschwand nach unten. Ich kam auf ein anderes, sehr kleines Deck, auf dem ich tatsächlich allein war. Von hier aus erreichte man die Plattform am Ende des Bootes, um schwimmen gehen zu können. Aber das war nicht mein Plan. Trotzdem fand ich die Idee, meine Füße ein wenig ins Wasser baumeln zu lassen ganz nett, deshalb zog ich die unbequemen Schuhe aus, stellte sie ab und betrat das Plateau.

Ich setzte mich und tauchte die Zehenspitzen ins Meer. Das Wasser war herrlich warm, dabei hatten wir bereits Anfang Oktober. Obwohl ich schon eine Weile in den Emiraten lebte, freute ich mich immer noch darüber, dass mich hier kein kalter Winter erwarten würde, wie zu Hause in England. Das Wetter war jedoch nicht der Grund gewesen, weshalb ich den Job auf dem hiesigen Gestüt angenommen hatte.

Aber daran wollte ich jetzt nicht denken, das würde mir nur schlechte Laune bescheren.

Ich schloss die Augen und genoss das Gefühl des Alleinseins. Die Musik war auch hier laut, aber nicht mehr so ohrenbetäubend wie auf dem Hauptdeck, wo sich die Partygäste tummelten.

Mein ruhiger Moment endete, als ich ein Prickeln im Nacken spürte. Mein Gewissen regte sich, während ich überlegte, wie ich mich herausreden könnte, falls ich »erwischt« werden würde. Die Kette hatte man ja sicher nicht zum Spaß an der Treppe befestigt. Ich erwartete, dass mir gleich jemand vom Personal erklären würde, dass ich hier nichts verloren hatte. Trotzdem bereute ich nicht, dass ich über diese Absperrung geklettert war.

Langsam zog ich die Füße aus dem Wasser und stand auf. Ich merkte, dass mein Kleid am Hintern ein wenig nass war, als ich es zurechtzupfte. Glücklicherweise war es schwarz, und hier unten war es dämmrig, daher war der Fleck vermutlich nicht zu sehen. Dann drehte ich mich um, obwohl ich nach wie vor nicht wusste, womit ich meinen unerlaubten Ausflug begründen sollte, falls man mich fragte.

Etwa zweieinhalb Meter entfernt von mir stand ein Mann im dunklen Anzug. In den Händen hielt er meine Pumps, aber das war nicht das, was mir den Atem raubte.

Die Beleuchtung war zwar spärlich, ich konnte dennoch erkennen, wie groß und breitschultrig er war, ohne bullig zu wirken. Er war athletisch gebaut und verdammt attraktiv. Gleichzeitig kam er mir mysteriös vor, warum konnte ich nicht genau sagen. Es war seine Ausstrahlung, die mich neben allem anderen über alle Maßen fesselte.

»Hast du überlegt davonzuschwimmen?«, wollte er jetzt von mir wissen, und seine Mundwinkel verzogen sich zu einem sinnlichen Lächeln. Seine Stimme klang dunkel. Gefährlich, aber nicht im Sinne von böse. Er wirkte wie ein

Mann, der es gewohnt war zu bekommen, was er wollte. Sein Blick war durchdringend und intensiv. So intensiv, dass mein Puls in die Höhe schnellte, während sich eine Gänsehaut auf meinem Körper ausbreitete.

»Sah es so aus?«, antwortete ich, es klang ein wenig atemlos. Mist.

Coolness im Kontakt mit Männern war noch nie meine Stärke gewesen. Leider.

Das Lächeln auf seinen sinnlichen Lippen intensivierte sich danach. O Gott. Meine Knie wurden weich.

Er wusste genau, welche Wirkung er auf mich hatte, und schien es zu genießen.

»In der Tat, so sah es aus. Und das finde ich äußerst sympathisch«, erwiderte er.

Sympathisch? Ich kniff die Augen zusammen. »Das musst du mir erklären.«

»Nichts lieber als das. Lass uns von hier verschwinden«, schlug er vor. »Ich rufe jemanden an, der uns abholt.«

Obwohl ich mir nicht sicher war, ob er scherzte, lag mir eine Antwort auf der Zunge, die absolut untypisch für mich war: Ich wollte Ja sagen und tatsächlich mit ihm abhauen. Ich überraschte mich heute selbst, dann so spontan war ich eigentlich nie.

Aber noch ehe ich diesen Satz formulieren konnte, meldete sich mein Verstand zu Wort. Das kannst du nicht machen, Chelsea. Er meint es sicher nicht ernst, und wenn, dann nur, um dich flachzulegen.

Ein Gefühl des Bedauerns spülte über mich hinweg. Wie konnte ich etwas bedauern, von dem ich gar nicht wusste, wie es sein würde? Vielleicht war er ja richtig schlecht im Bett?

Ich warf ihm einen verstohlenen Blick zu und musste beinahe selbst lachen über meinen kläglichen Versuch, mir das Verlangen auszureden. Männlichkeit strömte aus jeder Pore meines Gegenübers. Er war nicht nur groß, sondern äußerst athletisch gebaut und strahlte dabei eine wahnsinnige Selbstsicherheit aus, die mich faszinierte und anzog. Er war schlicht gesagt ultraheiß, und der Sex mit ihm wäre mit Sicherheit fantastisch.

Also nein, jemand wie er war ganz bestimmt nicht schlecht im Bett, ich würde auf das Gegenteil wetten. Trotzdem kam ein Abenteuer für mich nicht infrage, ich hatte mir schon einmal die Finger verbrannt, und diese Wunden waren nur äußerlich verheilt. Ich würde niemandes Spielzeug mehr sein. Nie mehr. Wobei man eine heiße Affäre vermutlich nicht mit der Beziehung zu meinem Ex vergleichen konnte, aber das Ergebnis wäre dasselbe. Das war der Punkt, der mich schlussendlich zur Vernunft brachte.

»Nein danke«, erwiderte ich daher leise, aber bestimmt.

Der Mann wirkte nicht beleidigt oder überrascht, er schien eher noch interessierter zu sein. »Zu schade.«

Für eine Sekunde herrschte Schweigen zwischen uns, während er mich weiter mit seinem durchdringenden Blick fixierte. Ich hatte meine Lippen geöffnet, um besser Luft zu bekommen. Für einen Moment glaubte ich, dass er noch einen Versuch wagen würde, um mich umzustimmen. Ich war beinahe enttäuscht, als er es nicht tat.

»Ich vermute, das sind deine Schuhe?«, wollte er dann wissen.

Zum Glück fing ich mich sehr schnell wieder und antwortete kess. »Gut kombiniert, Sherlock.«

Er grinste unvermittelt. Ach herrje.

Dieses Lächeln löste ein heißes Kribbeln in meinem Unterleib aus. Ich war sonst nicht übermäßig empfänglich für männliche Reize. Schon gar nicht auf Partys wie diesen, wo es nur darum ging, zu sehen und gesehen zu werden.

Warum hatte ich den Eindruck, dass er es ähnlich empfand? Dass er genau aus diesem Grund vorgeschlagen hatte, mit mir abzuhauen?

Nein, er wollte mich nur anmachen, erinnerte ich mich selbst, weil es zu leicht war, das zu vergessen, wenn er mich so betrachtete wie jetzt: neugierig. Hungrig, als wollte er mich nicht nur mit Blicken verschlingen.

»Okay, das ist angekommen. Ich möchte dich nicht belästigen.« Er hielt mir die Pumps hin. »Aber vielleicht verrätst du mir deinen Namen?«

Dagegen konnte ich nichts einwenden. »Chelsea.«

»Ah, Chelsea. Chelsea wie …« Er sprach den Satz nicht zu Ende, und ich hielt die Luft an.

Wenn er gleich denselben Spruch wie der Idiot von vorhin abließ, würde ich nie wieder auch nur einen Gedanken an ihn verschwenden, was ein Jammer wäre, aber …

»Chelsea, wie die Mutige. Chelsea, die Anmutige«, sagte er jetzt, und mein Mund wurde trocken. Damit hatte ich nicht gerechnet.

»Woher kennst du die Bedeutung meines Namens?«, wisperte ich und wusste, dass ich meine Mimik längst nicht mehr im Griff hatte. Vermutlich sah ich aus wie das berühmte Reh im Scheinwerferlicht.

Er drückte mir die Schuhe sanft, beinahe schon zärtlich in die Hand und sah mir tief in die Augen, was das Summen in meinem Unterleib nur verstärkte. »Wenn ich es dir verrate, gehst du dann mit mir aus?«

Verdammt, er war absolut charmant, und er wusste, welche Wirkung er auf Frauen hatte – mich eingeschlossen. Meine Alarmglocken schrillten. Ich hatte noch nie einen One-Night-Stand gehabt, aber mit ihm könnte ich es mir vorstellen.

Doch aus genau diesem Grund konnte ich meinem impulsiven Verlangen nicht nachgeben – ich war keine Frau für eine Nacht. So blöd es in meinem Kopf auch klang, ich wünschte mir trotz meiner schmerzhaften Vergangenheit eine echte, ehrliche Beziehung. Ich war und blieb eine hoffnungslose Romantikerin, die nicht aufhören wollte, an die wahre Liebe zu glauben.

»Ich denke nicht, dass das eine gute Idee ist. Nein, tut mir leid, daraus wird nichts.« Ich blieb standhaft. Unsere Blicke waren nach wie vor ineinander verhakt, als ob sich keiner von uns vom anderen lösen wollte. Ich konnte einfach nicht wegsehen, denn er war nun mal atemberaubend.

In diesem Moment hatte ich das Gefühl, dass ich die einzige Frau auf Erden war, für die er sich interessierte. Die Art, wie er mich ansah, erweckte in mir den Eindruck, außergewöhnlich zu sein, was ich überhaupt nicht begreifen konnte, denn es ergab keinen Sinn.

»Nicht doch, Chelsea. Ich halte es für eine ausgezeichnete Idee«, beharrte er und zückte sein Telefon.

Ich atmete zittrig aus.

»Gibst du mir deine Nummer?«, bat er mich dann.

»Geht das bei dir immer so einfach?« Ich zog meine Brauen zusammen und erwartete keine Antwort, weil es offensichtlich war.

Er neigte seinen Kopf und begriff offenbar nicht, worauf ich hinauswollte. Damit war meine Frage beantwortet. Klar. Der Typ war ein Womanizer. Er hatte vermutlich an jedem Finger mindestens eine Flamme. Nein. Ich wollte mich nicht auf jemanden einlassen, der mich einmal ausführte und dann ghostete. So offensiv, wie er nach einer Verabredung fragte, war genau das sein Muster. Wie hatte ich mich nur so von meinen eigenen Wunschvorstellungen davontragen lassen können? Für einen Mann wie ihn war ich ganz sicher nichts Besonderes. Er war nur sehr gut darin, Frauen aufzureißen, und um ein Haar wäre ich darauf hereingefallen.

Vielleicht war ich oberflächlich in meiner Bewertung. Aber seine teuren Klamotten und das Auftreten sprachen nicht dafür, dass er ehrlich an mir interessiert war. An einer aufregenden gemeinsamen Nacht womöglich schon, aber das kam für mich aus bekannten Gründen nicht infrage.

»Ich finde dich atemberaubend und würde dich gern von diesem Schiff entführen. Aber ich muss dich warnen, ich bin kein Märchenprinz, der mit dir auf einem Schimmel in die Abendsonne reitet. Wenn du mit mir kommst, dann verspreche ich dir allerdings, dass wir beide eine Menge Spaß miteinander haben werden«, beharrte er und entblößte dabei eine Reihe gerader weißer Zähne. Vermutlich war alles an diesem Mann perfekt. Zu perfekt für mich jedenfalls, redete ich mir ein. Außerdem war dieses Angebot einfach nur unverschämt!

»Ich habe kein Interesse, aber danke, dass du gefragt hast«, antwortete ich knapp und ging dann barfuß und mit den Pumps in der Hand an ihm vorbei. Mein Herz klopfte wie verrückt. Weil ich mich über ihn ärgerte, redete ich mir ein. Ich war versucht mich noch einmal umzublicken, aber widerstand dem Drang – denn eine Kerbe an seinem Bettpfosten wollte ich bestimmt nicht werden.

Als ich das Hauptdeck und die Party wieder erreicht hatte, begriff ich, dass er mir seinen Namen nicht gesagt hatte. Aber vielleicht war das auch ganz gut. So kam ich nicht in Verlegenheit, ihn in den sozialen Medien zu stalken. Denn eines war klar, der Kerl hatte das gewisse Etwas, und ein Teil von mir bereute, dass ich mich nicht auf ihn eingelassen hatte. Glücklicherweise hatten meine Hormone nicht gegen meinen Verstand gewonnen. Warum fühlte es sich dann nicht nach Sieg, sondern wie eine Niederlage an?

Zwei

AIDAN

Verdammt, wie viele Chelseas kann es in dieser Stadt geben?«, schimpfte ich und ließ mein Smartphone sinken.

Roxy saß mir gegenüber am Besprechungstisch und kritzelte etwas auf ihren Notizblock. »Bei einer Einwohnerzahl von ungefähr zehn Millionen dürfte die Wahrscheinlichkeit …«

»Hör auf«, unterbrach ich sie schroff. Meine Laune war absolut unterirdisch, und auf Witze konnte ich jetzt nicht eingehen.

»Warum willst du sie überhaupt finden? Hast du etwas bei ihr vergessen?« Roxy grinste. Natürlich wusste sie, dass Frauenkontakte bei mir üblicherweise zu Sex führten. Ich machte kein Geheimnis um mein Dating-Leben, aber auch kein Drama darum. Es war nicht Roxys Aufgabe, mich zu babysitten, doch schon allein wegen meines vollen Terminkalenders wusste sie meistens, wann ich wo und mit wem zu finden war.

»Schön wär's«, antwortete ich wahrheitsgemäß.

Seit der Party auf der Yacht war eine Woche vergangen, und ich bekam Chelsea nicht aus meinem Kopf. Vermutlich, weil sie die erste Frau war, die nicht gleich Ja zu einem Date gesagt hatte. Einen anderen Grund konnte ich mir nicht vorstellen, denn normalerweise verschwendete ich keinen zweiten Gedanken an eine flüchtige Begegnung.

»Schön wäre es? Das musst du mir erklären.« Roxy legte den Stift zur Seite.

»Da gibt es nicht viel zu erklären. Ich habe versäumt, mich nach ihrem Nachnamen zu erkundigen. Dazu kam es nicht mehr, nachdem sie mir einen Korb verpasst hat.«

»Dir? Einen Korb?« Roxy schaute zuerst ungläubig, dann lachte sie. »Das hätte ich gerne gehört.«

»Sei mal nicht so frech.« Obwohl sie meine Angestellte war, bestand ich nicht auf Förmlichkeiten, oder noch schlimmer, Unterwürfigkeit. Allerdings fand ich es gerade überhaupt nicht witzig, dass sie sich auf meine Kosten amüsierte.

»Ich kann mir gar nicht vorstellen, dass du jemals eine Abfuhr kassierst. Das hat wohl an deinem Ego gekratzt, hm?«

Vielleicht war es das. Natürlich! Mein männlicher Stolz war verletzt. »Genau. Darum muss ich sie finden, denn das kann ich nicht auf mir sitzen lassen.«

»Du klingst ja so, als wärst du von dieser Frau besessen.«

»Unsinn«, widersprach ich, aber innerlich hatte ich mich schon das ein oder andere Mal gefragt, warum ich ständig an sie dachte. Ich hatte unser Gespräch immer wieder durchgespielt und bislang nicht verstanden, was ich falsch gemacht hatte. Das nervte mich gewaltig, auch jetzt, aber ich wollte es vor Roxy nicht zugeben, deshalb brummte ich: »Lass uns weitermachen. Wir haben jede Menge zu tun.« Allmählich hatte ich die Schnauze voll davon, mir den Kopf über eine Frau zu zerbrechen, die mich abgelehnt hatte.

»Du hast die letzten zwanzig Minuten damit verbracht, nach einer Chelsea in Dubai zu suchen, nicht ich. Bist du sicher, dass sie hier lebt?«

Nein, verdammt, war ich nicht. Der Gedanke, dass Chelsea nur eine Touristin sein könnte und die Emirate womöglich längst verlassen hatte, machte mich kirre. »Es ist gut jetzt, Roxy«, ermahnte ich meine Assistentin. Ich atmete kurz durch und konzentrierte mich wieder auf die Arbeit. Wir saßen an einem wichtigen Projekt, einem Vorhaben in Palm Jumeirah, einem der neuen Baugebiete Dubais. Bedauerlicherweise fehlten ein paar Genehmigungen, ohne die wir nicht weiterkamen. Davon wollte ich mich jedoch nicht bremsen lassen. Diese Hürde würde ich meistern, wie jede andere auch.

Glücklicherweise betrat Luke gerade das Besprechungszimmer. Sein Imperium bildete die perfekte Ergänzung zu meinen Investments, da er als Bauunternehmer sehr erfolgreich war. Ich fand die besten Spots, und mein Freund kümmerte sich als mein Geschäftspartner um die Gebäude.

»Hallöchen«, grüßte Luke in die Runde. »Tut mir leid, dass ich zu spät bin, der Verkehr in der Stadt war mal wieder die Hölle.«

Ich winkte ab, weil ich kein Interesse hatte, Details über den Feierabendverkehr Dubais zu erörtern. Mir war sehr gut bekannt, dass die acht- bis zehnspurigen Hauptstraßen ab dem frühen Nachmittag bis in den Abend heillos verstopft waren. »Schon gut, lass uns anfangen.«

»Ja, viel Zeit haben wir sowieso nicht, wir müssen nachher noch zur Rennbahn.«

»Rennbahn?«, wiederholte ich.

Roxy atmete leise aus, aber ich hörte es trotzdem. Vermutlich hatte ich mal wieder einen Termin nicht auf dem Schirm. »Ihr seid zum Pferderennen in Abu Dhabi verabredet, es ist der Emirates Masters Cup. Ihr seid eingeladen und wolltet hingehen, weil wichtige Größen auch dort sein werden, mit denen ihr euch vernetzen solltet.«

Mist, das hatte ich wirklich vergessen. Also schon wieder ein Abend, den ich mir mit Networking auf dem gesellschaftlichen Parkett um die Ohren schlagen musste. »Meinetwegen«, knurrte ich und klappte meinen Laptop auf.

Luke und Roxy tauschen einen Blick, den ich gekonnt ignorierte. Die beiden verstanden sich wortlos und blind. Hin und wieder fragte ich mich, ob bei ihnen etwas in der Luft lag. Das Verhältnis von Roxy und Luke war immer professionell, und doch hatte ich schon ein paar Mal den Eindruck gehabt, dass es zwischen den beiden knisterte. Dann erinnerte ich mich, dass Roxy liiert war und Luke Beziehungen genauso verabscheute wie ich, und verwarf meine Spinnerei. Vermutlich dachten Fremde über mich und Roxy dasselbe.

Nach unserer Besprechung fuhr ich mit Luke in seinem Maserati nach Abu Dhabi zur Rennbahn. Wir brauchten zum Glück nur eine knappe Stunde, der schlimmste Feierabendverkehr hatte sich bereits aufgelöst, so dass wir halbwegs gut durchgekommen waren.

»Wir sind zu spät dran«, machte Luke mich trotzdem auf die Tatsache aufmerksam, dass wir vor gut dreißig Minuten hätten dort sein sollen.

»Die besten Gäste kommen zuletzt«, kommentierte ich mit einem Achselzucken.

»Ich denke nicht, dass das Sprichwort so lautet.« Luke warf mir einen spöttischen Blick zu.

Ich ließ es unkommentiert, denn meine Laune war noch immer mies. Und die Aussicht auf einen weiteren Abend mit Smalltalk inmitten von »wichtigen« Leuten stimmte mich nicht gerade fröhlicher.

Nachdem Luke seine Autoschlüssel dem Mitarbeiter des Valet-Parking überreicht hatte, schlenderten wir zu unserer Loge. Es war angenehm, ich schätzte um die fünfundzwanzig Grad. Schon auf dem Weg wurden wir von allen möglichen Unternehmern und einflussreichen Leuten angequatscht. Luke und ich hatten uns in den letzten Jahren einen Ruf erarbeitet. Wir waren gefragte Investoren und respektable Geschäftspartner. Luke glänzte mit seiner Kompetenz und Wortgewandtheit. Auch ich verhielt mich durch und durch professionell und konzentrierte mich auf jedes einzelne Gespräch, bis irgendwann ein Pferd von einer Pflegerin vorbeigeführt wurde, das in einem der nächsten Rennen starten sollte. Aber es war nicht der schwarze Hengst, der mein Aufsehen erregte, sondern die Frau, die sein Halfter hielt.

»Da brat mir doch einer einen Storch«, murmelte ich und merkte zu spät, dass ich das laut ausgesprochen hatte.

Luke warf mir einen fragenden Blick zu, den ich ignorierte. Dann sah ich mich noch einmal um, um mich zu vergewissern, dass es wirklich Chelsea gewesen war und nicht ein Hirngespinst, weil ich seit Tagen von ihr fantasierte. Leider war sie samt Pferd bereits um die Ecke verschwunden. Verdammt.

Einbildung oder Zufall? Ich war mir ganz und gar nicht sicher, aber in allzu naher Zukunft würde ich es bedauerlicherweise auch nicht herausfinden, denn meine Arbeit hatte Vorrang vor meinem Verlangen.

Drei

CHELSEA

Mir war unsäglich heiß. Schweiß lief zwischen meinen Schulterblättern und den Brüsten hinab, obwohl die Temperaturen heute angenehm waren. Meine Aufregung spielte wohl die größere Rolle, was kein Wunder war. Ich hatte alles gegeben in den letzten Wochen, das bevorstehende Rennen war unfassbar wichtig für meinen Schützling und mich. Der vierjährige Shadow war mein absoluter Liebling im Stall. Ich wusste, dass er das Zeug dazu hatte, ein Star zu werden. Ein Ausnahmehengst.

Aber er war auch kompliziert im Umgang. Temperamentvoll. Und schnell. Sehr schnell sogar. Deshalb war er zum Rennpferd ausgebildet worden. Seit sieben Monaten arbeitete ich täglich mit ihm, pflegte, umsorgte, ritt und trainierte ihn, um ihn auf seine hoffentlich lange und glorreiche Karriere vorzubereiten.

Aber er war ein Tier und keine Maschine, und ich war nicht sein Jockey, sondern nur seine Vertraute und Trainerin.

In der letzten halben Stunde hatte ich Shadow aufgewärmt. Wir befanden uns in einem Bereich, der für die Zuschauer nicht zugänglich war. Außer uns waren eine Menge anderer Pferde samt Betreuer unterwegs. Es duftete nach Pferdeschweiß und Heu – zum Glück hatte mein Deo noch nicht versagt, aber selbst das wäre mir egal. Alles, was gerade für mich zählte, war Shadows Befinden und sein Rennerfolg natürlich. Ich wünschte mir so sehr, dass er endlich zeigen würde, was in ihm steckte, und war guter Dinge. Heute war der Tag, an dem Shadow sein erstes, großes Rennen laufen würde. Von diesem Ergebnis hing viel für ihn ab.

Ich wischte mir mit dem Ärmel über die Stirn. Gerade kam sein Jockey angestiefelt. Er hieß Paul Dunnally und war in etwa so groß und schwer wie ich. Er arbeitete schon seit Jahren für das Gestüt al Meheiri, wo ich angestellt war. Dunallys Ruf eilte ihm voraus, er hatte unzählige Rennen gewonnen. Aber ich mochte ihn nicht, denn dem Jockey lag nichts am Wohl der Tiere, ihm ging es nur darum zu gewinnen – da war er meinem Onkel ähnlich, aber an den wollte ich jetzt ganz sicher nicht denken.

Ich hatte schon oft beobachtet, wie ruppig Dunnally mit den Pferden umging, und verstand nicht, warum er mit ihnen arbeitete, wo er sie doch nicht schätzte. Diese Tiere waren so besonders und kostbar, und damit meinte ich nicht den monetären Wert. Aber Paul Dunnally ging es nur um eines: das Gewinnen brachte Kohle. Alles andere war ihm schlicht egal.

Ein mulmiges Gefühl breitete sich in meiner Magengrube aus, während ich Shadow so hielt, dass Dunnally aufsteigen konnte. Es wird alles gut, Chelsea, sagte ich mir. Es war sicher nur meine Aufregung und keine Vorahnung, die mir diese leichte Übelkeit verursachte.

Der Jockey war routiniert und ruhig, er nahm sich sogar ein paar Sekunden, um Shadow halbherzig zu begrüßen. Für ihn war Shadow kein Freund wie für mich, sondern ein Vieh, das schneller als die anderen laufen sollte, um ihn zum

Sieger zu machen. Die Wetten auf ihn standen gut, obwohl Shadow nicht als Favorit ins Rennen ging.

Der Hengst war nervös, er tänzelte, seine Nüstern waren groß, ebenso wie seine Augen. Den Kopf hatte er hochgereckt, was immer ein Zeichen dafür war, dass er unter einer immensen Anspannung stand. Natürlich war er sehr sensibel, das brachte schon die Rasse Arabisches Vollblut mit sich. Aber er war nicht dafür bekannt, dass er übermäßig flatterhafte Nerven hatte. Das Flutlicht sollte ihm nichts ausmachen, das kannte er vom Gestüt, ebenso die Starterboxen. Kein Pferd mochte die gerne, doch Shadow hatte nie Probleme damit gehabt, ich musste mir keine Sorgen machen. Es war die Stimmung auf der Rennbahn, die unterschwellige Anspannung aller Menschen und Tiere, die dazu beitrugen, dass ich mir Sorgen machte. Lautsprecherdurchsagen, Rufe, Klatschen, lästige Fliegen, die feuchte Wärme, all das spielte zusammen. Nicht auszudenken, wenn Shadow sich unter Dunnallys Fittichen zu Dummheiten hinreißen ließe. Shadow tänzelte unruhig hin und her, ich redete kurz beruhigend auf ihn ein, erst dann schwang sich Dunnally auf seinen Rücken. In genau diesem Moment stieg Shadow auf die Hinterbeine. Das kam unerwartet für mich, aber ich hielt den Hengst und verhinderte somit Schlimmeres. Der Jockey war ein sehr guter Reiter und hatte keine Probleme, sich so auszubalancieren, dass er nicht stürzte.

»Verdammter Gaul«, schimpfte der Mann und warf mir einen finsteren Blick zu, als könnte ich etwas dafür, dass Shadow nervös war. Aber mein Liebling war nicht der Einzige, auch andere Pferde waren unruhig und wurden herumgeführt, um sie zu besänftigen, während die Jockeys bereits auf deren Rücken saßen und man auf das Signal zum Eintritt in die Startboxen wartete.

Mit Shadow machte ich es genauso, es war ja nicht mein erstes Rennen, das ich begleitete. Obwohl ich erst achtundzwanzig Jahre alt war, brachte ich mehr Erfahrung mit als viele andere. Mir lag es im Blut, ich war mit Pferden aufgewachsen.

Und eigentlich sollte ich gar nicht hier sein.

Aber das war eine andere Geschichte, für die ich jetzt keine Zeit hatte, weil Shadow meine Aufmerksamkeit forderte. »Ist gut«, redete ich auf ihn ein, nachdem er sich vor einer Lautsprecherdurchsage erschreckt hatte und zusammengezuckt war. »Alles in Ordnung, das wird schon, mein Großer.«

Ich merkte, dass Dunnally mich missbilligend ansah, aber das war mir egal. Alles, was für mich zählte, war Shadows Wohlbefinden und dass er bei diesem Rennen gut abschnitt. Der Eigentümer des Gestüts, ein ultrareicher Emirati, förderte nur Spitzenpferde. Wer nicht funktionierte, flog raus. Zweite Chancen gab es nur selten.

Aus diesem Grunde kamen unzählige Sieger aus diesem Stall, und ich hoffte inständig, dass Shadow dazugehören würde. Wenn nicht heute, dann hoffentlich bald. Mit seinen vier Jahren hatte er zwar noch viel Zeit, aber nur diese eine Chance für den ersten Eindruck.

In den folgenden Minuten versuchte ich meine eigene Anspannung zu unterdrücken und gab alles, um Ruhe auf Shadow zu übertragen. Bis er endlich in der Startbox Nummer sieben stand, klebte mein Poloshirt nass an meinem Rücken. Der Schweiß lief in Strömen über mein Gesicht.

Ich warf meinem Lieblingspferd einen sehnsüchtigen Blick hinterher und wünschte mir, dass ich es sein könnte, die auf seinem Rücken saß. Paul Dunnally mochte vielleicht von vielen Erfolgen gekrönt sein, aber er kannte Shadow nicht so gut wie ich. Der Hengst war sensibel und wollte gefallen – aber eben nicht jedem.

Bitte, flehte ich stumm und wusste nicht einmal genau, wofür ich überhaupt betete. Hauptsache, er kommt nicht als

Letzter durchs Ziel, dachte ich, während ich in den Bereich der Anlage ging, die den Betreuern der Pferde vorbehalten war. Hier würde mir Shadow nach dem Rennen wieder übergeben werden. Ich würde ihn in Empfang nehmen, ihn füttern, absatteln und das übrige Programm absolvieren, ehe es zurück in den Stall ging. Bis dahin musste ich mit den Bildschirmen vorliebnehmen, um zu verfolgen, wie er sich machte. Mein Herz pochte wild.

Es dauerte nur noch wenige Sekunden. Meine Anspannung wuchs ins Unermessliche. Die Klappen flogen auf, und die Pferde schossen auf die Rennbahn hinaus. Hufschläge donnerten über den Boden, das Vibrieren konnte ich förmlich spüren. Meine Hände waren eiskalt und klamm, Blut rauschte in meinen Ohren. Ich atmete flach.

Shadow hatte einen guten Start hingelegt, er war nicht führend, aber auch nicht Letzter. In der ersten Kurve machte er einen Platz gut. *Yes*! Ich hielt die Luft an und war unglaublich stolz auf meinen Schützling. »Bitte, bitte«, murmelte ich und konnte den Blick nicht abwenden, obwohl ich die Spannung kaum ertragen konnte.

Und dann geschah das Undenkbare. Shadow verließ seine Spur und fing an zu bocken. Paul Dunnally hatte den Hengst rasch wieder im Griff, aber ein anderes Pferd kollidierte mit Shadow. Der Moment war schnell vorbei, aber nach wenigen Galoppsprüngen verfiel mein Lieblingshengst in einen unrunden Trab, anstatt weiter zu galoppieren.

»Nein, o nein, o nein«, stieß ich entsetzt hervor, und mein Herz blieb für einige Sekunden stehen. Das war unmöglich. Doch nicht Shadow!

Ich rannte los, aber ich durfte nicht in den Zielbereich der Rennbahn. Die Wartezeit kam mir wie eine Ewigkeit vor.

Es gewann natürlich ein anderes Pferd – Shadow trottete als Letzter ins Ziel. Das Schlimmste aber war, dass er lahmte. Mir war so elend zumute, er tat mir so leid. Was für ein Albtraum!

Hoffentlich hatte er sich zu alledem nicht auch noch ernsthaft verletzt. Ich wollte nicht daran denken, was das für ihn bedeuten könnte. Nein, nein, es würde sicher alles gut werden.

Die Zeit, bis ich Shadows Zügel in die Hände bekam, erschien mir unendlich. Paul Dunnally fluchte in einem fort über den »blöden Gaul«. Natürlich gab er dem Hengst die Schuld für diese Blamage.

Ich brachte keinen Ton hervor, während ich Shadow davonführte, um ihn zu untersuchen. Ich war keine Tierärztin, aber hatte mir über die Jahre eine Zusatzqualifikation in Pferdephysiotherapie und Chiropraktik angeeignet. Vielleicht hatte er sich doch nur vertreten. In ein paar Tagen war er hoffentlich wieder fit. Das würden wir natürlich abklären lassen, sobald er in seiner Box auf dem Gestüt war. Ich hoffte nach wie vor das Beste.

Ich war jedoch alles andere als glücklich mit dem Ausgang des Rennens und fragte mich, was Shadow dazu gebracht hatte, den Fokus zu verlieren. Warum hatte er gebockt? Während ich ihm etwas Hafer gab und seinen Körper mit einem Tuch abrieb, um den Schweiß zu entfernen, hörte ich Dunnally mit jemandem telefonieren. »…kein Potenzial, der Gaul muss weg …«

Mir wurde eiskalt. Meine Kehle war wie zugeschnürt. Ich konnte nur hoffen, dass ich mich verhört hatte.

»Chelsea? Bist du es wirklich?«, sprach mich jemand an. Diese Stimme kannte ich irgendwoher, konnte sie aber zunächst nicht zuordnen.

Ich hob meinen Kopf und sah über Shadows Rücken hinweg in die Richtung des Sprechers. »Du?«, stieß ich hervor, als ich erkannte, wer wenige Meter entfernt von mir stand. Es war der Traumtyp von der Yacht. Er trug wieder einen maßgeschneiderten Anzug. Wie seltsam, ihm hier zu begegnen. Heute hätte ich zuletzt mit ihm gerechnet. Nicht, dass ich überhaupt an ihn gedacht hatte.

Was machte er hier? Einen Zufall würde ich ausschließen, denn sein Outfit wies nicht darauf hin, dass er mit Pferden zu tun hatte. Gleichzeitig war ich nicht so naiv zu glauben, dass er mich gesucht hatte. Obwohl ein Teil von mir die Idee romantisch fand, aber das Szenario hatte ich ja schon einmal durchgespielt. Nur, weil ich die Hoffnung auf ein Märchen nicht aufgegeben hatte, hieß das noch lange nicht, dass es tatsächlich wahr wurde.

»Ich würde gerne behaupten, dass ich alle Hebel in Bewegung gesetzt habe, um dich wiederzufinden, aber das stimmt nicht«, erklärte er und kam langsam um Shadow herum auf mich zu.

»Vorsicht, der Hengst mag nicht jeden«, warnte ich ihn, weil es zutraf. Vor allem nach diesem stressigen Rennen wollte ich ein weiteres Missgeschick vermeiden.

»Ich mag ihn«, erklärte der Fremde. Sein weißes Hemd saß tadellos, und die obersten zwei Knöpfe waren geöffnet. Eigentlich stand ich nicht auf Typen in maßgeschneidertem Zwirn, aber bei ihm war es anders. Das lag vermutlich nicht an seinen Klamotten, sondern an dieser mysteriösen Ausstrahlung, die meinen Körper in Schwingung versetzte. Sein braunes Haar war ein wenig zu lang, aber ordentlich frisiert. Es war ein erfrischender Kontrast zu der perfekten Kleidung.

»Ich bin mir nicht sicher, ob du hier sein darfst, nur autorisiertes Personal hat Zutritt«, warnte ich ihn, aber meine Stimme klang nicht so selbstsicher, wie ich es gern hätte.

»Ich habe neulich vergessen, mich vorzustellen, das möchte ich jetzt nachholen, Chelsea. Ich habe einen schlechten Eindruck bei dir hinterlassen, dafür möchte ich mich entschuldigen. Mein Name ist Aidan Montford, bitte entschuldige, dass ich das letzte Woche nicht schon gesagt habe.«

Aidan Montford. Wow. Der Name passte zu ihm. Er war ganz und gar nicht alltäglich, ebenso, wie der gesamte Mann etwas Besonderes war. Sein Name an sich sagte mir nichts, aber das musste nichts bedeuten, denn ich verfolgte keinen Promi-Klatsch. Dass er zur besseren Gesellschaft gehörte, war jedoch eindeutig, dazu musste ich nicht Google oder sonst wen befragen.

»Schön, dich kennenzulernen, Aidan«, erwiderte ich schließlich, weil mir nichts Geistreicheres einfiel.

»Die Freude ist ganz meinerseits, Chelsea. Als ich dich vorhin entdeckt habe, konnte ich meinen Augen kaum trauen. Ich hatte nicht damit gerechnet, dir hier über den Weg zu laufen, umso glücklicher bin ich, dass der Zufall uns zusammengeführt hat.«

Warum sagte er das? Er klang so aufrichtig, dass mein Magen Achterbahn fuhr. Ich wollte etwas Schlagfertiges erwidern, aber nach dem missglückten Rennen und Shadows Lahmheit war ich emotional zu angeschlagen, um tiefgreifende Gespräche führen zu können.

»Was kann ich für dich tun?«, war daher das Beste, was mir einfiel. Gleichzeitig wurde mir bewusst, wie ich aussehen musste: verschwitzt und abgekämpft. Das Licht hier war auch nicht gerade vorteilhaft, und ich konnte nur hoffen, dass Shadows Pferdeduft meinen Schweißgeruch übertünchte. Ich brauchte dringend eine Dusche.

»Ich lasse mir nicht gern zweimal einen Korb geben.« Er grinste spitzbübisch, was ihn noch attraktiver wirken ließ. Es kam mir so vor, als ob er das nicht oft tat: lächeln.

Vielleicht war es kitschig, ganz sicher hoffnungslos, denn ich wünschte mir in diesem Moment nichts sehnlicher, als alle seine Geheimnisse zu ergründen.

Ich schaute ihn an und verlor mich für einige Sekunden in Aidans dunklen Augen.

»Trotzdem wage ich einen weiteren Versuch: Würdest du mit mir ausgehen, Chelsea?«

Ich seufzte. »Das ist jetzt kein guter Zeitpunkt, tut mir leid.«

»Klar, natürlich. Das verstehe ich. Dann gib mir deine Nummer, dann können wir in Ruhe telefonieren.«

Menschenskinder, der Typ war echt hartnäckig. Mir fiel kein Grund ein, warum er mich unbedingt kennenlernen wollte. Ich war kein heißer Feger. Auf dem Schiff hatte ich ein sexy Kleid getragen, ja, aber heute stand ich in Stallkleidung und Stiefeln vor ihm und bot vermutlich einen erbärmlichen Anblick. Ich war verschwitzt und alles andere als hübsch frisiert. Ehe ich etwas erwidern konnte, trat mein Boss in den Stall, und ich hielt den Atem an. Er war ein korrekter Typ, der seine Angestellten fair behandelte, aber von jedem das Beste forderte.

»Was war da los, Chelsea?«, wollte Suleiman al Meheiri ohne Umschweife von mir wissen. Er beachtete Aidan gar nicht. »Du hast mir versichert, dass Shadow das Zeug zum Sieger hat.«

Ich fühlte mich schrecklich, nicht nur, weil Aidan mitanhören musste, wie ich vom Eigentümer des Gestüts zur Schnecke gemacht und meine Kompetenz infrage gestellt wurde. Vor allem tat es mir für Shadow leid, ich hatte auf einmal ein sehr schlechtes Gefühl, und mein Mut sank.

»Ich bin mir sicher, dass Chelsea recht hatte«, warf Aidan ein, und am liebsten würde ich im Erdboden versinken. Ich konnte gut für mich selbst sprechen.

»Und Sie sind?«, wandte mein Chef sich an Aidan.

»Aidan Montford, freut mich.« Er und Suleiman al Meheiri tauschten einen Händedruck aus. Aidan setzte das Gespräch auf Arabisch fort, was mich überraschte. Bedauerlicherweise verstand ich kein Wort.

Ich betrachtete Aidan verstohlen und fragte mich, wann und wo er das gelernt hatte. Sein Name klang nicht, als hätte er arabische Wurzeln, außerdem trug er nicht die landestypische, weiße Kleidung. Sein Aussehen, die schwarzen Haare und dunklen Augen, könnten allerdings darauf hinweisen. Der Mann war mir ein Rätsel, noch weniger begriff ich, worüber sich die beiden unterhielten.

Aidan zückte sein Telefon und fuhr auf Englisch fort. »Geben Sie mir eine Minute.«

Er ging ein paar Schritte und führte ein Telefonat, dessen Inhalt ich nicht hören konnte, dann kehrte er zurück und streckte dem Emirati die Hand hin. Bedauerlicherweise wechselte er jetzt wieder ins Arabische, aber ich konnte »Lundström« verstehen.

Ich wagte nicht zu sprechen, oder zu atmen. Irgendetwas war hier passiert, was ich nicht einordnen konnte.

Lundström. Der Name sagte mir was. Aber hatte er nicht gesagt, er hieße Montford?

Aidan schaute mich an und nickte mir zu, er lächelte nicht, doch seine Mundwinkel waren leicht nach oben gebogen.

»Wunderbar, alle Probleme gelöst, so mag ich das«, sagte Suleiman al Meheiri zufrieden. Dann verließ mein Boss den Stallbereich, ohne ein weiteres Wort an mich zu verschwenden, was mich gehörig irritierte und noch weiter verunsicherte.

»Was habt ihr besprochen? Ich kann kein Arabisch«, platzte ich heraus, in Erwartung einer Erklärung. Ich sah zu Aidan auf, und mein Herz pochte wild in meiner Brust. Was würde er mir gleich mitteilen?

Vier

AIDAN

Der Hengst stieß ein Schnauben aus, während die Stille um uns herum immer lauter wurde. Ich verstand nicht, was ich eben getan hatte. Und auch nicht, warum. Chelsea stand vor mir, schaute mich mit weit aufgerissenen Augen an und wartete ganz offensichtlich auf eine Erklärung.

O Mann. Sie war einfach hinreißend. Am liebsten würde ich ihr an Ort und Stelle die Klamotten vom Leib reißen und meine Lippen auf ihre pressen. Ich wünschte mir, der Grund zu sein, dass sie so verschwitzt und mit geröteten Wangen vor mir stand. Ein lustvolles Ziehen regte sich in meiner Hose, das ich ignorierte. Ich erinnerte mich daran, dass ich ihr tatsächlich eine Antwort schuldete, natürlich wollte sie wissen, was ich mit dem Eigentümer des Gestüts besprochen hatte.

»Du kannst mir später danken«, sagte ich und merkte sofort, dass sie mir lieber eine reinhauen als mich küssen würde.

Zu schade. Dabei wusste sie noch gar nicht, was ich eben für sie getan hatte.

Das Gestüt Al Meheiri war für seine Exzellenz weit über die Grenzen des Landes hinaus bekannt. Suleiman al Meheiri war prominent, ich war ihm bisher noch nie persönlich begegnet, aber mein Freund Sven Lundström hatte mir neulich von ihm erzählt. Ich hatte vorhin sofort begriffen, dass der Hengst, für den Chelsea sich offenbar erwärmte, nach dem heutigen Tag für Al Meheiri nicht mehr als Hundefutter sein würde.

Deshalb hatte ich das Pferd gekauft.

Ich musste verrückt geworden sein.

Weil ich selbst nichts mit diesen Tieren am Hut hatte, hatte ich meinen Freund Sven angerufen, der sich bis auf Weiteres um den Hengst kümmern sollte.

»Wie heißt er?«, wollte ich jetzt von Chelsea wissen und zeigte auf das dunkle Fell des Pferdes.

»Shadow«, gab sie tonlos zurück und tätschelte seinen Hals.

War ich bescheuert, dass ich auf ein Tier eifersüchtig war? Verdammt, ich musste mich zusammenreißen. Blöderweise vibrierte mein Handy in der Hosentasche. Ich konnte mir schon denken, wer das war: Luke war auf der Suche nach mir.

Innerlich verdrehte ich die Augen, weil ich mich für nichts anderes mehr interessierte als für Chelsea. Ich wollte sie küssen, liebkosen und sie nackt unter mir haben. Vor allem das.

Aber sie sah nicht so aus, als ob es ihr ähnlich ging. Ihr Blick war kühl, bestenfalls höflich. Sie misstraute mir.

Tatsächlich hatte sie gute Gründe dafür, ich war alles andere als ein gutmütiger Kerl und ich hatte sie neulich heftig angebaggert. Ich war ein Mann, der es auf ihr Höschen abgesehen hatte, und dafür würde ich eine Menge tun. Immerhin hatte ich gerade ein lahmes Pferd gekauft. Ich hatte offenbar wirklich den Verstand verloren.

Das Brummen meines Handys hörte leider nicht auf, ich konnte es nicht länger ignorieren. »Verdammt«, murmelte ich und zog es aus der Hosentasche, um den Anrufer wegzudrücken – egal, wer es war. Danach sah ich, dass Luke bereits fünfmal angerufen hatte. Es schien also tatsächlich dringend zu sein. Wie ärgerlich.

»Tut mir leid, Chelsea, ich muss los.« Aber ich wollte nicht gehen, ohne ihr zumindest meine Nummer zu geben. Deshalb zog ich eine Visitenkarte aus der Innentasche meines Sakkos und reichte sie ihr. »Bitte ruf mich an, okay?«

Dann konnte ich ihr in Ruhe erklären, dass der Hengst nun mir gehörte, dass ich ihn für sie gekauft hatte. Das mochte ich nicht hier und jetzt besprechen, sondern ganz in Ruhe, wenn wir unter uns waren.

Chelsea blinzelte ein paarmal, und kurz befürchtete ich, dass sie mich mitsamt der Karte zum Teufel jagen würde. Nach ein paar sehr langen, wortlosen Sekunden nahm sie sie schließlich entgegen. Als ihre Finger meine Haut berührten, spürte ich ein warmes Prickeln, das lustvolle Impulse in meinen Unterleib sandte. O ja. Ich konnte es kaum abwarten, mit ihr ins Bett zu gehen. Lieber früher als später.

»Bis bald«, raunte ich ihr zu und merkte, dass ich über das ganze Gesicht grinste. »Es war schön, dich wiederzusehen.«

Leider hatte ich keine Zeit, um auf eine Antwort von ihr zu warten. Ich verließ die mobile Pferdebox und machte mich auf die Suche nach Luke. Weil ich wusste, dass er ungeduldig auf mich wartete, rief ich ihn, während ich über das Gelände eilte, zurück. »Wo steckst du?«, wollte ich von ihm wissen, als ich ihn an der Strippe hatte.

»Ich bin stinksauer«, antwortete Luke, und sein barscher Tonfall machte mir deutlich, dass er es genau so meinte, wie er es sagte. Der Anflug eines schlechten Gewissens machte sich in mir breit. Immerhin hatte ich gerade einen meiner Grundsätze verraten und Geschäftliches mit privatem

Interesse durcheinandergebracht. Das sah mir ganz und gar nicht ähnlich, aber das mochte ich Luke nicht erzählen. Er war schon verärgert genug.

»Tut mir leid, ich hatte etwas zu erledigen. Wo bist du?«, wich ich aus.

»Du hast Khaleel verpasst. Jetzt wäre die Gelegenheit gewesen, das Ding klarzumachen, aber nein, du musstest ja unbedingt pissen gehen oder sonst was!«

Ich hielt mitten in der Bewegung inne. Khaleel war der Mann, von dem wir die nötigen Kontakte hätten bekommen können, die uns für die Baugenehmigungen noch fehlten. An ihn war schwer ranzukommen, die Chance, ihn zu treffen, war der eigentliche Grund gewesen, warum Luke und ich überhaupt erst zu diesem Rennen nach Abu Dhabi gekommen waren. Wir brauchten die heiß ersehnten Genehmigungen wirklich dringend für unser aktuelles Bauvorhaben. »Scheiße«, stieß ich hervor.

»Das kannst du laut sagen. Ich hätte ihn ja angesprochen, aber mein Arabisch ist eher rudimentär.«

Das war mir natürlich bekannt, deshalb brauchte ich das nicht zu kommentieren. »Es tut mir wirklich leid, wo ist er denn jetzt?«

»Nicht mehr hier. Mann, Aidan, das wäre die Gelegenheit gewesen.«

Ich knirschte mit den Zähnen. »Ja, streu ruhig noch Salz in die Wunde.«

Luke antwortete. »Vergiss es, wir müssen es eben anders lösen. Lass uns abhauen! Wir treffen uns beim Auto, hier gibt es nichts mehr für uns zu tun.«

Ich legte auf und fuhr mir mit der Hand durch die Haare. Das war nicht optimal, aber ich konnte trotzdem nicht sagen, dass ich es bereute, Chelsea besucht zu haben. Jetzt hoffte ich, dass sie mich auch wirklich anrief. Kurz bedauerte ich, dass ich ihr nichts von dem Pferdekauf erzählt hatte, aber der

Moment sollte besonders werden, und ich hatte die Bombe nicht zwischen Tür und Angel platzen lassen wollen.

Auf dem Weg zurück nach Dubai sprachen wir nicht viel. Luke war in Gedanken versunken, und ich ebenfalls. »Sollen wir noch was trinken gehen?«, schlug ich vor, als er vor der Marina anhielt, wo ich ein Penthouse mit atemberaubender Aussicht bewohnte.

»Meinetwegen.« Luke war noch immer mürrisch, was ich ihm nicht wirklich verübeln konnte.

»Na gut, dann fahr mal in die Tiefgarage. Du kannst bei mir parken.«

Wenn man das Gebäude besaß, konnte man sich viele Privilegien einrichten. Aber Luke konnte ich mit so etwas nicht beeindrucken, ihm gehörten selbst genügend Immobilien in Dubai. Trotzdem wussten wir diese Annehmlichkeiten zu schätzen, weil wir beide nicht damit aufgewachsen waren. Wir hatten hart für unseren Erfolg gearbeitet und genossen ihn daher umso mehr.

Zehn Minuten später saßen wir in einer Bar am Pier und orderten Drinks. Die Bedienung, eine attraktive, dunkelhaarige Frau, machte uns schöne Augen. Luke lächelte sie an, nachdem er zwei Virgin Mojitos bestellt hatte. In den meisten Restaurants und Bars gab es zwar Alkohol, aber unter der Woche verzichteten wir für gewöhnlich darauf, vor allem, wenn wir noch fahren mussten, wie es bei Luke der Fall war.

Obwohl es kurz vor Mitternacht war, war das Lokal gut besucht. Alle Welt sprach darüber, dass New York die Stadt war, die niemals schlief, aber ich bevorzugte dieses Fleckchen Erde. Hier konnte man komfortabel leben, gute Geschäfte machen und musste wenig Steuern bezahlen. Das Wetter war auch nicht zu verachten. Während man sich auf der Fifth Avenue im Oktober schon den Arsch abfror, konnte man in den Emiraten vor allem in den Wintermonaten das Leben so richtig genießen. Zugegeben, von Juni bis Ende August war es hier unerträglich heiß, aber in dieser Zeit musste man sich eben anders organisieren. Für gewöhnlich plante ich meine Auslandstermine in den Sommermonaten.

»Und jetzt erzähl, wo hast du vorhin gesteckt?«, riss Luke mich aus meinen Gedanken.

Es war mir ein wenig unangenehm, aber ich wollte nicht lügen. »Ich habe jemanden gesucht.«

»Du verarschst mich? Eine Tussi? Wir haben den wichtigsten Typen verpasst, weil du deinen Schwanz nicht unter Kontrolle hast?« Luke schüttelte den Kopf und warf sein Handy demonstrativ auf den Tisch. »Ich glaube, ich spinne, Aidan!«

Ich schaute hoffentlich angemessen zerknirscht. Es war mir unangenehm, aber ich bereute es nicht. »Wir werden ihn noch mal zu fassen kriegen.«

»Ja, klar. Wir rennen dem Kerl ja nicht schon seit Monaten hinterher.«

»Und nur fürs Protokoll, ich habe meinen Schwanz sehr wohl unter Kontrolle.«

»Als ob!« Luke lachte. »Ehrlich, Aidan. Du sagst doch immer, dass das Geschäft vorgeht. Die Kleine muss es ja wirklich draufhaben. Ist sie so gut im Bett?«

»Sprich nicht so von ihr.«

Luke hob eine Braue. »Ach du Scheiße.«

»Was?«

»Du schaust, als hätte dir jemand Glitzer in die Augen gestreut.«

»Bist du verrückt? Hör auf damit.« Glücklicherweise wurden uns jetzt unsere Drinks serviert. Während Luke mit der Bedienung flirtete, schielte ich auf mein Handy, ob Chelsea mir vielleicht geschrieben hatte. Aber da war nichts. Zumindest keine Nachricht von ihr. Verdammt.

Fünf

CHELSEA

Obwohl es letzte Nacht spät geworden war und ich kaum geschlafen hatte, fuhr ich früh zum Gestüt. Ich wollte unbedingt nach Shadow sehen, weil ich mir schreckliche Sorgen um ihn machte. Ich war in der Hoffnung in den Stall gekommen, dass von seiner Lahmheit heute nichts mehr zu bemerken sein würde. Mit einer gewissen Spannung betrat ich seine Box. Ich war jedoch nicht die Erste, die Tierärztin war schon da, was mich überraschte. Ja, sicher, er hatte gestern gelahmt, aber so schwer war er auch nicht verletzt gewesen. Ich hatte damit gerechnet, dass ich die Untersuchung heute in Ruhe veranlassen konnte.

Offenbar war mir jemand zuvorgekommen, und ich fragte mich, warum. Es kam mir seltsam vor. Schließlich war Shadow nicht das wertvollste Pferd im Stall – wenn das der Fall gewesen wäre, hätte man bereits gestern nach Dr. Sharma gerufen.

»Guten Morgen«, begrüßte ich unsere Tierärztin, eine schlanke und große Frau mittleren Alters, die seit über zwanzig Jahren in den Emiraten lebte und ursprünglich aus dem Süden Indiens stammte.

»Hi Chelsea, geht es Ihnen gut?«, erwiderte sie und lächelte unverbindlich. Wir kannten uns zwar, doch waren nie über ein freundliches, aber unpersönliches Verhältnis hinausgekommen, was mich nicht weiter störte. Schließlich war es nicht wie zuhause in England, wo unser Tierarzt beinahe zur Familie gehörte. Aber daran wollte ich jetzt nicht denken, deshalb rang ich mir ein Lächeln ab. »Ja, danke. Wie ich sehe, sind Sie schon fleißig. Wie geht es Shadow?«

Dr. Sharma sah mich mit einem irritierten Blick an, den ich nicht zu deuten wusste. »Das Gelenk ist geschwollen, der Sehnenkanal auch. Soweit ich es von außen ohne weitere Bildgebungen beurteilen kann, hat er sich jedoch keine schwerwiegenden Verletzungen zugezogen. Um das zu bestätigen, müssten wir allerdings Aufnahmen anfertigen. Aber weitere Untersuchungen sind nicht angeordnet worden. Ich habe lediglich Shadows Zustand für die Übergabe protokolliert, er wird nachher abgeholt.«

Abgeholt? Zustand protokolliert? Übergabe? Mein Atem stockte, und für einen kurzen Moment hatte ich das Gefühl, meine Beine würden unter mir wegsacken.

»Von wem wird er abgeholt und wieso?«, stieß ich hervor und trat neben Shadow, um ihn an der Stirn zu streicheln. Er hob seinen Kopf und drückte die weichen Nüstern gegen meinen Unterarm, als wolle er sagen: Es ist schön, dass du da bist.

»Ich dachte, Sie wüssten es?«, gab die Tierärztin mit einem Stirnrunzeln zurück.

»Was soll ich wissen? Nein, ich habe leider keine Ahnung.« Mir wurde schlagartig übel, als ich begriff, was ihre Worte bedeuten mussten.

Natürlich war mir bekannt, was man mit Pferden machte, die so schwer verletzt waren, dass sie nicht mehr bei Rennen mitlaufen konnten und damit für die Eigentümer nutzlos waren. Aber so übereilt würde man Shadow doch nicht zum Abdecker bringen lassen? So etwas wie Gnadenhöfe gab es hier nicht, dazu war das Business zu kostspielig. Wasser und Heu waren in diesen Breitengraden knapp und deshalb teuer. Ein Tier, von dem kein Pokal mehr zu erwarten war, hatte nur noch einen Weg vor sich …

»Der Chef hat Shadow nach dem Rennen an das Gestüt Lundström verkauft. Was auch immer der Schwede mit ihm vorhat, kann ich dir nicht sagen. Ich bin ehrlich, nach dem Rennen gestern hätte ich keine fünf Dirham mehr in den Hengst investiert. Es ist ja nicht einmal klar, wie schwerwiegend seine Verletzung ist.«

»Aber Sie haben doch eben selbst gesagt, dass …«

Ich stockte mitten im Satz. Nein, hatte sie nicht.

»Tut mir leid, Chelsea, ich weiß, wie intensiv Sie mit Shadow gearbeitet haben. So ist leider das Geschäft. Manchmal werden Erwartungen enttäuscht, dann muss man handeln. Shadow hat Glück, er hat einen neuen Eigentümer gefunden, der sich um ihn kümmern wird.« Sie tätschelte meine Schulter. Danach verließ sie die Box mitsamt den Unterlagen und ließ mich allein mit meinem Lieblingshengst zurück.

Tränen brannten in meinen Augen, während ich meine Stirn gegen die von Shadow lehnte. Als ob er spürte, dass es mir schlecht ging, schnaubte er leise.

Ich war mit einem Schlag so unglücklich, dass ich mich nicht länger beherrschen konnte und heulte los. Er war mein Ein und Alles. Ich hatte so viele Hoffnungen in ihn gesetzt.

Natürlich war das mein Fehler.

Das hier war nicht mein Gestüt.

Nicht mein Pferd.

Ich war nur eine schlecht bezahlte Angestellte.

Weil ich die letzten Stunden, die ich mit ihm hatte, nicht verschwenden wollte, machte ich mich schniefend an die

Arbeit. Ich versorgte ihn und kümmerte mich darum, dass er hübsch aussah, kämmte seine Mähne und bearbeitete sein Fell, bis es wunderbar glänzte. Seine Fessel war geschwollen, was mich besorgte. Ich tastete sie noch einmal ab und war mir beinahe sicher, dass ich die Sehne nach wie vor spüren konnte, auch, wenn sich der Kanal mit Flüssigkeit gefüllt hatte. Seine Knochen fühlten sich normal an, vielleicht war es nicht so schlimm. Ich hoffte es.

Und dann erinnerte ich mich, dass das nicht mehr meine Sorge sein würde, sobald er das Gestüt verlassen hatte.

Ab morgen würde jemand anderes für sein Wohlergehen verantwortlich sein.

Verzweiflung brach aus mir hervor, und ich begann wieder zu heulen. Ich versuchte mich zu trösten, dass er ja nicht zum Abdecker, sondern auf ein anderes Gestüt gebracht wurde. Leider fand ich den Gedanken, nicht mehr jeden Tag mit ihm arbeiten zu können, einfach nur schrecklich.

Sei nicht idiotisch, Chelsea, mahnte ich mich, weil ich es hätte besser wissen müssen. So ist das nun mal, wenn dir der Laden nicht gehört. Ich dachte daran, wie ich mein eigenes Gestüt führen würde. Für mich gab es Werte, die neben monetären Maßstäben mindestens genauso wichtig waren. Respekt und Fairness, ebenso wie die Haltung und Förderung der Leistungsträger im Gestüt. Selbstverständlich stand für mich das Wohlergehen der Tiere im Vordergrund. Ich hoffte sehr, dass man auch in Shadows neuem Zuhause gut mit ihm umgehen würde. Auch würde ich dafür sorgen, dass meine Mitarbeiter wertgeschätzt wurden, damit sie sich mit ebenso viel Leidenschaft wie ich einbrachten.

Mein Herz brach erneut, als Shadow am frühen Nachmittag abgeholt wurde. Die zwei Männer waren freundlich, aber offensichtlich hatten sie keine Ahnung, wie sie mit ihm umgehen sollten, er tänzelte nervös hin und her und wollte nicht mitgehen. Deshalb übernahm ich Shadow und führte ihn unter tränenverschleiertem Blick auf den klimatisierten Anhänger. Ich stellte sicher, dass er kurz angebunden war und etwas Heu hatte, damit er sich während der Fahrt damit beschäftigen konnte. Verladen und Fahren war mit ihm nie ein Problem gewesen, und ich hoffte, dass er heute nicht anfing, Schwierigkeiten zu machen, auch, wenn ich nicht dabei sein konnte.

»Kann ich mitkommen?«, fragte ich die beiden trotzdem, woraufhin sie mich nur verständnislos anblickten.

»Nein, Madam, das geht nicht. Wir haben unsere Instruktionen.«

O Gott. Das klang grauenvoll, als wäre er ein totes Stück Fleisch und kein lebendiges Wesen. Bedauerlicherweise sahen das viele im Profisport ähnlich. Ich gehörte jedoch nicht dazu, und vielleicht war das ja auch mein Problem. Ich gab mein Herz zu sehr in meine Arbeit, das hatte ich jetzt davon.

»Wo bringen Sie ihn hin?«, wollte ich wissen. Ich stellte die Frage, weil ich die Sorge hatte, dass sie Shadow womöglich doch zum Schlachter fahren könnten. Albern, das war mir klar, weil mir Dr. Sharma ja bereits mitgeteilt hatte, wer Shadow gekauft hatte.

»Na, aufs Gestüt Lundström«, gab einer der Männer zurück und schloss die Tür zum Anhänger mit einem lauten *Rumms*. Ich zuckte kaum merklich zusammen und hörte, wie Shadow im Inneren hin und her tänzelte.

»Bitte, richten Sie Mr Lundström von mir aus, dass Shadow ein fantastischer Hengst ist.« Mir war klar, dass dieser Schwede keinen Grund hatte, mir zu glauben. Andererseits hatte er ihn gekauft, obwohl Shadow gestern bei dem Rennen eskaliert war. Das machte mir Hoffnung, dass dieser Mann das Gleiche in Shadow sehen könnte wie ich.

Die beiden liefen um den Wagen herum und wollten offenbar losfahren, ich bequatschte den Fahrer weiter mit

Instruktionen zu Shadows Eigenheiten. Aber keiner wollte mir zuhören. Als der Fahrer im Begriff war einzusteigen, hielt ich ihn am Ärmel fest. »Warten Sie, ich bin noch nicht fertig. Also, Shadow mag Fremde erst einmal nicht, man darf ihn nicht bedrängen, sonst kann er ungemütlich werden …«

»Hören Sie, Miss. Wir sind nur das Team, das den Gaul abholt. Mr Lundström verfügt über ausreichend Erfahrung und hat genügend Mitarbeiter, wir benötigen Ihre Hinweise nicht.«

Daraufhin schlug er die Tür zu und ließ mich todtraurig zurück. Dass sie nicht mit quietschenden Reifen vom Hof rasten, war alles. Ich stand stocksteif da und blickte ins Leere.

»Hast du heute nichts zu tun?«, wollte Razeen von mir wissen. Mein Kollege führte eine braune Stute an mir vorbei zu ihrem Training.

Ich schluckte trocken und bemühte mich, nicht gleich wieder in Tränen auszubrechen. »Doch, natürlich.« Meine Stimme klang dünn und unnatürlich hoch.

Ich startete einen lahmen Versuch, mich zu trösten. Shadow war nicht das einzige Pferd auf dem Hof, und ich würde mich ganz sicher nicht langweilen. Aber er war nun mal mein Liebling, und nachdem er so plötzlich weg war, wusste ich einfach nicht, was ich mit mir und meinen Gefühlen anfangen sollte. Deshalb ging ich in seine Box und mistete sie aus, obwohl das nicht meine Aufgabe war. Dafür gab es anderes Personal. Ich war für Trainings und Physiotherapie eingestellt worden. Gerade kam mir das alles so sinnlos vor.

Schon nach wenigen Minuten zog ich mein Handy aus der Gesäßtasche und googelte das Gestüt Lundström, weil es mir einfach keine Ruhe ließ. Ich musste wissen, wer dieser Mann war, der Shadow nach dem missglückten Lauf trotzdem hatte haben wollen.

Praktischerweise zeigte mir die App auch an, wie lange ich von hier aus zu diesem Gestüt unterwegs sein würde.

Mir war klar, dass die Idee absolut bescheuert war, aber ich konnte mich nicht mit vernünftigen Argumenten überzeugen, es sein zu lassen. Vermutlich stand ich unter Schock. Unter normalen Umständen würde ich so etwas Verrücktes nicht tun. Aber jetzt bewegte ich mich wie in Trance auf mein Auto zu, stieg ein und brauste vom Hof.

Das Gestüt Lundström wirkte schon aus der Ferne malerisch. Palmenblätter ragten hier über die hohen Mauern, die in einem hellen Farbton gehalten waren. Die Steine waren makellos sauber und die Anlagen rund um das Gelände waren sehr gepflegt. Ich erhaschte durch die breite Einfahrt einen Blick auf die Stallungen und die Villa dahinter. Dieser Lundström schien ein Mann mit Geschmack zu sein, hoffentlich war er auch nett, denn ich hatte vor, mit ihm zu sprechen. Er musste mehr über Shadow erfahren, ich konnte ihm Tipps zum Umgang geben. Niemand kannte den Hengst besser als ich. Aber meine Pläne wurden durchkreuzt, ehe ich auf dem Gelände stand, denn ich wurde bereits an der Einfahrt angehalten. Das war nicht verwunderlich, Sicherheitspersonal gab es hier allerorts, das auch gleichzeitig als Pförtner fungierte. Natürlich wollte man nicht jeden reinlassen, obwohl die Emirate als sicher galten. Abu Dhabi, wo meine Freundin Aria in einer Tierklinik angestellt war, war kürzlich sogar zur sichersten Stadt der Welt gekürt worden.

»Kann ich Ihnen helfen?«, fragte mich der Mann in braunem Hemd und schwarzer Hose auf Englisch. Fast alle Schilder waren in diesem Land zweisprachig, was nötig war, denn neunzig Prozent der Einwohner waren Ausländer. Auf dem Kopf des Pförtners saß eine Kappe, die mit dem Logo des Gestüts bestickt war.

»Vorhin ist ein Pferd gebracht worden, ich möchte mich davon überzeugen, dass es dem Hengst gut geht. Er heißt Shadow. Vielleicht haben Sie von ihm gehört?«

Der Pförtner sah mich ausdruckslos an. »Hier werden täglich Tiere gebracht und abgeholt.«

Ich wartete kurz, aber als er keine Anstalten machte, etwas hinzuzufügen, fuhr ich fort. »Ja, das ist mir klar. Es geht um Shadow, wie gesagt, einen schwarzen Hengst. Er hat eine Verletzung.«

»Sind Sie die Eigentümerin, Madam?«

»Nein, das nicht, aber ich kenne ihn sehr gut. Bitte lassen Sie mich rein, ich möchte nach ihm sehen.«

»Das ist nicht erlaubt.«

»Gut, kann ich mit Herrn Lundström sprechen?«

»Haben Sie einen Termin?«

Mir wurde heiß und kalt gleichzeitig, doch ich wollte nicht lügen. »Nein, aber …«

»Dann kann ich Ihnen leider nicht behilflich sein, tut mir leid. Ich habe Anweisungen.«

Ich wollte nicht so einfach aufgeben. »Wäre es möglich, dass Sie jemanden anrufen?«

»Wen?«

Puh. Der machte es mir aber wirklich nicht leicht. Ich atmete leise aus, ehe ich fragte: »Wer ist für die Neuzugänge verantwortlich?«

»Darüber darf ich Ihnen leider keine Auskunft geben.«

Ach, verdammt. Ich merkte, dass sich Schweißflecken unter meinen Achseln bildeten, da half auch die Klimaanlage meines Wagens nicht.

»Ich muss Sie bitten, die Einfahrt freizumachen, Madam.«

Ich sah weshalb, es kamen zwei weitere Fahrzeuge mit Anhängern auf das Tor zugefahren.

»Ja, natürlich. Tut mir leid. Danke für Ihre Mühe.« Ich ließ die Schultern hängen.

»Auf Wiedersehen, Madam.«

Ich setzte zurück, um zu wenden, aber fuhr nicht sofort los, weil ich den Ankommenden nicht im Weg sein wollte. Es waren zwei helle Landrover mit strahlend weißen Anhängern, auf denen das Logo des Gestüts prangte. Geld hatte dieser Schwede anscheinend wie Heu. Meine Gedanken wanderten zu Shadow. Wo er wohl untergebracht war? Ging es ihm gut?

Ich ärgerte mich, dass ich durch mein impulsives Verhalten nur erreicht hatte, abgewiesen zu werden. Das war ganz und gar nicht gut gelaufen.

Was hatte ich mir nur dabei gedacht, ohne Termin herzukommen?

Ich lehnte meine Stirn gegen das Lenkrad und fühlte mich wie eine Idiotin. Als ich die Augen wieder öffnete, fiel mein Blick auf eine Visitenkarte, die unter dem Radio in einem Ablagefach lag. Eigentlich hätte ich sie gleich in den Mülleimer pfeffern sollen, nachdem Aidan sie mir gestern gegeben hatte.

Hatte er etwas mit dem Verkauf von Shadow zu tun? Zumindest könnte er mehr darüber wissen. War nicht der Name Lundström gefallen, als er sich mit Suleiman al Meheiri auf Arabisch unterhalten hatte?

Ich könnte ihn anrufen. Aber nein, ich ließ es sein. Für heute hatte ich genügend schlechte Entscheidungen getroffen, deshalb fuhr ich zurück zur Arbeit, wo ich mir erst einmal einen Rüffel einholte, weil ich einfach verschwunden war, ohne mich abzumelden.

Lustlos schob ich ein Fertiggericht in die Mikrowelle. Noch immer hatte ich mich nicht beruhigt, und in meinem Apartment gab es nichts, was mich ablenken könnte. Es bestand nur aus einem großen Zimmer, einem winzigen Bad und einem Raum, in den einzig das Bett gepasst hatte. An den Wänden hing nach wie vor nichts, weil ich es nicht ertrug, Bilder von unserem Gestüt in England zu sehen, ebenso wenig wie von meiner Familie. Trotzdem fühlte ich mich an guten Tagen einigermaßen wohl in diesen vier Wänden, aber heute war kein guter Tag.

Nachdem das Piepen verkündet hatte, dass mein Essen fertig war, nahm ich den Teller heraus und ging mit Besteck zum Sofa, wo ich den Fernseher einschaltete. Auf einem englischen Sender hörte ich mit dem Zappen auf und erstarrte. Das war doch nicht möglich!

Dort saß Aidan und gab ein Interview. Eindeutig, er war es. Er sah fantastisch aus, auch, wenn seine Gesichtszüge verrieten, wie angespannt er war. Offenbar verlief das Gespräch nicht in seinem Sinne.

»…Unsere Mitarbeiter leben in Wohnheimen, ja. Sie werden nicht wie Sklaven gehalten. Die Bedingungen sind erstklassig«, erklärte Aidan, und seine Mimik glich einem Gewitter.

»Dann stimmt es nicht, dass es sich um Mehrbettzimmer handelt?« Der Moderator wirkte wie ein listiges Wiesel, ich konnte ihn auf Anhieb nicht leiden.

»Es ist so, dass zwei Männer sich ein Zimmer teilen. Es gibt Gemeinschaftsküchen.« Aidan versuchte ruhig zu bleiben, aber es war anstrengend für ihn. Ich kannte ihn zwar nicht gut, doch das war offensichtlich. Irgendwie machte es ihn für mich menschlicher, nahbarer, obwohl er gerade alles andere als in meiner Nähe war.

»Dann wollen Sie mir sagen, dass das menschenwürdige Zustände sind, wenn man nicht einmal einen Kühlschrank für sich hat?«

Ich sah, wie Aidans Gesicht rot anlief, und ließ meine Gabel sinken. O je. Bleib ruhig, dachte ich mir und hielt den Atem an.

»Hören Sie, was Sie uns hier unterstellen, ist einfach nicht die Wahrheit! Sie sollten sich mal an die eigene Nase fassen. Glauben Sie in Europa oder anderen westlichen Ländern läuft es anders? Nein, im Gegenteil. Unsere Mitarbeiter sind bestens versorgt, sie werden vernünftig bezahlt, und die Lebensumstände sind vollkommen in Ordnung.«

»Dann ist es nur ein Gerücht, dass die Pässe der Arbeiter eingesammelt werden?«, bohrte der britische Moderator der BBC weiter. Ich spürte es beinahe selbst körperlich, wie sich ein Sturm in Aidan zusammenbraute. Und wenn ich es erkannte, dann vermutlich auch alle anderen Zuschauer, denn ich wagte nicht, mir anzumaßen, dass ich hellseherische Fähigkeiten besaß.

Aidan sprang auf und packte den Moderator am Kragen. Dann folgte eine Tirade an nicht jugendfreien Flüchen, bis von irgendwoher Produktionspersonal ins Bild gelaufen kam, um Aidan zurückzuhalten. Ich war entsetzt – was machte er da nur?

Aidan ließ sofort los, und seine Gesichtsfarbe wechselte von rot zu weiß. Ich konnte meinen Blick nicht abwenden und merkte, dass sogar mein Puls weit über der normalen Grenze lag.

Dann änderte sich das Bild ganz plötzlich. Ein Zahnpasta-Werbespot wurde eingespielt, um von dem Tumult im Studio abzulenken.

»O Mann«, murmelte ich und schob meinen Teller von mir.

Offenbar war ich heute nicht die Einzige, die einen schlechten Tag hatte.

Sechs

AIDAN

D as war gestern nicht unbedingt dein bester Auftritt«, witzelte Sven und nippte von seinem Eistee. Wir saßen auf seiner Veranda, die Sonne stand tief am Himmel und färbte den Horizont rosa. Eigentlich wollte ich mit ihm über das Pferd reden. Ich war zu ihm gekommen, um mich von dem Desaster, zu dem sich der Interviewtermin entwickelt hatte, abzulenken. Dass Sven zunächst über meinen kleinen gesellschaftlichen Fauxpas frotzelte, wunderte mich allerdings nicht.

Ich hatte mich gestern öffentlich so was von daneben-benommen, dass ich mich heute nirgends blicken lassen konnte, ohne dass Kameras gezückt wurden. Bedauerlicher-weise hatten zu viele Leute dieses verdammte Interview ge-sehen.

Ich hätte mich nie auf ein Fernsehinterview einlassen dürfen, von dem ich schon vorher gewusst hatte, dass es nur dazu da war, um etwas in ein falsches Licht zu rücken. Aber Luke hatte mich gebeten, für ihn einzuspringen, und ich hatte nicht ablehnen wollen. Ein Fehler, wie sich herausgestellt hatte, weil ich mein verdammtes Temperament nicht im Griff hatte.

»Wer den Schaden hat, braucht für den Spott nicht zu sorgen, oder wie heißt das?«, knurrte ich.

»Man sollte dir zukünftig Redeverbot erteilen, Aidan. Das war nicht gut.« Sven schüttelte den Kopf und sah mich mit besorgter Miene an. Wir kannten uns seit einigen Jahren und waren gute Freunde geworden, obwohl wir geschäftlich nur wenig miteinander zu tun hatten. Sven besaß neben seinem Gestüt eine beachtliche Anzahl an Luxushotels in den Emiraten.

»Glaubst du, das weiß ich nicht selbst? Der Blödmann hat mich mit seinen Fragen provoziert.« Es war in diesem Interview um die Arbeitsbedingungen der Mitarbeiter gegangen, die an den Immobilienprojekten beteiligt waren. Man hatte uns unterstellt, dass wir sie zu unwürdigen Bedingungen beschäftigten, dabei war das Gegenteil der Fall. Wir trugen Sorge dafür, dass unsere Leute nicht ausgebeutet wurden wie andernorts.

»Du hättest Luke schicken sollen.«

Ich seufzte. »Ja, das war auch der Plan gewesen, aber er hatte kurzfristig verreisen müssen, und ich Schwachkopf habe mich breitschlagen lassen, es für ihn zu übernehmen. Er wird es jetzt sicher auch bereuen.«

Sven zuckte die Schultern. Er trug ein lässiges Poloshirt, auf dem das Logo des Gestüts prangte, und eine dunkelblaue Chino. Über unseren Köpfen rotierten Ventilatoren an der Decke der weißen Verandaüberdachung.

»Ihr habt euch nichts vorzuwerfen, aber du hättest dich nicht aus der Reserve locken lassen dürfen.«

»Das Schwein von einem Moderator hat uns unterstellt, dass wir unsere Mitarbeiter wie Sklaven halten würden. Du weißt, dass das nicht stimmt. Die Wohnheime sind erstklassig ausgestattet, die Leute haben alle Freiheiten der Welt und können tun und lassen, was sie wollen. Es ist kein Fünf-Sterne-Hotel, klar, aber alles ist klimatisiert und brandneu. Verdammt, wir haben sogar Personal, das bei den Männern putzt und die Wäsche macht! Welcher Bauarbeiter hat denn so was für lau mit im Vertrag stehen?«

Sven machte eine beschwichtigende Geste. »Du, ich weiß das alles, mir brauchst du es nicht zu erklären.«

Ich rieb mir mit der Hand über die Stirn, weil ich vor lauter Ärger Kopfschmerzen bekommen hatte. »Ich habe keine Ahnung, was in mich gefahren ist. Ja, ich habe die Kontrolle verloren.«

»Du hast dem Mann ja zum Glück nicht die Nase gebrochen.«

»Aber nur, weil mich eine Horde an Aufnahmemitarbeitern davon abgehalten hat.«

»Das glaube ich nicht, du bist doch kein aggressiver Scheißkerl. Und mal im Ernst, diese Skandalreporter sind einfach nur nervig. Ich lasse gar keinen mehr rein. Weder hier noch in meinen Hotels.«

Svens Luxushotels hatten ihm ein beträchtliches Vermögen beschert. Er hatte es nicht nötig, sich von selbst ernannten Enthüllungsjournalisten behelligen zu lassen.

»Dann hast du ähnliche Erfahrungen gemacht?«, wollte ich von ihm wissen.

»Mit Reportern? Immer wieder. Vor allem die, die etwas gegen den Nahen Osten haben und Vorurteile schüren wollen. Meiner Meinung nach ist es politisch motiviert, ordentliche Geschäftsleute in schlechtes Licht rücken zu wollen.«

»Tja, genau das bringt mich ja so auf die Palme. Zu dumm, dass ich mich nicht besser im Griff hatte. Aber lass uns von etwas anderem reden. Meine Laune ist schon schlecht genug. Ich hatte heute bereits ein längeres Meeting mit einem

PR-Spezialisten. Ab sofort trage ich einen Maulkorb, und gleichzeitig muss ich mich permanent auf dem öffentlichen Parkett präsentieren, um zu zeigen, dass ich eben kein Arschloch, sondern ein netter Kerl bin.«

Sven hob eine Braue und hatte offenkundig Mühe, sich ein Grinsen zu verkneifen. Seine Mundwinkel zuckten verräterisch. »Da kann ich dir nur viel Glück wünschen.«

Ich wollte gerade etwas erwidern, als Svens Handy einen Alarm ausstieß. Das schrille Piepen irritierte mich. Mein Freund griff sofort nach dem Smartphone, seine Stirn war sorgenvoll gerunzelt.

»Was ist?«, wollte ich von ihm wissen.

»Es gibt einen Sicherheitsalarm in den Ställen«, antwortete er abwesend, während er sich auf den Bildschirm konzentrierte.

Es dauerte keine Minute, bis jemand vom Personal auf der Veranda erschien. Ein Mitarbeiter, der in einer weißen Leinenhose und passendem Hemd gekleidet war, trat näher. »Sir, entschuldigen Sie bitte, aber wir haben einen Eindringling.«

»Danke, Mustafa, ich sehe mir das genauer an.« Sven erhob sich.

»Kann ich was tun?«, wollte ich wissen und stand ebenfalls auf.

»Komm mit, ich habe das Gefühl, dass dieser Alarm was mit deinem Pferd zu tun hat.«

Wie kam er nur darauf? »Mit meinem …? Was?«, wiederholte ich ungläubig.

»Du erinnerst dich sicher? Du hast diese Woche einen lahmen Gaul gekauft und ihn bei mir untergestellt.«

Das hatte ich natürlich nicht vergessen, oder doch, für eine Sekunde, ja. Ich wollte Sven noch etwas fragen, aber der war bereits im Stechschritt unterwegs und überquerte die Wiese, statt durchs Haus und über den Hof zu gehen.

Ich hatte keine Probleme, mit ihm Schritt zu halten, ich war gut in Form, aber kam nicht dazu, ihm weitere Fragen zu stellen, weil er seinen Leuten im Vorbeigehen Anweisungen erteilte. Da sollte noch mal jemand sagen, dass Männer nicht multitasking-fähig waren.

Im Areal der Stallungen sah ich mehrere Mitarbeiter nervös hin und her laufen. Das Haupttor stand offen, im Sommer war es, wie ich wusste, geschlossen, weil es sonst für die Tiere zu warm werden würde. Der komplette Bereich war klimatisiert, was von Juni bis Ende August unerlässlich war. Es roch nach Heu und Pferden, ein Duft, dem ich noch nie viel hatte abgewinnen können, obwohl ich die Eleganz der Tiere schätzte. Gerade allerdings hatte ich keine Zeit, die kostbaren Vierbeiner meines Freundes zu begutachten, ich wollte erfahren, wer oder was hier eingedrungen war und den Alarm ausgelöst hatte.

In der Boxengasse tummelten sich Angestellte des Gestüts, sie waren zweifelsfrei an ihrer Kleidung zu erkennen. Zwei dieser Männer hatten eine Frau jeweils rechts und links untergehakt. Als ich sah, um wen es sich handelte, blieb ich abrupt stehen und musste ein paar Mal blinzeln. Das war doch nicht möglich!

»Herzlich willkommen«, sagte Sven, und ich hörte seiner Stimme an, dass ihn dieser Alarm nicht länger beunruhigte, sondern amüsierte. »Wollten Sie zu mir, junge Dame?«

Ich trat näher und konnte nicht fassen, dass sie das wirklich getan hatte. Chelseas Gesicht war rot angelaufen, sie versuchte immer wieder, sich aus dem Klammergriff zu befreien, aber das Personal verhinderte das.

»Lasst sie los!«, wies ich sie an, worauf Chelsea nur wenige Sekundenbruchteile später frei vor uns in der Boxengasse stand.

Als sie mich erkannte, weiteten sich ihre Augen. Ja. Da hatten wir uns wohl beide überrascht.

»Ach, ich sehe schon. Ihr kennt euch«, stellte Sven mit einem süffisanten Grinsen fest.

Idiot, wollte ich ihm zuraunen, ließ es aber sein, weil ich selbst gespannt auf ihre Antwort war.

Chelsea strich sich eine blonde Strähne aus dem Gesicht, die sich aus ihrem Zopf gelöst hatte. Sie trug ein weißes Shirt, das nach ihrer Kletteraktion nicht mehr ganz so blütenrein war, und cremefarbene Reithosen mit kniehohen Stiefeln.

Ich war nie ein Fan von Pferdemädchen gewesen, aber ich musste mir in dieser Sekunde eingestehen, dass sie in diesem Outfit absolut heiß aussah. Es wirkte, als wäre es ihr auf den Leib geschneidert worden. Ihre Kurven waren schlichtweg atemberaubend.

Chelsea reckte ihr Kinn trotzig nach vorn. Ich beobachtete, wie sich ihr Brustkorb hob und senkte. Trotz T-Shirt konnte ich zweifelsfrei erkennen, dass sich darunter fantastische Brüste verbargen. Verdammt. In meiner Hose war schon wieder viel zu viel los.

Ich riss mich am Riemen und zwang mich, in ihr Gesicht zu blicken. Chelseas grüne Augen sprühten Funken.

»Um ehrlich zu sein, wollte ich nach Shadow sehen, um mich zu vergewissern, dass es ihm gut geht. Ich war bereits gestern hier, aber man hat mich nicht zu ihm gelassen«, erklärte sie in nicht gerade freundlichem Tonfall. Fast könnte man meinen, dass ihr das Gestüt gehörte und nicht meinem Freund. Ich konnte sie mir gut als Chefin eines erfolgreichen Zuchtbetriebs vorstellen. Eins musste man ihr auf jeden Fall lassen, die Frau hatte Schneid.

»Und da haben Sie gedacht, dass Sie einfach über die Mauern klettern und hier einbrechen können?«, konterte Sven und hob eine Braue.

Sie verzog ihre Lippen und suchte offenbar nach den richtigen Worten.

Zwar kannte ich Chelsea nicht gut, aber ihre Aktion überraschte mich nicht. Sie war eine Frau, die für ihre Ziele kämpfte. Das gefiel mir. Sie gefiel mir. Das war ein Problem. Denn der PR-Mann hatte mir vorhin während unserer nicht enden wollenden Sitzung nicht nur einen Maulkorb, sondern auch das Verbot erteilt, mich durch verschiedene Betten zu vögeln. Es wäre ein gefundenes Fressen für die Presse, mich zu allem als unmoralischen Lustmolch darstellen zu können. Ab sofort durfte ich das Leben eines Chorknaben führen – gerade bedauerte ich das sehr.

»Hören Sie, Mr Lundström. Ich weiß, wie das hier für Sie aussehen muss. Aber ich habe alles versucht, um Kontakt mit Ihnen aufzunehmen. Ich habe angerufen, E-Mails geschrieben und bin sogar persönlich hier gewesen. Aber ihr Personal hat mich abgewiesen. Was sollte ich noch machen?«

Ich warf meinem Freund einen Blick zu, er ignorierte mich. Wieso hatte er mir nichts erzählt? Gleichzeitig war ich ein wenig eifersüchtig, denn mich hatte sie nicht kontaktiert.

Meine Güte, wie war ich heute drauf? Ich erkannte mich selbst kaum wieder.

»Wie wäre es, Sie kommen erst einmal mit und erklären uns, was genau los ist«, schlug Sven vor, der plötzlich sehr gut gelaunt auf mich wirkte.

Hör auf, sie anzugrinsen, dachte ich, aber hielt mich zurück. Ich würde ihm nachher klar machen, dass er die Finger von ihr lassen musste. Chelsea gehörte mir.

Zumindest wünschte ich mir das.

Ach herrje. Das war in kurzer Zeit recht kompliziert geworden. Als ob ich nicht schon genug Probleme an der Backe hätte.

»Muss er dabei sein?«, fragte sie und warf mir einen finsteren Blick zu.

Hallo? Was hatte sie denn für ein Problem? Ich hatte ihren Gaul gerettet, und das war der Dank dafür? Egal. Das würde ich ihr zu gegebener Zeit erzählen. Ich malte mir lieber nicht zu bildlich aus, wie sie sich mir im Anschluss zu meiner Erklärung für meinen großen Gefallen erkenntlich zeigen würde. Es war auch so schon schwer genug, mich zusammenzureißen – mit einem Ständer wollte ich nämlich nicht herumlaufen.

»Ja, in der Tat«, erwiderte ich deshalb kurz und knapp, ohne Sven die Möglichkeit zu geben, mich aus einem fadenscheinigen Grund auszuschließen. »Immerhin ist Shadow mein Pferd.«

Chelsea erstarrte, und ihre Augen wurden untertassengroß. »Dein Pferd?«

Nun war es an mir, siegessicher zu lächeln. Genau. Sie würde mit mir sprechen müssen, wenn es um den Hengst ging. »So ist es.« Ich verschränkte die Arme gönnerhaft vor meiner Brust.

»Wieso steht er dann hier?«, fuhr sie fort und wirkte so, als ob sie mir nicht glaubte. Also so was!

»Ihr Lieben«, Sven legte mir einen Arm um die Schulter. »Lasst uns etwas trinken gehen. Meine Mitarbeiter haben zu tun.«

Den dezenten Hinweis verstand ich natürlich. Seine Leute hatten in den letzten Minuten genug mit angesehen, worüber sie sich in den kommenden Tagen die Mäuler zerreißen konnten. Der Gerüchteküche sollte man besser nicht noch mehr Futter bieten.

»Nur, wenn ich nachher nach Shadow sehen darf«, verlangte Chelsea, ohne sich zu rühren.

»Meine Liebe, auch wenn Sie nicht in der Position sind, Forderungen zu stellen, gefällt mir Ihre Courage. Wenn wir uns unterhalten haben, bringe ich Sie zu ihm.« Sven verschlang sie förmlich mit seinen Blicken, und mein Hals wurde eng.

Einen Teufel würde er tun! Ich würde höchstpersönlich Sorge dafür tragen, dass ich derjenige sein würde, der sie mit Shadow zusammenbrachte. Schließlich sollte sie mir danken, mir um den Hals fallen, mich küssen und so weiter. Den Rest wollte ich mir nicht vorstellen, und lieber nachher live mit ihr erleben. Natürlich nicht hier, sondern bei mir zuhause. In meinem Bett. Oder meiner Küche. Meinem Wohnzimmer. Am besten in allen Zimmern. Und auf der Dachterrasse, die fantastische Aussicht würde sich erst beim Sex mit ihr wirklich bezahlt machen.

Herrgott noch mal, Aidan, reiß dich zusammen, mahnte ich mich und lächelte hoffentlich nichtssagend.

»Na schön«, antwortete Chelsea. »Dann reden wir. Das hatte ich sowieso vor.«

Dieses Mal nahmen wir den Weg über den Hof zur Villa. Sven führte sie durch das Haus – vermutlich um Eindruck bei ihr zu schinden – und brachte sie dann hinaus auf die Veranda.

Eine seiner Hausangestellten kam hinterher und fragte, was sie uns bringen dürfe.

Obwohl ich große Lust auf einen Scotch hatte, orderte ich Wasser – alkoholisiert am Steuer wollte ich nach dem verheerenden Interview gestern nicht auch noch erwischt werden.

»Eine Cola, falls Sie so etwas haben«, teilte Chelsea der Frau mit.

Sie nickte. »Natürlich, Madam. Mit Eis und Zitrone?«

»Ja, wunderbar.«

»Für mich auch Wasser, danke«, schloss Sven die Bestellung ab.

Nachdem wir wieder zu dritt waren, wandte ich mich an Sven. »Ich möchte unter vier Augen etwas mit dir klären, hast du einen Moment?«

Sven atmete aus, stand aber auf und kam mit. Wir gingen ein paar Schritte, gerade weit genug, dass Chelsea uns nicht hören konnte. Ich ließ sie nicht aus den Augen. Sie betrachtete den Garten mit seinen hohen Büschen, Palmen und dem riesigen Pool, allerdings wirkte sie nicht beeindruckt, sondern nervös. Ich hatte nicht das Gefühl, dass man sie mit Luxus ködern konnte, das musste ich mir merken.

»Was ist, Aidan? Willst du mir etwas sagen, oder bist du zu sehr abgelenkt?«

Ups.

»Gut, dass du es ansprichst. Was Chelsea betrifft: Lass bitte deine Finger bei dir!«

Sven schaute ein wenig irritiert, dann zuckten seine Mundwinkel. »Ach, schau an. Du bist eifersüchtig?«

»Spinn nicht rum! Ich habe sie zuerst kennengelernt, und deshalb habe ich das Vorrecht.«

O je. Ich hörte selbst, wie bescheuert das klang. Als wäre ich die Hauptfigur aus einem dieser kitschigen Filme, die im neunzehnten Jahrhundert spielten. Nicht, dass ich viele von denen gesehen hätte, aber einmal hatte ich ein Date im Kino – und die Frau hatte diesen Käse ausgesucht. Glücklicherweise hatte ich sie nach der Hälfte davon überzeugen können, den restlichen Abend in meinem Bett zu verbringen. Aber ich wollte jetzt nicht an sie denken, denn der Sex mit ihr war es nicht wert gewesen. Dass es bei Chelsea anders sein würde, wusste ich, auch ohne sie näher zu kennen.

»Vorrecht? Wie wäre es, wenn wir sie selbst entscheiden lassen?«

Ich schluckte trocken und war kurz davor, meinem Freund sein blödes Grinsen aus dem Gesicht zu wischen.

»Schon gut, Kumpel«, meinte Sven und lachte dunkel. »Ich werde mich nicht einmischen, wollte dich nur auf den Arm nehmen. So, wie sie dich ansieht, hätte ich sowieso keine Chance.«

Ich wollte nachfragen, wie er das meinte, aber Sven war schon wieder auf dem Weg zurück. Deshalb folgte ich ihm schweigend.

»So, dann erzähl mal! Ich darf doch du sagen?«, begann Sven das Gespräch, nachdem wir uns gesetzt hatten. Als sie nickte, fuhr er fort: »Wieso kletterst du über meine Mauer, was übrigens eine beträchtliche Leistung ist, sie ist zwei Meter fünfzig hoch, du hättest dir sonst was brechen können.«

Chelsea atmete ein und wieder aus, ehe sie antwortete. »Ich weiß, es sieht aus, als wäre ich verrückt geworden. Aber ich war verzweifelt, weil mir Shadows Wohlergehen am Herzen liegt.«

Sven warf mir einen Blick zu, den ich wortlos verstand. »Schau sie dir an!«, schien er zu sagen. »Wenn sie sich nicht mal von einem Pferd, das ihr nicht gehört, ohne Tränen trennen kann, solltest du die Finger von ihr lassen. Das Mädchen träumt von der wahren Liebe, und die wirst du ihr nicht geben.« Natürlich hatte er recht, Sven war genauso wenig an Beziehungen interessiert wie ich. Aber davon wollte ich nichts hören und auch nichts sehen. Ich konnte mich später damit befassen, wenn wir miteinander fertig waren.

»Shadow geht es gut«, antwortete Sven.

»Dann hast du schon weitere Untersuchungen veranlasst? Was ist dabei herausgekommen?«

»Dazu kommen wir gleich«, erklärte Sven. »Ich denke, wir sollten uns zunächst darauf einigen, dass das mit dem Einbruch eine einmalige Sache war. Ich schätze meine Privatsphäre nämlich sehr.«

»O mein Gott, ja, natürlich! Das ist mir so unangenehm, es tut mir leid, und es wird nicht wieder vorkommen.« Sie sah angemessen zerknirscht aus, aber müsste ich wetten, würde ich nicht darauf setzen, dass sie es ehrlich bereute. Immerhin hatte sie erreicht, was sie wollte; sie saß nun hier und sprach mit Sven – und mir – über das Pferd, das sie dazu veranlasst hatte, über die Mauern des Lundström-Gestüts zu klettern.

»Da Shadow offiziell mir gehört, denke ich, dass wir miteinander reden sollten. Meinst du nicht?«, mischte ich mich ein.

Svens Handy bimmelte. Das hätte zu keinem besseren Moment passieren können. Obwohl ich schon lange nicht mehr an einen Gott glaubte, dankte ich dem Universum. Geh ran, dachte ich stumm und atmete erleichtert aus, als er aufstand. »Bitte entschuldigt mich für einen Moment.«

Sven war noch nicht ganz im Haus verschwunden, als die Angestellte mit den Getränken eintraf.

Verdammt, fluchte ich stumm, konnte man hier nicht einmal zwei Minuten allein sein?

Sieben

CHELSEA

Ich war stocksauer auf Aidan. Und so, wie er mich jetzt angrinste, brachte er mich noch mehr auf die Palme. Als würde ihm die Welt gehören und ich ebenfalls. Was bildete sich dieser Kerl eigentlich ein?

Das würde ich gleich herausfinden, denn wir waren nun alleine, nachdem Sven ins Haus verschwunden war, um zu telefonieren, und jemand uns Getränke serviert hatte.

»Was sollte das?«, schnauzte ich ihn an.

»Was meinst du, Chelsea?« Er verstand offenbar nicht, was für ein Problem ich mit ihm hatte. Eine Gänsehaut breitete sich auf meiner Haut aus, und meine Reaktion hatte leider rein gar nichts mit dem Ventilator zu tun, der sich über unseren Köpfen drehte. Aidans Stimme klang wie die Sünde pur, dunkel und verheißungsvoll. Darüber konnte ich sogar leicht vergessen, dass er ein Idiot war.

Du bist wütend auf ihn, erinnerte ich mich deshalb selbst, ehe ich antwortete. »Du weißt genau, was ich meine. *Du* hast Shadow gekauft? Warum?« Ich schnaufte empört. »Ich erinnere mich nicht, dass du in dieser Branche tätig wärst. Und selbst wenn, das ergibt für mich trotzdem keinen Sinn. Also erkläre es mir!«

Stille folgte auf meine Anklage. Gerade jetzt dürfte er sich fragen, woher ich wusste, dass er nichts mit Pferden am Hut hatte, denn von sich aus erzählt hatte er es mir nicht. Wann auch, wir waren uns bisher nur zwei Mal begegnet. Aber es könnte sein, dass ich Aidan nach dem gestrigen Fernsehauftritt gegoogelt hatte. Ja, ich war neugierig gewesen und war es auch jetzt noch. Dieser Mann hatte etwas an sich, das meine niederen weiblichen Instinkte ansprach, von denen ich bis vor Kurzem gar nicht gewusst hatte, dass sie in mir schlummerten. Ich unterdrückte ein Seufzen und konzentrierte mich auf Aidans Antwort. Viel konnte ich in seinem Gesicht jedoch nicht erkennen, seine Miene war vollkommen neutral. Das Internet hatte bei meiner gestrigen Suche auch nicht mehr über ihn ausgespuckt, jedenfalls nichts, was mir jetzt weiterhelfen würde.

Bisher wusste ich nur, dass Aidan auf einer australischen Universität studiert hatte – in Brisbane, um genau zu sein –, was man auch an seinem leichten Akzent merkte, wenn man darauf achtete. Schon während der Unizeit hatte er mit Aktien ein Vermögen angehäuft. Vor sieben Jahren war er in die Emirate gekommen und hatte sich hier mit Immobilienprojekten einen Namen erarbeitet. Von Pferden war nirgendwo die Rede gewesen. Auch Informationen über sein Privatleben gab es kaum. Keine Fotos mit Frauen auf roten Teppichen. Nichts von den Eltern. Gar nichts über ihn, abgesehen von seinem beruflichen Werdegang. Es war, als wäre Aidan ein unbeschriebenes Blatt, was im heutigen Zeitalter an ein Wunder grenzte. Gerade fragte ich mich, warum es mich so brennend interessierte. Diese Antwort mochte ich mir jedoch nicht geben.

Mein Herzschlag beschleunigte sich, während ich überlegte, was ich sagen sollte. Aber das war gar nicht nötig, Aidan übernahm das Wort.

»Ist es nicht schön, dass wir uns hier wiedersehen?« Er freute sich offenbar wirklich, er lächelte, und seine dunklen Augen leuchteten auf. Sein Strahlen war das, was mich vollends aus dem Konzept brachte.

»Schön findest du es? Und fragst du dich auch mal, wie es mir geht? Beschissen geht es mir«, polterte ich los, weil sein gutes Aussehen und sein Grinsen mich nicht darüber hinwegtäuschen konnten, dass er ein Spiel spielte, das ich nicht beherrschte. Warum sonst hätte er Shadow kaufen sollen? Trotzdem schämte ich mich, dass ich ihn so angepflaumt hatte. Das half weder mir noch meinem Lieblingspferd weiter. Mein Temperament war mit mir durchgegangen. Mal wieder. Ich unterdrückte ein genervtes Augenrollen.

»Wieso? Ich verstehe das nicht«, erwiderte Aidan und nahm einen Schluck von seinem Wasser. Er gab sich seelenruhig, was mich wiederum rasend machte. Dieser Mann!

Er verstand nicht, warum ich mich über seinen Spontankauf wunderte? Offenbar hatte ich mich doch von seinem Äußeren blenden lassen, wenn er das nicht begriff. »Du hast dafür gesorgt, dass Shadow nicht mehr unter meiner Obhut steht. Ich kann nicht mehr mit ihm arbeiten und ihn auch nicht mehr betreuen, obwohl er mir sehr wichtig ist.« Es klang genauso vorwurfsvoll, wie ich es meinte. Um mich zu beruhigen, nahm ich die Cola und nippte davon. Leider funktionierte es nicht, ich war immer noch aufgebracht und wollte Aidan am liebsten unzählige Schimpfwörter an den Kopf werfen. Aber ich war nicht mehr sieben Jahre alt und konnte mich beherrschen, weil ich wusste, dass das auch nichts bringen würde.

»Ich dachte, das wäre in deinem Sinne.« Aidan sah mich verständnislos an.

Ich schnaubte. »In meinem Sinne? Wie zur Hölle, kommst du darauf, dass es in meinem Interesse sein könnte, Shadow zu verlieren?«

Aidan wirkte mit einem Mal ernüchtert. »Suleiman al Maheiri hat nach diesem Auftritt keine Verwendung mehr für ihn, und ich hatte den Eindruck, du wolltest keine Shadow-Salami auf deinem Frühstücksbrötchen haben.«

Ich schnappte nach Luft. »Salami? Also bitte! Du bist so ein Widerling.«

»Chelsea«, murmelte er, und die Art wie er meinen Namen sagte, löste etwas in mir aus, das ich nicht näher beschreiben konnte. Auf jeden Fall ließ dieser Mann mich nicht kalt, ganz im Gegenteil.

Ich schluckte, aber die Enge in meiner Kehle blieb. »Du hättest dich nicht einmischen dürfen, und woher weißt du überhaupt, wie mein Chef reagiert hätte? Es wäre durchaus möglich gewesen, dass Shadow eine weitere Chance bekommen hätte. Es war sein erstes Rennen. Ich hätte die Angelegenheit selbst regeln können.« Das versuchte ich mir zumindest einzureden, obwohl ich wusste, dass Shadows Schicksal mit dem verkorksten Auftritt tatsächlich besiegelt gewesen war – Pferde bekamen bei meinem Boss nur selten eine zweite Chance für einen ersten Eindruck.

Mein Mut sank, und ich blickte auf meine Hände. Meine Wut auf Aidan war verpufft, und ich merkte, dass ich eigentlich gar nicht sauer auf ihn gewesen war, sondern auf mich, weil ich mich schon tausendmal gefragt hatte, was ich eventuell anders hätte machen können. Wenn ich Shadow bei dem Rennen selbst geritten hätte, wäre er dann vielleicht nicht aus der Reihe getanzt?

»Es tut mir leid, Chelsea. Ich dachte, es würde dir helfen, Shadow in guter Obhut zu wissen. Das Gestüt Lundström ist eine Spitzenadresse.« Er klang mitfühlend, und irgendwie half mir das ein wenig. Und natürlich wusste ich, dass

Shadow es hier gut haben würde. Aber was war mit mir? Ich arbeitete schließlich nicht auf dieser Anlage, sondern bei Al Maheiri.

»Du hast mir nicht geholfen. Im Gegenteil. Bitte misch dich nie wieder in meine Angelegenheiten ein!« Mit einem Mal fühlte ich mich erschöpft.

Obwohl es heute nicht heiß war, schwitzte ich. Ich vermied es, mir Luft zuzufächeln, sondern trank stattdessen noch einmal von meiner Cola.

»Wenn es das ist, was du wünschst«, gab er tonlos zurück, und ich wunderte mich, dass er so schnell aufgab.

Andererseits – überraschen sollte es mich nicht. Er wirkte nicht wie ein Mann, der sich mit unbequemen Frauen aufhielt.

»Warum?«, war alles, was ich noch von ihm wissen wollte.

Er zuckte die Schultern, und ich konnte nicht aufhören, ihn anzustarren. Aidan trug heute keinen Anzug, sondern ein weißes Shirt zu einer sandfarbenen Hose mit offenen Schuhen. Der Kerl hatte sogar schöne Zehen! Unglaublich.

Fokus, Chelsea, ermahnte ich mich. Ich wollte mich von seinem attraktiven Äußeren nicht ablenken lassen.

»Ich habe gesehen, dass er dir etwas bedeutet, und da ich weiß, wie es läuft, wollte ich ihn retten. Für dich.«

Meinte er das ernst, oder war das eine Masche? Bedauerlicherweise hatten meine bisherigen Erfahrungen mit Männern eine gehörige Portion Skepsis in mir verankert, so dass ich Aidans Aussage erst einmal infrage stellte. »Wieso erfahre ich erst jetzt davon?«

Aidan fuhr sich mit der Hand durch die Haare. »Sagen wir es mal so: Mein gestriger Tag ist nicht ganz wie geplant verlaufen. Ich bin noch nicht dazu gekommen, mich zu melden. Außerdem hatte ich deine Nummer nicht – und du hast mich nicht angerufen, Chelsea. Oder hast du meine Visitenkarte verloren?«

Es klang beinahe vorwurfsvoll, aber es schwang noch etwas anderes in seinem Tonfall mit, das meinen Unterleib schon wieder zum Summen brachte.

Ich steckte in Schwierigkeiten. Das hier war mehr als ein sexueller Funke. Ich hatte keine Ahnung, wieso, aber ich stellte mir vor, wie es wäre, wenn er mich küssen würde. Ich war mir sicher, dass er gut küssen konnte – unter anderem. Seine sinnlichen Lippen schienen geradezu dafür gemacht. Der Gedanke genügte, um meinen Puls erneut in die Höhe schnellen zu lassen.

»Ich verstehe trotzdem nicht, wieso du so spontan gehandelt hast«, gab ich ehrlich zu.

Er sah mich an, und ich verlor mich in seinen dunklen Augen. »Glaub mir, ich verstehe vieles im Zusammenhang mit dir nicht, Chelsea.«

Ich hatte den Eindruck, dass er noch etwas mehr sagen wollte, aber die Glastür wurde geöffnet, und Sven kehrte zurück.

Was für ein blödes Timing, dachte ich. Ich war sicher, dass das, was Aidan noch zu ergänzen gehabt hätte, wichtig gewesen wäre. Er gab mir mit einem Blick zu verstehen, dass diese Unterhaltung noch nicht beendet war.

Ich verstand ihn ohne Worte, dabei kannte ich ihn doch gar nicht gut. Wie war das möglich? Keine Ahnung, doch es war einfach so. Das erschreckte und freute mich gleichzeitig.

So was war mir noch nie passiert, aber ich wollte unbedingt herausfinden, was es bedeutete.

Er hatte Shadow meinetwegen gekauft? Das war schräg, es klang allerdings irgendwie romantisch.

Ich erinnerte mich dunkel daran, dass er mir bei unserer ersten Begegnung eine andere Geschichte erzählt hatte, in der Romantik gewiss keine Rolle spielte. Doch seine Taten bewiesen mir das Gegenteil. Entweder das, oder ich interpretierte etwas absolut falsch.

»Was habe ich verpasst?«, wollte Sven wissen.

»Nichts«, antworten Aidan und ich unisono.

Sven sah von einem zum anderen, dann nahm er sein Wasserglas und ging nicht weiter darauf ein. »Also, wir haben ein Pferd, das mir nicht gehört, im Stall. Aidan kann den verletzten Hengst nicht versorgen, und du arbeitest woanders. Wie soll das weitergehen?«

Sein Ton war geschäftsmäßig, aber nicht unfreundlich. Es gefiel mir, wie pragmatisch der Schwede an die Sache heranging.

»Ich lasse mir etwas einfallen«, versprach ich, ohne tatsächlich einen Plan zu haben. »Könnte ich Shadow vielleicht erst einmal sehen? Ich möchte wissen, wie sein Bein aussieht.«

»Klar. Ich nehme an, du kannst ihn nicht bei dir versorgen?«, hakte Sven nach.

Das sollte wohl ein Scherz sein, deshalb lachte ich, es klang ein wenig zu künstlich. »Leider passt Shadow nicht in meine Fünfundvierzig-Quadratmeter-Wohnung, es würde schon daran scheitern, dass in dem Haus keine Tiere erlaubt sind, selbst wenn ich ihn in den Aufzug quetschen könnte.«

»Dachte ich mir«, gab Sven grinsend zurück. Er und Aidan tauschten daraufhin einen stummen Blick aus, aber dieses Mal begriff ich nicht, was das bedeuten sollte.

»Wir finden eine Lösung«, erklärte Aidan, und die Bestimmtheit seines Tonfalls löste ein warmes Kribbeln in meiner Magengrube aus. Ich ignorierte dieses Gefühl, denn schließlich ging es um Shadow und nicht um mich.

Sven stand auf. »Dann lasst uns mal nach dem Burschen sehen.«

Es gefiel mir, dass der Schwede nicht lange herumredete und direkt zur Tat schritt. Wenige Minuten später schlug mein Herz höher, als ich mit Sven zu Shadows Box kam. Aidan wartete davor. Shadow war nervös und tänzelte, aber

Sven war geübt im Umgang mit Pferden und verhielt sich genau richtig. Doch der Hengst fühlte sich fremd in seiner Umgebung und vertraute niemandem außer mir, deshalb wagte ich mich einen Schritt nach vorn und übernahm die Führung während der näheren Untersuchung.

»Er war bislang nicht besonders kooperativ«, erzählte Sven. »Meine Leute konnten kaum an ihn heran, um ihn zu versorgen. Er hat sich nicht gerade freundlich verhalten.«

»Das wundert mich nicht, er ist sehr sensibel«, gab ich zurück und tätschelte seinen Hals, woraufhin er abschnaubte.

Aidan lehnte mit der Schulter am Rahmen der Tür, die zur Box führte. Er beobachtete uns, und seine Nähe gab mir Sicherheit, was irgendwie schräg war. Vor wenigen Minuten hatte ich mich noch fürchterlich über ihn aufgeregt.

Sven verzog nach meiner Erklärung das Gesicht. »Sensibel oder gaga im Kopf, das wird sich noch zeigen.«

Ich zwang mich, meine Antwort auf diese Provokation herunterzuschlucken, und untersuchte stattdessen weiter Shadows Fessel. Es sah nicht besser aus, im Gegenteil, die Sehne war komplett verklebt, und alles in diesem Bereich war geschwollen. »Er muss versorgt werden. Darf ich?«

»Bitte, tu dir keinen Zwang an«, sagte Sven und hob die Hände.

»Du kennst ihn am besten«, mischte sich Aidan ein, und ich spürte instinktiv, dass er es nicht sagte, um mich zu beeindrucken, sondern weil er mich für kompetent hielt.

Einige Minuten arbeitete ich schweigend, prüfte, ob Shadow weitere Blockaden hatte. Tatsächlich fand ich eine im Kreuzbein und löste sie. Es gab noch zwei, drei kleinere in der Wirbelsäule, die ich auch behandelte. Shadow reagierte prompt mit Lecken und Kauen, was immer ein Zeichen dafür war, dass die Behandlung erfolgreich war. Das löste natürlich die akute Verletzung im Fuß- und Sehnenbereich nicht gleich in Wohlgefallen auf, aber es war ein Anfang.

»Die Fessel muss gekühlt werden. Ein altes Hausmittel bei akuten Entzündungen ist Quark. Das hat sich bewährt. Das ersetzt natürlich nicht die ärztliche Behandlung, die würde ich unbedingt empfehlen.« Ich blickte auf, und Sven betrachtete mich stumm.

»Du machst das nicht zum ersten Mal«, stellte er fest.

»Nein, natürlich nicht. Das ist mein Beruf.«

»Was genau ist deine Funktion bei Al Maheiri?«

»Ich bin Trainerin, aber auch Physiotherapeutin.«

»Du hast auch eine chiropraktische Ausbildung?«

»Das stimmt«, gab ich erstaunt zurück. Ich erzählte das nicht jedem, weil viele nicht daran glaubten, und ich keine Lust hatte, meine Fähigkeiten zu verteidigen. Dass Sven mich so offen darauf ansprach, überraschte mich. Was er davon hielt, konnte ich jedoch nicht erkennen.

»Gut, Quark, das werde ich veranlassen, ebenso wie einen Tierarztbesuch«, meinte Sven. »Hättest du die Möglichkeit, dir auch noch eine meiner Stuten anzusehen? Sundancer hatte eine Verletzung, aber die ist eigentlich schon seit Monaten auskuriert. Nur will sie einfach nicht wieder in Form kommen. Ich habe schon diverse Tierärzte befragt, aber …«

»Ja, klar, sehr gerne«, unterbrach ich ihn mit einem Strahlen im Gesicht, denn ich spürte, dass er sich wirklich um Shadow kümmern würde, dass es nicht nur so dahingesagt war. Vielleicht nicht Sven persönlich, aber seine Leute. Das tröstete mich zwar nicht über die Tatsache hinweg, dass Shadow für mich verloren war, doch zu erfahren, dass Sven Lundström kein ignorantes Arschloch war, half mir sehr.

Nachdem ich seine Stute behandelt und die Ursache – eine Verschiebung im Kreuz-Damm-Bereich – behoben hatte, traten wir auf den Hof hinaus. Es dämmerte bereits, und die Beleuchtung hatte sich eingeschaltet. Die Villa und die Stallungen sahen so noch imposanter aus.

»Sie muss drei Tage stehen, danach könnt ihr langsam mit dem Training beginnen. Eine Schwimmanlage habt ihr, oder?«, wandte ich mich an Sven.

Er nickte. »Natürlich.«

»Gut, das wird ihr beim Muskelaufbau helfen.« Ich war zufrieden und zuversichtlich, es hatte mir auch gutgetan, etwas von meinem Wissen anwenden zu können.

»Kannst du gelegentlich noch einmal nach ihr sehen?«, bat er mich.

»Sicher, das mache ich gerne. Sie liegt dir am Herzen?«, wollte ich wissen. Für Sven war diese Stute keine Ware, das spürte ich. Er ging anders mit seinen Pferden um als mein derzeitiger Boss.

»Ja, in der Tat. Sie war schon als Fohlen etwas Besonderes.«

Das konnte ich so gut nachvollziehen, deshalb lächelte ich. »Ruf mich jederzeit an«, ermutigte ich ihn. »Soll ich dir meine Nummer aufschreiben?«

»*Er* kriegt deine Nummer?«, mischte Aidan sich jetzt ein.

Ich sah zu ihm auf. »Das ist rein beruflich.«

Mist. Wieso hatte ich das gesagt? Als ob es Aidan etwas angehen würde! Daraufhin grinste er. »Okay, gut, na klar. Das ist okay. Wenn du versprichst, dass du mich auch mal anrufst?«

»Zu süß, ihr beiden, wirklich. Aidan, du hast sie gleich für dich, denn ich habe noch eine Verabredung.« Sven zückte sein Handy und reichte es mir. »Bitte tippe deine Nummer ein, dann kann ich sie speichern.«

Nachdem ich das getan hatte, verabschiedete Sven sich von mir und ging ins Haus. Aidan und ich blieben auf dem Hof zurück. Auf einmal breitete sich eine seltsame Befangenheit zwischen uns aus.

»Ich wollte ihn dir nie wegnehmen«, murmelte er. »Ich hoffe, du glaubst mir. Ich habe wirklich gedacht, dass es eine gute Idee wäre.«

Für einen Moment betrachtete ich Aidan schweigend. Das Bedürfnis, mich in seine Arme zu werfen, war mit einem Schlag so stark, dass ich hastig zu Boden schaute. »Ja, ist schon gut. Ich glaube dir.« Meine Stimme klang wie ein Reibeisen. Wie peinlich. »Ich muss jetzt los. Es ist spät geworden.«

»Zu spät für ein Essen?«

»Tut mir leid, du siehst ja, wie ich ausschaue. So kann ich nirgendwohin gehen«, wich ich seiner Frage aus.

»Ein andermal vielleicht?«

»Vielleicht«, gab ich zurück, obwohl ich gegen jede Vernunft Ja sagen wollte. Ein Teil von mir zumindest, ein dummer, der anscheinend vergessen hatte, was passierte, wenn Mädchen wie ich mit Männern wie Aidan spielten.

Acht

AIDAN

Die Tage rasten an mir vorbei, und ich hatte alle Hände voll damit zu tun, die Termine wahrzunehmen, die mir dieser verdammte PR-Manager aufgezwungen hatte. Es war schlichtweg eine Qual – an jedem Abend musste ich mich an einem anderen Ort blicken lassen und grenzdebil in Kameras lächeln.

Kurz gesagt, es zehrte mich aus und brachte mir keinen Spaß, es war Folter pur. Tagsüber arbeitete ich wie ein Verrückter, und nachts lag ich wach, weil ich nach diesem sozialen Zirkus zu aufgedreht war, um Ruhe zu finden.

Am schlimmsten aber fand ich, dass Chelsea sich nicht bei mir gemeldet hatte. Von Sven wusste ich, dass sie sich regelmäßig um Shadow kümmerte. Ein paar Mal hatte ich mir überlegt, ob ich nicht zum Gestüt fahren sollte, um ihr zufällig über den Weg zu laufen, aber das fand ich dann doch zu erbärmlich.

Wie war es möglich, dass Chelsea die gefühlt einzige Frau auf der Welt war, die ich nicht für mich begeistern konnte?

Ja, mein Ego war angekratzt, doch das war nicht alles. Ein Teil von mir war wirklich traurig darüber, dass sie mich nicht wollte. Natürlich würde ich mich ihr nicht aufdrängen.

»Aidan«, riss mich Roxys Stimme aus meinen Grübeleien. Sie stand im Türbogen zu meinem Büro und runzelte die Stirn. »Du musst langsam los.«

Ich warf ihr einen bösen Blick zu, obwohl sie nichts dafürkonnte, dass ich so mies drauf war. »Ich bin krank.«

Sie lächelte mitfühlend. »Ja? Was hast du?«

»Chronische Sozialphobie.«

Sie grinste schief. »Leider habe ich nichts in petto, was dich trösten könnte.«

»Ich habe schlicht keinen Bock zu diesem Falkenrennen zu gehen«, platzte es aus mir hervor.

Roxy zuckte die Schultern. »Stell dich nicht so an, es gibt Schlimmeres.«

»Wirklich? Ich muss schon wieder mit wichtigen Leuten auf der Tribüne sitzen.« Ich malte Gänsefüßchen in die Luft, während ich wichtig sagte.

»Was ist die Alternative? Du hast zugestimmt, dass der PR-Fuzzi sich darum kümmert, dass dein Ruf wiederhergestellt wird.«

Ich knirschte mit den Zähnen. »Ich hasse es, dass du immer recht hast.«

Sie grinste. »Ist schon gut, das verstehe ich. Allgemeines Männerproblem.«

Ich stand mit einem Seufzen auf und schob mein Handy in die Innentasche meines Jacketts. »Wir sehen uns morgen.«

»Nein, ich habe zwei Tage Urlaub.«

»Ach ja?«

»Ja, das steht auch schon seit Ewigkeiten in deinem Kalender.«

»Der ist so voll, ich habe gar keinen Durchblick mehr. Wo geht's hin? Hast du was Schönes geplant?«

»Ja, Robert und ich wollen einen Ausflug in die Wüste machen, ich wohne jetzt schon so lange hier und habe das ewig vorgehabt, aber nie wirklich durchgezogen.«

Diese Idee war sicher nicht von ihr gekommen, das war jedenfalls meine Vermutung. Ich kannte ihren Freund nicht gut, aber ich fand, dass er gar nicht zu ihr passte. Er war ein Korinthenkacker vor dem Herrn. »Ich gehe davon aus, dass Robert sich um die Ausrüstung kümmert?«

»Wieso sagst du das mit diesem Unterton?« Sie hob eine Braue.

Ich wollte nicht überheblich wirken, deshalb lenkte ich ein. »War nicht so gemeint, ist doch super, wenn man jemanden hat, der so was wie Hämorrhoidencreme organisiert. Die wirst du nach einem Tag auf dem Kamelrücken brauchen. Und jetzt muss ich los, oder ich komme doch wieder zu spät. Hab ein paar schöne Tage.« Ich schenkte ihr mein entwaffnendstes Lächeln, um mich für meine Frechheiten zu entschuldigen. Mir war klar, dass ich meine schlechte Laune an ihr ausließ, und das tat mir leid.

»Danke – und, ach ja, ruf mich nicht an. Ich meine es ernst, Aidan. Ich werde mein Handy nicht benutzen, außer um den Notruf zu wählen, nachdem mich ein Skorpion gebissen hat.«

»Gestochen«, korrigierte ich sie.

Roxy winkte ab. Tatsächlich konnte ich sie mir weder in einen Schlafsack gerollt in einem Beduinenzelt noch auf einem Kamel vorstellen. Wenn ich es nicht besser wüsste, würde ich sagen, dass ihr die High Heels an den Fußsohlen festgewachsen waren. »Was auch immer, Aidan, ich wünsche dir gute Nerven und mir gute Erholung!«

»Amen«, erwiderte ich mit einem Grinsen. Dann verließ ich mein Büro und fuhr zu dieser verdammten Veranstaltung. Vorher machte ich aber noch einen kleinen Abstecher in die Mall of Dubai, um ein Geschenk für meine Haushaltshilfe zu kaufen. Lynn hatte diese Woche Geburtstag, und ich wollte mich bei ihr dafür bedanken, dass sie mich und meine Macken aushielt. Sie war ein Goldstück, und ich schätzte es sehr, dass sie mir weder auf die Nerven ging, noch sich über meine Unordnung zuhause beschwerte. Außerdem war sie die einzige Person, die bei mir ungefragt ein- und ausging. Ich ertrug keine tausend Leute um mich herum, die sich um meine Belange kümmerten.

Nachdem ich meinen Wagen im Parkhaus abgestellt hatte, lief ich schnellen Schrittes in die klimatisierte Mall. Ohne darüber nachzudenken, steuerte ich eines der Luxusgeschäfte an und betrat den Fendi Flagstore. Dort kaufte ich irgendeine Handtasche, von der ich glaubte, sie könnte Lynn gefallen. Mir war jetzt schon klar, dass sie mich dafür ausschimpfen würde, weil das Ding für ihr Dafürhalten viel zu teuer war, aber das war mir egal. Ich wollte ihr eine Freude machen, und selbst würde sie sich niemals eine Tasche wie diese leisten können.

Auf dem Weg aus dem Laden stieß ich beinahe mit einer Frau zusammen, gerade noch rechtzeitig schaffte ich es zu bremsen. Sie war arabisch traditionell in Schwarz gekleidet, aber das war nicht das, was mich überraschte. Für einen Moment glaubte ich, in das Gesicht meiner Mutter zu blicken, nur etwa zwanzig Jahre älter als das in meiner Erinnerung.

Ich erstarrte und merkte, dass mein Mund offenstand. »Entschuldigung«, sagte ich instinktiv auf Arabisch.

Die Frau sah mich mit einer Mischung aus Neugierde und Überraschung an. »Du bist es«, murmelte sie und lächelte freundlich.

Mir wurde heiß und kalt gleichzeitig. Natürlich wusste ich, dass die Familie meiner Mutter noch immer hier lebte – aber ich hatte keinerlei Kontakt zu ihnen. Die Wahrscheinlichkeit, dass man sich in Dubai über den Weg lief, war nicht gerade hoch – oder doch, bei gewissen Veranstaltungen schon, deshalb mied ich diese. Aber hier, in einem Taschengeschäft? Verdammt. Darauf war ich nicht vorbereitet.

»Entschuldigung«, wiederholte ich tonlos. »Sie müssen mich verwechseln.«

Dann trat ich zur Seite und hastete davon.

Die Begegnung mit einer meiner Tanten – es musste so sein, anders konnte ich mir die Ähnlichkeit nicht erklären – hatte mich völlig aus der Bahn geworfen. Ich fühlte mich zittrig und konnte nicht klar denken. Wenn ich heute eines nicht wollte, dann daran erinnert zu werden, was meine Mutter ihr ganzes Leben lang vermisst hatte. Sie hatte eine falsche Entscheidung getroffen, die sie ihre Familie, ihre gesamte Herkunft gekostet hatte.

Nein, diesen gedanklichen Pfad würde ich nicht einschlagen, beschloss ich, während ich aus dem Parkhaus fuhr. Sonst konnte ich das verdammte Falkenrennen gleich vergessen. Heute musste ich lächeln, Smalltalk betreiben und so tun, als wäre ich gern dabei, wenn reiche Menschen ihre Vögel gegeneinander antreten ließen.

Ich erreichte die Veranstaltung pünktlich und hatte mich wieder einigermaßen gefangen. Das Wetter war schön, die Sonne strahlte vom Himmel – natürlich, schließlich war ich in Dubai, hier regnete es nur an einer Handvoll Tage im Jahr. Trotzdem wollte meine Stimmung sich nicht so recht aufhellen, da nützte es nicht einmal etwas, dass mir die Leute überraschend wenig auf den Nerv fielen. Entweder das, oder ich hatte mich allmählich an den permanent säuselnden Smalltalk gewöhnt, dem ich sonst so gewissenhaft aus dem Weg ging.

Heute fanden die Meisterschaften der Emirate statt, das hieß, es war ein Vorentscheid. Die Finalrunde war am Wochenende angesetzt. Ich saß mit einigen Geschäftsleuten zusammen und hatte eine Cola in der Hand. Auf der gegen-überliegenden Seite befand sich eine weitere, etwas kleinere Tribüne, auf der ebenfalls Zuschauer saßen. Sie waren schräg angelegt, so dass man den Start der Falken beobachten konnte, sowie die Flugstrecke bis zum Ende.

Es ging darum, welcher Falke über eine vorgegebene Distanz der schnellste war. Eine Sportart, die sich aus der Geschichte der Beduinen entwickelt hatte, denen diese edlen Tiere mit ihren Jagdkünsten über viele Jahre das Überleben gesichert hatten.

Ich musste schlucken, mein Mund war ganz trocken geworden. Üblicherweise konnte ich diesen Teil meiner Herkunft gut ausblenden, weil ich nicht mehr dazugehörte, nachdem meine Mutter bereits vor meiner Geburt von der Familie verstoßen worden war. So hatte sie es mir zumindest immer erzählt. Doch nach der Begegnung mit meiner Tante in der Shopping Mall hatten sich Fragen in mir aufgetan. Wenn es wirklich die Schwester meiner Mum gewesen war, der ich ins Gesicht geblickt hatte, dann wusste sie von mir. »Du bist es«, hatte sie gesagt.

Entweder hatte sie mich tatsächlich erkannt, was bedeuten würde, dass meine Mutter zumindest mit Teilen der Familie in Kontakt geblieben war, oder sie hatte mich aus dem verkorksten Interview neulich in Erinnerung. Ich konnte nicht sagen wieso, aber Letzteres schloss ich aus.

Ich rieb mir unauffällig mit den Fingern über die Schläfen, den Colabecher hatte ich mir zwischen die Schenkel geklemmt. Das viele Nachdenken hatte ein leichtes Hämmern in meinem Schädel verursacht, das unangenehm war. Kurz schloss ich meine Lider, um durchzuatmen. Aber nur für ein paar Sekunden, ich wollte nicht, dass jemand von meiner Unpässlichkeit mitbekam. Mein Befinden ging niemanden etwas an, schließlich war ich hier, um mich als starken, integren Geschäftsmann zu präsentieren, und nicht als Schwächling, der sich von einer aufkommenden Migräne aus der Bahn werfen ließ.

Als ich meine Augen wieder öffnete, entdeckte ich einen bekannten blonden Schopf auf der gegenüberliegenden Tribüne. Leider sah ich die Frau nur von hinten, aber ich könnte schwören, dass es sich dabei um Chelsea handelte. Sie war in Begleitung einer anderen Frau; die beiden waren gerade im Begriff zu gehen, sonst wären sie mir vermutlich in der Menge gar nicht aufgefallen.

Ich war erleichtert, dass sie nicht mit einem Mann hier war. Ohne darüber nachzudenken, stand ich auf, entschuldigte mich bei meinen Gesprächspartnern und machte mich auf den Weg, um Chelsea zu erwischen. Nach diesem merkwürdigen Tag war die Aussicht auf eine Unterhaltung mit ihr mein Silberstreif am Horizont. Dämlich vielleicht, aber es stimmte.

Während ich sie suchte, überlegte ich, wie ich sie doch noch zu einem Date überreden könnte. Dieses Mal würde ich mich nicht mit Ausflüchten abspeisen lassen. Ich wollte diese Frau wirklich näher kennenlernen, und das mit einer Intensität, die mir Angst machen sollte.

Neun

AIDAN

Ich fühlte mich wie ein liebeskranker Teenager, als ich auf dem Parkplatz nach Chelsea Ausschau hielt. Hier reihte sich eine Luxuskarosse an die andere, was bei diesen Veranstaltungen nicht ungewöhnlich war. Gerade störte es mich jedoch immens, da ich nicht über die Dächer der Autos hinwegblicken konnte. Ich kam mir vor wie in einem Irrgarten – hoffte aber, dass ich trotzdem zu meinem Ziel finden würde, ehe Chelsea von hier verschwand.

Warum ging ich überhaupt davon aus, dass sie gehen wollte und sich nicht einfach mit ihrer Freundin aufs Klo verzogen hatte, um sich die Nase zu pudern? Frauen erledigten ihr Geschäft doch immer im Doppelpack.

Ich war ein Idiot. Natürlich. Das Falkenrennen war ja noch nicht vorbei. Verdammt.

Ich stieß einen genervten Seufzer aus, als ich nicht allzu weit von mir entfernt jemanden fluchen hörte. Die Stimme war weiblich, und meine Hoffnung kehrte schlagartig zurück.

Ich folgte dem Geräusch und entdeckte einen Kleinwagen, der etwas verbeult aussah und so gar nicht zwischen die Nobelkarossen passte. Darin saßen zwei Frauen, bei geöffneten Fenstern.

Wie von selbst bogen sich meine Mundwinkel nach oben, ich trat zur Fahrerseite und beugte mich herunter. »Hi, schön, dich zu sehen.«

»O Gott, du hast mich erschreckt!« Chelsea hob die Hände zur Brust und schaute mich aus großen Augen an.

»Brauchst du Hilfe?« Ich lächelte zufrieden. Da hatte dieser ätzende Tag doch noch eine erfreuliche Wendung genommen.

»Wie kommst du darauf?« Ihr Blick war skeptisch, beinahe misstrauisch.

Diesen Ausdruck sah ich bei ihr nicht zum ersten Mal, und ich begriff, dass dafür vermutlich irgendein Mistkerl verantwortlich war, der sie in der Vergangenheit enttäuscht hatte.

In mir regte sich der an Wahnsinn grenzende Wunsch, diesen Schwachkopf zu finden und zu zermalmen. Ich wollte sie beschützen, für sie da sein.

Ich musste verrückt geworden sein.

Zum Glück fasste ich mich schnell. »Ich habe dein Fluchen über den ganzen Parkplatz gehört, deshalb komme ich darauf. Hi, ich bin Aidan«, wandte ich mich mit meinem Superheldenlächeln an ihre Begleiterin, um auch sie für mich einzunehmen.

»Schön, dich kennenzulernen, ich bin Aria.« Die Freundin streckte mir über Chelsea hinweg ihre Hand hin.

Sie hatte einen kräftigen Händedruck und einen wachen Blick. Mit ihrem haselnussbraunen Haar und den fröhlichen braunen Augen vermittelte sie mir den Eindruck, dass sie selbstbewusst und ehrlich war. Es überraschte mich nicht, dass Chelsea mit jemandem wie ihr befreundet war.

»Arbeitest du auch in der Pferdebranche?«, wollte ich von ihr wissen und spürte Chelseas Blick auf mir. Es gefiel mir, und ich hoffte, dass sie einen Funken Eifersucht empfand, obwohl ich nicht wirklich mit Aria flirtete.

Aria schüttelte den Kopf und lächelte. »Nein, ich bin Tierärztin, auf Falken spezialisiert, deshalb waren wir hier. Ich habe einen Schützling beklatscht, der vor kurzem eine gebrochene Feder hatte.«

»Wahnsinn, was man alles behandeln kann«, gab ich ehrlich erstaunt zurück.

»Apropos behandeln«, mischte Chelsea sich ein. »Mein Wagen springt nicht an, ich muss mal telefonieren.« Sie schnallte sich ab, und ich öffnete die Tür für sie. »Tut euch keinen Zwang an, ich bin gleich wieder da.«

So viel zum Thema Eifersucht. Keine Spur.

Nun war ich es, der enttäuscht war.

Was war nur mit mir los? So kannte ich mich nicht.

»Geht er nicht an?«, wollte ich von Chelsea wissen.

»Ja, leider. Keine Ahnung, woran das liegt.«

»Vermutlich, weil du deinen Wagen vom Autofriedhof geholt hast. Ich wusste gar nicht, dass so alte Kisten auf unseren Straßen überhaupt noch fahren dürfen.«

»Sehr witzig. Nicht jeder führt ein erfolgreiches Immobilienimperium, Aidan.«

Nun musste ich doch grinsen. »Ah, ich sehe, du hast dich über mich informiert. Ich fühle mich geehrt.« Ich freute mich tatsächlich.

Ihre Wangen färbten sich zartrosa. »Unsinn, habe ich nicht. Es stand auf deiner Visitenkarte.«

Ich glaubte ihr kein Wort, aber das behielt ich für mich, weil meine Freude überwog und ich sie nicht weiter provozieren wollte. »Lass mich mal sehen!«, sagte ich stattdessen, suchte unter dem Lenkrad nach einem Hebel, mit dem ich die Motorhaube öffnen konnte.

»Kennst du dich mit so was aus?«, stieß sie überrascht hervor.

Ich enthielt mich eines Kommentars, sie musste nicht wissen, dass ich in meiner Jugend in einer Autowerkstatt gejobbt hatte. Auch ich hatte ein Leben vor dem Reichtum geführt. Ich war nicht mit dem buchstäblichen goldenen Löffel geboren, sondern hatte mir mein Vermögen selbst erarbeitet, durch Geschick und gutes Timing. Trotzdem erzählte ich nicht gerne von mir, denn die Wunden meiner Jugend waren noch lange nicht verheilt.

Ich zog die Anzugjacke aus und warf sie auf den Rücksitz, dann ging ich nach vorn und schaute in den Motorraum. Ich prüfte ein paar Verbindungen und fand schnell das Problem. Ein Kabel hatte sich gelöst, keine große Sache. Aber lange würde es ihr Gefährt nicht mehr machen, das konnte ich auch ohne längere Analyse feststellen. Meine Vermutung mit dem Autofriedhof war nicht so weit hergeholt gewesen.

»Versuch es jetzt mal«, schlug ich vor.

Chelsea sah mich an, als hätte ich mich vor ihren Augen in einen Alien verwandelt. »Äh, okay?«

Dann setzte sie sich hinters Steuer, und der Motor sprang tatsächlich beim ersten Versuch an. Ich zeigte meinen Triumph nicht, als ich neben sie trat und mich zu ihrem Fenster herunterbeugte, wo ich mich mit den Ellenbogen auf den Rahmen stützte. »Wie wäre es mit einem Abendessen als Dankeschön?«, schlug ich grinsend vor.

Aria tat beschäftigt, sie tippte etwas auf ihrem Handy herum, aber ich sah ihre zuckenden Mundwinkel.

»Tut mir leid, ich habe schon etwas vor.« Chelsea zeigte auf ihre Begleitung, dann reichte sie mir meine Anzugjacke, die ich ihr mit einem Grinsen abnahm.

»Okay, das verstehe ich. Wie sieht es morgen aus?«

Chelsea nagte an ihrer Unterlippe, und ich spürte, dass sie nach einer Ausrede suchte. Der Blick, den sie mir dabei zuwarf, war so intensiv, dass es mir durch Mark und Bein ging. Danach wurden mir zwei Dinge klar: Sie fand mich interessant. Aber sie hatte auch Bedenken.

Gut, die konnte ich ihr nicht verübeln. Natürlich nicht. Ich wusste selbst, dass ich ein Scheißkerl war. Das Einzige, was ich Frauen bieten konnte, war Unverbindlichkeit. Seltsamerweise wollte ich gerade diesen Eindruck bei Chelsea vermeiden. Und trotzdem wünschte ich mir, dass sie mit mir ausging. Es war absurd.

»Ich glaube nicht, dass das eine gute Idee ist, tut mir leid, Aidan.« Danach kurbelte sie ihre Fensterscheibe nach oben. Ja, richtig: So alt war ihr Wagen. Ich war zu perplex, um noch etwas zu sagen oder zu tun. Aria warf mir einen Blick zu, der mich nicht gerade hoffnungsvoll stimmte. Sie schaute mich an, als ob sie Mitleid mit mir hätte.

Okay, jetzt war es offiziell: Mein sonst bei Frauen erfolgreicher Charme war bei Chelsea vollkommen wirkungslos. Ich wollte sie, aber sie wollte mich nicht.

Zehn

CHELSEA

B ist du verrückt geworden?«, fragte Aria leise, während ich den Rückwärtsgang einlegte und ausparkte.

»Was, wieso denn?«, gab ich betont ahnungslos zurück und ignorierte Aidan, der noch immer in der Lücke stand. Ich spürte seinen bohrenden Blick deutlich auf mir, was meinen Puls konstant hochhielt.

»Hallo? Der Typ ist ultra heiß, wieso gehst du nicht mit ihm aus? Bist du eine Nonne geworden, oder was?«, fuhr Aria mit ihrer Schelte fort.

»Ich habe keine Zeit für Männer«, log ich und merkte selbst, wie unglaubwürdig diese Ausrede klang. Die Lage war kompliziert, und gerade jetzt wollte ich meiner Freundin nicht erklären, was alles dagegensprach, mich mit Aidan zu treffen.

»Ja, klar. Und ich würde Chris Hemsworth auch einen Korb geben.« Aria schüttelte den Kopf und gluckste.

»Aidan sieht nicht aus wie Chris Hemsworth«, protestierte ich. Sondern viel besser, ergänzte ich im Stillen.

Mein Auto rollte langsam über den geschotterten Weg weiter zur Hauptstraße, und ich widerstand dem Drang, in den Rückspiegel zu schielen. Dabei konnte ich die Wehmut, die mein Herz einschnürte, je weiter ich mich von Aidan entfernte, nicht verstehen. Ich hatte seine Einladung abgelehnt, um es zu schützen, warum fühlte ich mich dann, als hätte ich etwas verloren? Das ergab überhaupt keinen Sinn und verwirrte mich zunehmend.

»Er ist genau dein Typ, dunkelhaarig und sportlich. Also, spuck es aus! Was ist dein Problem, Chelsea?«

»Ich habe kein Problem.«

Wem wollte ich hier eigentlich etwas vormachen? Aria kannte mich gut genug, um zu wissen, dass ich den totalen Bullshit verzapfte.

»Hm, na gut. Dann gibt es also keinen speziellen Grund, dass du einen verflucht attraktiven Typen abblitzen lässt, der ganz offenkundig verschossen in dich ist?«, stichelte sie weiter.

Oh. Oh. Das hätte sie nicht sagen dürfen. Aidan in mich verschossen?

Ich bremste so ruckartig, dass Aria in den Gurt geschleudert wurde. »Willst du mich veräppeln?« Meine Stimme klang schrill.

Aria lachte. »Ich habe nur das wiedergegeben, was ich beobachtet habe.«

»Dann brauchst du wohl eine Brille. Aidan ist ein Womanizer, ein Playboy. Das hat er mir bei unserer ersten Begegnung direkt klargemacht – dass er womöglich mit mir ins Bett gehen würde, aber das Ganze zu nichts Verbindlichem führen würde. An so was habe ich kein Interesse. Wenn ich einen Orgasmus brauche, kann ich meine Sextoys aus der Schublade holen.«

»Gut, dann kann ich ja mit ihm ausgehen.«

Ich verzog den Mund. »Tu dir keinen Zwang an, Aria.«

Obwohl mir die Idee nicht schmeckte, fuhr ich stur weiter und versuchte mir nichts anmerken zu lassen. Für einige Minuten sagte niemand von uns etwas. Ich wusste, dass Aria mich nur aus der Reserve locken wollte, aber sie hatte mich damit eiskalt erwischt. Ich wollte nicht, dass Aidan mit jemand anderem ausging als mit mir. Ich musste echt einen Dachschaden haben.

»Ist das seine Visitenkarte?« Aria hielt das Ding hoch und riss mich damit aus meinen Eifersuchtsszenarien.

Warum ich sie noch immer nicht entsorgt hatte, konnte ich nicht erklären. Oder doch, natürlich: Obwohl ich mich so vehement gegen die Vorstellung wehrte, mich mit Aidan zu treffen, wünschte ich es mir gleichzeitig. Es war wie mit dem letzten Stück Schokolade in einer Pralinenpackung – der Kopf sagt, lass es sein, aber der Rest von dir will, dass du es unbedingt in dich reinstopfst.

»Ja«, brummte ich. »Das sind seine Kontaktdaten.«

Dann fotografierte Aria seine Nummer und legte die Karte zurück. Echt jetzt? Ihr Verhalten überraschte mich, aber da ich ihr selbst angeboten hatte, dass sie ihn daten könnte, enthielt ich mich eines Kommentars. Vielleicht fand sie ihn wirklich so attraktiv, dass sie ihn anrufen wollte. Ich presste meine Lippen so fest zusammen, dass sie beinahe wehtaten.

»Pass auf, dass du dir nicht die Finger an ihm verbrennst«, platzte es dann doch aus mir hervor.

Aria kicherte. »Keine Sorge. Das werde ich nicht.«

Ich verstand nur Bahnhof. Was auch immer das bedeuten sollte, ich ging nicht weiter darauf ein, weil ich nicht über Aidan und meine Gefühle für ihn reden wollte.

Ja, er ließ mich nicht kalt. Ich konnte diese Gefühle nicht einordnen, aber das Wichtigste war, dass ich den Mann nicht wirklich kannte und ich auf mich aufpassen musste. Er könnte ein Meuchelmörder oder ein Perverser sein.

Das hielt ich allerdings für unwahrscheinlich. Hach. Ich unterdrückte ein Seufzen.

Ich bekam Aidan schon jetzt nicht mehr aus dem Kopf, auch ohne wirklich Zeit mit ihm verbracht zu haben. Und genau das war der Grund, warum ich nicht mit ihm ausgehen wollte: Dieser Mann könnte mein Herz mit der bloßen Hand zerquetschen, wenn ich ihn ließ.

»Also, Libanesisch oder Pizza?«, fragte ich Aria, um das Thema Aidan ein für alle Mal fallenzulassen.

Eine Woche später stand ich nach Feierabend bei Shadow im Stall und kümmerte mich um sein Bein. Er hatte große Fortschritte gemacht, der Tierarzt hatte außer einer Sehnenreizung nichts weiter feststellen können. Aber es würde noch etwas dauern, bis er wieder vollkommen geheilt war. Das Personal auf dem Gestüt Lindström kannte mich mittlerweile, ich durfte kommen und gehen, wann ich wollte. Tatsächlich kam ich oft vor der Arbeit und auch danach zu meinem Lieblingshengst.

»Soll ich dir ein Zimmer bei uns einrichten lassen?«

Ich hob meinen Kopf und sah, dass Sven an der Boxentür stand. Sein blonder Haarschopf war verwuschelt, er grinste. Wir hatten uns ein paar Mal unterhalten, und ich fand, dass er sehr umgänglich war. Mit ihm kam ich gut aus. Obwohl er auch wahnsinnig attraktiv war, fühlte ich mich in seiner Nähe nicht so unsicher wie bei Aidan. Zwischen uns gab es keinerlei sexuelle Spannung, was mir die Kommunikation mit Sven wesentlich erleichterte.

O Mann. Jetzt hatte ich schon wieder an Aidan gedacht, dabei hatte ich seit der Begegnung auf dem Parkplatz nichts mehr von ihm gehört.

»Das wäre zu überlegen«, scherzte ich. »Ein Zimmer über dem Stall klingt nicht übel, solange die Klimaanlage im Sommer funktioniert.«

»Ja, es kann in diesen Breitengraden ganz schön heiß werden, dafür ist es von Oktober bis April das Paradies. Wie geht es deinem Schützling?« Er trat näher und strich über Shadows Rücken.

»Viel besser, aber es wird noch ein wenig dauern, bis er wieder der Alte ist. Man braucht Geduld. Wenn alles gut geht, kann ich in vierzehn Tagen mit einem leichten Aufbautraining beginnen, er hat Glück gehabt. «

»Die hast du offenbar, die Geduld meine ich.« Sven sah mich mit einem bedauernden Ausdruck an, der eine ungute Vorahnung in mir hervorrief. Ich hatte das Gefühl, dass er gleich etwas sagen würde, was mir nicht gefiel, deshalb hielt ich den Atem an.

»Aidan hat mit Pferden nicht viel am Hut«, fuhr Sven fort.

»Ja, das habe ich schon mitbekommen.«

»Ich frage mich, was mit Shadow nach seiner Genesung passieren soll. Möchtest du ihn kaufen?«

Als ob. Natürlich wollte ich das. »Mir fehlt leider das nötige Kleingeld für seinen Unterhalt.« Da war sie, die bittere Wahrheit. Ich hatte zwar etwas auf der hohen Kante, aber ich konnte meinen Notgroschen unmöglich für den Kauf eines Hengstes investieren. Der Unterhalt würde meine Ersparnisse in Kürze auffressen. Und dann? »Was für euch Peanuts sind, ist für mich unbezahlbar.«

Er nickte. »Verstehe. Ja. Vor allem, weil man nicht weiß, was aus ihm wird. Es ist nicht unwahrscheinlich, dass Shadows Karriere als Rennpferd beendet ist, ehe sie richtig angefangen hat. Als Unbekannter bringt er dir nicht mal Kohle, wenn du ihn zum Decken anbietest.«

Ich seufzte. »So ist es. Warum erzählst du mir das alles?«

»Das ist nichts, was wir jetzt entscheiden müssen. Aber langfristig muss natürlich eine Regelung her …«

»Vielleicht will Aidan ihn ja behalten?« Es war dämlich, wie hoffnungsvoll meine Stimme dabei klang.

Sven hob eine Braue. »Ich weiß nicht, wie euer Verhältnis ist, aber eines kann ich dir ganz sicher sagen: Er hat kein

Interesse an der Pferdezucht oder an diesem Sport an sich. Aidan schaut sich vielleicht mal das ein oder andere Rennen an, aber das war es auch schon. Allein, dass er Shadow gekauft hat, stimmt mich neugierig. Willst du mir verraten, was dein Geheimnis ist?«

Ich runzelte die Stirn. »Geheimnis? Was meinst du?«

»Aidan wollte mich neulich vierteilen, teeren und federn, nur weil ich freundlich zu dir gewesen bin. Er steht auf dich, und so, entschuldige den Ausdruck, besessen habe ich ihn noch nie gesehen. Das Wort Eifersucht existiert für meinen Kumpel nicht. Existierte muss ich wohl sagen, denn was dich betrifft, ist es offenbar anders.«

Mein Kopf fühlte sich auf einmal an wie eine Glühbirne mit 900 Watt. Ich lief knallrot an, um das zu wissen, brauchte ich keinen Spiegel. »Du irrst dich. Zwischen mir und Aidan läuft nichts. Ich kenne ihn kaum.«

»Wenn du meinst. Gut, es geht mich auch nichts an, ich war nur neugierig. Der eigentliche Grund, warum ich dich sprechen wollte, Chelsea: Ich möchte dir einen Job anbieten.«

Ich musste mich verhört haben. »Du willst … was?«

Sven lächelte. »Mir gefällt es, wie du mit Shadow umgehst, und meine Stute läuft wieder 1A. Besser als vorher, würde ich sagen. Ich halte dich für kompetent und würde dich gerne in meinem Team haben.«

Mein Kiefer klappte auf. »Das überrascht mich.«

Er grinste. »Das sollte es nicht, du hast was drauf. Wann kannst du anfangen?«

Die Kündigungsfristen wurden in den hiesigen Arbeitsverträgen sehr kurzgehalten, getreu dem Motto hire & fire, das wusste auch Sven. Es hatte den Anschein, dass er mich sofort einstellen wollte. »Ich habe nicht mit einem Jobangebot gerechnet, lass mich kurz überlegen«, gab ich hastig zurück.

Tatsächlich war ich so überrumpelt, dass ich erst einmal darüber nachdenken musste, was ein Jobwechsel für mich bedeuten könnte. Klar, meine Tätigkeit bei al Meheiri war nicht mehr attraktiv für mich, seit Shadow nicht mehr auf dem Gestüt lebte. Die Bezahlung dort war auch nicht bombig, im Gegenteil. Die Aussicht, wieder täglich mit meinem Schätzchen arbeiten zu können, ließ mich nicht lange zögern. Vermutlich war es dumm, weil Sven noch nicht einmal etwas zum Gehalt gesagt hatte, aber ich sagte zu. »Okay, Sven, ich bin dabei. Gib mir bis zum Ende der Woche, dann können wir alles eintüten«, ergänzte ich.

Sven hielt mir seine Hand hin. »Einverstanden. Den Papierkram erledigen wir so bald wie möglich, deine Nummer habe ich ja, ich schicke dir alles über WhatsApp. Wenn du das nächste Mal hier bist, kannst du den Vertrag unterschreiben.«

Ich war sprachlos. Mit dieser Wendung hatte ich nicht gerechnet, umso glücklicher war ich, dass sich mein Leben zum Besseren verändert hatte. Sven verabschiedete sich von mir, und nachdem ich mich einen Moment kopfschüttelnd über mein Glück gefreut hatte, konzentrierte ich mich wieder auf Shadows Verletzung.

Ich war noch nicht lange bei der Arbeit, als ich Schritte hörte, die vor der Box stoppten. Instinktiv wusste ich, dass es Aidan war. Warum auch immer, aber ich war mir sicher.

Ich hob meinen Kopf und blickte über Shadows Rücken zur Tür. »Hi«, sagte ich.

»Hi, Chelsea.«

Diese Stimme! Und Aidan sah natürlich wie immer fantastisch aus. Er trug ein hellblaues Leinenhemd zu einer lässigen, sandfarbenen Hose und Bootsschuhen. Erst jetzt wurde mir klar, wie sehr ich ihn vermisst hatte.

War das bescheuert? Ganz sicher. War ich froh, ihn zu sehen. Auf jeden Fall.

»Wie geht es ihm?«, wollte er wissen, und ich sparte mir die Frage, warum er hergekommen war. Ich hoffte, um mich zu sehen. Aber das war Unsinn, er hatte ja nicht ahnen können, dass ich heute nach Feierabend hier sein würde.

Ein Teil von mir wollte das glauben, was Aria und Sven mir erzählt hatten, auch, wenn mein Verstand nach wie vor daran zweifelte.

»Viel besser, ich hoffe, dass deine Investition sich eines Tages auszahlen wird«, antwortete ich und spürte, wie sich Nervosität in mir ausbreitete. Wie immer in seiner Nähe, fühlte ich mich elektrisiert und unglaublich lebendig.

»Ganz bestimmt.« Er trat näher und kam in die Box. Ich hielt den Atem an.

»Ich wäre vorsichtig an deiner Stelle, Shadow mag keine Fremden«, warnte ich ihn.

Aidan ließ sich von meiner Warnung nicht beeindrucken, er stellte sich zu Shadow und strich ihm über die Stirn. Zu meiner großen Überraschung senkte mein Schätzchen den Kopf und ließ Aidan gewähren. So viel dazu.

»Warum gibst du mir keine Chance, Chelsea?«, wollte Aidan von mir wissen und schaute mich unvermittelt an, seine Stimme klang rau.

Hui. Der Mann machte keine halben Sachen und kam direkt zum Punkt. Ich konnte mir vorstellen, dass er auch in anderen Bereichen so agierte.

Ein lustvolles Ziehen meldete sich in meinem Unterleib. Ich atmete tief ein und wieder aus, dabei versuchte ich meine Konzentration halbwegs aufrechtzuerhalten und nicht permanent daran zu denken, was sich alles zwischen uns abspielen könnte, wenn wir dieser Anziehung nachgaben.

»Du hast mir selbst gesagt, dass du kein Märchenprinz bist, erinnerst du dich?« Nach wie vor bemühte ich mich, ihn auf Abstand zu halten, weil ich mir sicher war, dass es das Beste für mich war, Verlangen hin oder her.

»Ich weiß nicht, ob das meine genaue Wortwahl gewesen ist.« Er neigte seinen Kopf zur Seite und fixierte mich mit einem intensiven Blick, der meinen Puls in die Höhe schnellen ließ. Mein Atem kam flach.

»Das spielt keine Rolle, die Botschaft war klar: Du suchst ein Spielzeug, keine Frau für eine echte Beziehung.«

Es folgte eine Pause, die sich wie eine Ewigkeit anfühlte. Ich wusste nicht, warum er nicht gleich antwortete, aber es half meinen Nerven nicht gerade, sich zu beruhigen. Vielleicht hatte ich ihn damit ja endgültig vergrault.

»Was, wenn ich meine Meinung dazu geändert habe?« Er hatte es so leise gesagt, dass ich mir nicht sicher war, ob ich es mir eingebildet hatte.

Ich sah Aidan über Shadows Rücken hinweg an und fragte mich, ob das nur wieder eine Masche war, um mich rumzukriegen. In diesem Moment war ich froh, dass das Pferd zwischen uns stand, sonst hätte die reelle Gefahr bestanden, dass ich Aidan wie eine liebestolle Verrückte angesprungen hätte. Meine Hormone tanzten jedenfalls Samba nach seinem Geständnis, von dem ich hoffte, dass es ehrlich gemeint war.

Ich wünschte, mir würde etwas Witziges einfallen, um die Ernsthaftigkeit dieser Aussage aufzulockern. Aber mein Gehirn war wie leer gefegt.

»Ein Essen, Chelsea. Vielleicht stellen wir danach ja fest, dass wir uns doch nicht so mögen, wie es den Anschein hat.«

Mir wurde klar, dass die sexuelle Anziehung gegenseitig war. Und er wusste, dass er mich nicht kaltließ. Natürlich, denn ich war eine miserable Schauspielerin. Man konnte mir stets vom Gesicht ablesen, was in mir vorging. Schon bei unserer ersten Begegnung hatte ich erkannt, dass er über seine Wirkung auf mich Bescheid wusste. Seitdem hatte sich an der Anziehung wenig verändert, sie hatte sich höchstens verstärkt.

»Na gut, als Dank, dass du Shadow gerettet hast«, lenkte ich ein. »Ein Essen, mehr nicht.«

Aidans Miene hellte sich auf, echte Freude und Erleichterung zeichneten sich auf seinen Zügen ab. »Danke«, war alles, was er daraufhin erwiderte. Nach einigen Sekunden fuhr er fort: »Kann ich dich später abholen? Wo wohnst du?«

»Mach es nicht zu kompliziert, wir können uns doch einfach irgendwo treffen.«

Er schüttelte den Kopf und grinste. »Kommt nicht infrage.«

O Mann. Ich liebte dieses verschmitzte Lächeln. Ich ahnte, dass es nicht viele Menschen zu Gesicht bekamen, was mir das Gefühl verlieh, etwas Besonderes für ihn zu sein. »Ich bekomme einen Abend mit dir, Chelsea, und den verbringen wir nach meinen Spielregeln. Keine Angst, es wird nichts passieren, was du nicht auch möchtest. Ich verspreche es.«

Vermutlich wollte er mich beruhigen, aber er wusste ja nicht, dass ich mir selbst nicht über den Weg traute. Wenn ein Lächeln von ihm genügte, dass mein ganzer Körper in Wallung geriet, dann mochte ich gar nicht erst wissen, wie es wäre, wenn er mich irgendwo berührte …

Was war ich nur für eine dusselige Träumerin! In meinen Gedanken war ich bereits dabei, Märchenschlösser zu bauen. Doch tief in mir ahnte ich, dass es ein Spiel mit dem Feuer war, mich auf ihn einzulassen. Es konnte nur mit einem zerschmetterten Herzen enden … Für mich jedenfalls. Noch dümmer war nur, dass ich mich auf das, was kam, freute.

Elf

AIDAN

Es war unfassbar, wie nervös ich war. Gleichzeitig fühlte ich mich so lebendig wie lange nicht mehr. Ich saß in meinem Auto und wartete vor dem Gebäude, in dem sie wohnte, auf Chelsea. Sie hatte gesagt, dass ich nicht klingeln sollte. Vermutlich schämte sie sich für ihre Wohnung, weil sie wusste, dass ich stinkreich war. Die Gegend hier war nicht außerordentlich schrecklich, aber auch nicht schön. Wo blieb sie nur?

Ich hoffte, dass sie mich nicht versetzte. In meinen Eingeweiden rumorte neben der Vorfreude eine diffuse Angst, dass sie nur zu einem Essen zugestimmt hatte, um mich loszuwerden. Womöglich hatte sie mir eine falsche Adresse genannt und lebte in Wirklichkeit gar nicht hier. Aber nein, so was würde sie nicht tun. Chelsea war ein von Grund auf ehrlicher Mensch; das war eine der Eigenschaften, die ich von Anfang an an ihr bewundert hatte.

Im Kofferraum standen drei Tüten mit Lebensmitteln und eine mit Wein. Ich hatte alles Mögliche gekauft, weil ich nicht wusste, was sie mochte. Ich wusste gar nichts über sie und konnte es kaum erwarten, mehr über Chelseas Leben zu erfahren.

Falls sie auftauchte. Diese Unsicherheit machte mich beinahe wahnsinnig.

Chelsea, wo bist du?, dachte ich und fühlte mich wie ein Idiot.

Ich blickte mich um, aber sie war nirgends zu sehen. Verdammt.

Ich hätte mir doch ihre Kontaktdaten geben lassen sollen.

Gerade, als ich mein Handy zückte, um Sven nach ihrer Nummer zu fragen, wurde die Beifahrertür geöffnet. Es war erbärmlich, wie groß die Erleichterung war, die sich daraufhin in mir breitmachte. Mit Chelsea wehte der Duft eines leichten Parfums in meinen Wagen.

»Sorry, ich bin spät dran«, entschuldigte sie sich ein wenig atemlos. »Wow, schickes Gefährt.«

»Schön, dich zu sehen. Dann magst du also SUVs?« Ich machte mir eine geistige Notiz und malte mir aus, wie ich ihr einen nagelneuen Range Rover Evoque mit einer roten Schleife zum Geburtstag schenkte.

In der nächsten Sekunde blinzelte ich verwirrt und schob diesen Gedanken so schnell in die Schublade zurück, wie er aufgetaucht war. Erstens wusste ich nicht, wann sie geboren war, und zweitens würden wir uns bis dahin garantiert nicht mehr daten.

Was war nur in mich gefahren? In letzter Zeit hatte ich mich das häufiger gefragt und fand keine Antwort darauf. Jedenfalls keine plausible. Die einzige Erklärung für diese an Besessenheit grenzende Verrücktheit war, dass es noch nie so lange gedauert hatte, bis eine Frau zu einem Date zugestimmt hatte. Das musste es sein. Erleichtert atmete ich aus.

»Sagen wir es mal so, ein vernünftiger Wagen sollte in jedem Fall eine Anhängerkupplung haben.« Sie seufzte leise.

»Alles okay?«, wollte ich wissen. Hatte ich was Falsches gesagt?

»Ja, sicher. Ich habe nur kurz an zuhause gedacht, obwohl es das nicht mehr ist: zuhause. Ich lebe ja jetzt in Dubai.«

Während ich losfuhr und auf die Scheich Zayed Road in Richtung Norden einbog, fragte ich: »Du bist mit Pferden aufgewachsen?«

»Ja, auf dem Gestüt meiner Großeltern.« Sie klang so traurig, dass ich sie am liebsten in den Arm genommen hätte, aber das war aus zwei Gründen nicht möglich. Natürlich konnte ich auf der achtspurigen Straße nicht einfach rechts ranfahren, und zweitens wusste ich nicht, ob sie das überhaupt wollte oder gar als aufdringlich empfinden würde.

»Du bist sehr talentiert im Umgang mit den Tieren«, antworte ich deshalb.

»Ich bin auch eine ziemlich gute Reiterin. Ich habe Shadow für sein erstes Rennen trainiert und war mir so sicher, dass er gewinnen könnte. Tja, es ist leider anders gekommen.«

»Möchtest du als Jockey arbeiten?«

»Als Frau hast du es in dieser Branche sehr schwer«, gab sie zurück und sah gedankenverloren aus dem Fenster.

Ich spürte, dass sie nicht weiter über dieses Thema sprechen wollte. Zum ersten Mal nahm ich eine diffuse Traurigkeit an ihr wahr, die mir vorher nicht bewusst aufgefallen war. Sie erinnerte mich ein wenig an mich selbst.

Die restlichen zwanzig Minuten der Fahrt plauderten wir über belangloses Zeug, sie erzählte mir, dass sie gerne Filme anschaute, aber niemals Serien, ich erfuhr, dass sie zwar eine Frühaufsteherin war, aber den Tag gerne ruhig angehen ließ. Als wir an der Dubai Marina angekommen waren, übergab ich meinen Wagen einem Mitarbeiter des Valet Parking und bat ihn, meine Einkäufe nach oben zu bringen. Er kannte mich und brauchte keine weiteren Instruktionen. Nachdem ich ihm etwas Geld in die Hand gedrückt hatte, ging ich zu Chelsea, die auf dem Gehweg auf mich wartete.

»Komm, lass uns ein Stück spazieren«, wandte ich mich an Chelsea. »Oder ist es dir zu kalt?«

Sie warf den Kopf in den Nacken und lachte. »Du musst schon lange in den Emiraten leben, oder? Wir haben bestimmt dreiundzwanzig Grad! Ich komme aus Nordengland, da verlasse ich das Haus im Herbst nicht ohne Daunenjacke und Mütze.«

»Dann ist es ja gut«, gab ich mit einem Grinsen zurück, und wir schlenderten nebeneinander her. »Ich hätte dir sonst meinen Pullover leihen können.«

»Nicht nötig.«

Am Pier hielten wir am Geländer an und schauten auf die Yachten in der Marina, die umgeben war von Wolkenkratzern. Mir gehörten gleich mehrere, es waren lukrative Projekte gewesen, und in einem davon wohnte ich in der obersten Etage. Ich hatte Chelsea jedoch nicht mitgebracht, um mit meinem Zuhause Eindruck zu schinden, sondern um Zeit mit ihr alleine zu haben. Für diesen Abend hatte ich alle anderen Termine abgesagt und freute mich auf die Stunden mit ihr. Ich wollte Chelsea mit niemandem teilen, deshalb gingen wir auch nicht in ein Restaurant. Vielmehr wollte ich sie beeindrucken, indem ich für sie kochte.

»Wow, das ist wirklich atemberaubend«, murmelte sie und schaute sich begeistert um. »Bevor ich nach Dubai gekommen bin, hatte ich so viele Vorurteile.«

»Ach ja?«

»Ja, mittlerweile ist es mir peinlich, aber ich wusste ja nur das, was man so liest und hört, und ich dachte, in einem arabischen Land würde ich mich als Frau nicht frei bewegen können.«

»Hattest du das Gefühl bisher?«

»Eben nicht, es ist das Gegenteil. Alle sprechen Englisch, ich kann tun und lassen, was ich will, und ich fühle mich hier sicher. Ich bin noch kein einziges Mal unangenehm bedrängt worden – und glaub mir, bei uns zuhause ist das anderes gewesen. Da passiert es am Wochenende leicht, dass dich ein Betrunkener belästigt. Aber das ist Schnee von gestern. Dubai ist eine pulsierende Großstadt, aber wenn man möchte, kann man auch in relativ kurzer Zeit raus in die Natur. Klar, die Wüste ist jetzt nicht der Sherwood Forest, aber ich bin doch überrascht, wie sehr ich es hier mag.«

»Dann hast du nicht vor, wieder nach England zurückzugehen?«

Sie blickte zu mir auf. Der Ausdruck in ihren Augen ließ meinen Atem stocken. »Tatsächlich ist es so, dass dort nichts und niemand auf mich wartet.«

Ich wollte nachfragen, mehr darüber erfahren, doch Chelsea wandte sich ab und lief davon. Als sie sich zu mir umdrehte, lächelte sie und krümmte ihren Finger. Sie strahlte, aber ich nahm ihr die plötzliche Fröhlichkeit nicht ganz ab. »Komm schon, wir wollten doch spazieren gehen«, rief sie, und ich setzte mich in Bewegung.

Wir schlenderten noch ein paar Minuten am Pier entlang, bis ich ihr vorschlug, zu mir zu gehen, damit sie nicht verhungern musste. Gleichzeitig nahm ich mir vor, mehr über ihre Großeltern und das Gestüt in England herauszufinden. Hatte sie sich mit ihnen gestritten? Und was war mit ihren Eltern?

»Wieso gehen wir nicht in ein Restaurant?«, fragte sie, als wir die Lobby des Gebäudes betraten, in dem ich wohnte.

Der Pförtner grüßte und begleitete uns zum Lift, den er per Knopfdruck für uns heranrief. Ich ließ Chelsea den Vortritt und antwortete ihr erst, als sich die Türen mit einem leisen Zischen geschlossen hatten.

»Mein PR-Heini hat mir einen Keuschheitsgürtel verpasst. Nach meinem Auftritt neulich im Fernsehen werde ich mit

Argusaugen beobachtet. Und um ganz ehrlich zu sein: Ich habe genug von anderen Menschen und möchte nicht in einem überfüllten Restaurant mit dir sitzen. Ich bin egoistisch und möchte dich für mich alleine haben. So, da ist es raus. Vielleicht ist es kitschig, aber es ist die Wahrheit. Ich möchte dich mit niemandem teilen. Oder hast du Bedenken? Ist es in Ordnung für dich, wenn ich bei mir koche? Ich verspreche dir, dass ich mich benehmen werde.«

Ich kam mir absolut bescheuert vor. Warum war ich so unsicher? Es ging mir zunehmend gegen den Strich, dass ich mich in ihrer Nähe benahm wie ein liebestoller Trottel.

»Du willst also für mich kochen?« Ihr leises Lächeln gefiel mir sehr, in ihren Augen blitzte es auf.

»Zweifelst du etwa an meinen Fähigkeiten als Koch?«

»Na, solange du mich nicht vergiftest …«, neckte sie mich.

»Danke für das Vertrauen«, scherzte ich und merkte, wie ein wenig von meiner Anspannung abfiel. »Ich werde mein Bestes geben, um dich vom Gegenteil zu überzeugen.«

Als wir mein Penthouse betraten, ging das Licht im Flur automatisch an. Ich spürte, dass Chelsea beeindruckt war. Sie wirkte auf einmal sehr schüchtern auf mich.

Ich wollte etwas sagen, aber mir fiel nichts Passendes ein. Sie trug Turnschuhe zu ihrem Kleid, aus denen sie jetzt schlüpfte.

»Du musst die Schuhe nicht ausziehen, außer du willst es«, meinte ich dann zu ihr.

Tatsächlich gefiel es mir, dass sie sich ein wenig zu entspannen schien, während sie barfuß vor mir stand und zu mir aufblickte. Man zog sich nicht seine Schuhe aus, wo man sich nicht wohlfühlte. Mir ging es jedenfalls so.

Ich kickte meine Loafer ebenfalls von den Füßen, bevor ich sie in den offenen Wohnbereich führte.

»Ach du heilige Scheiße«, stieß sie hervor. »Das ist ja riesig!«

Der Boden war mit weißem Marmor ausgelegt, und meine Möbel waren ebenfalls in hellen Tönen gehalten. An den wenigen Wänden hingen abstrakte Gemälde, aber die Hauptattraktion war natürlich die riesige Fensterfront mit der weitläufigen Terrasse. Ich öffnete die Glastüren per Knopfdruck, sogleich wehte ein laues Lüftchen herein. Gemeinsam traten wir hinaus.

»Und dann gehst du mit mir auf dem Pier spazieren, wo man von hier aus diesen fantastischen Ausblick hat?«

Tatsächlich sah man von hier aus direkt aufs Meer hinaus, denn dieses Gebäude lag höher als die anderen. Deshalb wehte auch immer eine leichte Brise, was ich als besonders angenehm empfand. Linker Hand standen Loungemöbel und rechts gab es eine Outdoorküche mit allem möglichen Equipment. Weil ich es gern ein wenig grün mochte, gab es einige Palmen in großen Kübeln, die Blätter raschelten im Wind. »Wenn du mir jetzt gleich noch sagst, dass du einen Pool hast, flippe ich aus.«

Nichts bedauerte ich in diesem Moment mehr, als dass ich beim Bau tatsächlich daran gedacht, mich aber dagegen entschieden hatte. »Zu schade, ich hätte dir gerne beim Planschen zugesehen, aber ein Schwimmbad habe ich leider nicht.«

Ich lächelte und genoss es, ihre Begeisterung zu verfolgen. Chelseas natürliche Reaktionen gefielen mir sehr, sie war keine Frau, die etwas sagte oder tat, um anderen zu gefallen. Mir war bis jetzt gar nicht klargewesen, dass die Frauen, die ich sonst datete, ganz anders drauf waren. Für keine von ihnen hatte ich jemals gekocht.

Ich wollte diesen Gedanken nicht fortführen, deshalb fragte ich Chelsea: »Was kann ich dir zu trinken anbieten? Ein Glas Wein? Champagner?«

»Falls du Chardonnay hast, sage ich nicht nein. Aber nur ein kleines Glas.«

»Kommt sofort«, erwiderte ich und verschwand kurz in der Wohnung. Meine Einkäufe standen in der Küche – aber natürlich war der mitgebrachte Wein lauwarm. Ich fand glücklicherweise noch eine Flasche Chardonnay im Kühlschrank.

Ich goss mir ebenfalls ein Glas ein und kehrte zu ihr nach draußen zurück. »Cheers, auf einen schönen Abend«, sagte ich, und wir stießen gemeinsam an.

»Danke für die Einladung.« Ihr strahlendes Lächeln löste ein Kribbeln in meiner Magengegend aus.

Ich räusperte mich. »Worauf hast du Appetit, ich habe alles Mögliche gekauft. Italienisch? Arabisch? Fisch? Fleisch? Vegan?«

Das gesamte Gespräch kam mir seltsam vor, ungewohnt, denn ich war absolut ungeübt in diesen häuslichen Dingen.

Sie zuckte mit den Schultern. »Ich esse eigentlich alles, da bin ich nicht kompliziert.«

»Das klingt gut! Dann kannst du jeden Tag wiederkommen, bis wir alles aufgebraucht haben, was ich besorgt habe.«

Sie sah mich mit einem zweifelnden Blick an, den ich ignorierte.

Ich räusperte mich. »Setz dich doch, entspann dich und genieße die Aussicht.«

»Ich komme mir unnütz vor, wenn du alles machst.«

Jetzt musste ich grinsen. »Mein Abend, meine Regeln«, erinnerte ich sie.

Die Zweideutigkeit der Aussage entging mir nicht, und ihr offenbar auch nicht. Ich sah, wie sie hastig einen großen Schluck trank und sich dann mit dem Rücken zu mir stellte und auf das Meer hinausblickte.

Super, Aidan, schimpfte ich mich stumm. Du laberst wirklich Müll.

Ich unterdrückte ein Seufzen und ging wieder hinein, um mir die Zutaten für ein simples Pastagericht zu schnappen.

In kürzester Zeit hatte ich eine leichte Soße und Spaghetti gekocht, die ich uns draußen auftischte. Ich wollte Chelseas Glas auffüllen, aber sie lehnte ab und bekam daraufhin eisgekühltes Wasser von mir serviert.

»England also«, kehrte ich zum Thema zurück, das wir vorhin nicht weiterverfolgt hatten.

»Und jetzt Dubai«, wich sie aus. »Wie ist das mit dir? Du kommst nicht von hier?«

Ja, das hatte ich nun davon. Wer Fragen stellte, musste auch damit rechnen, etwas von sich preisgeben zu müssen. »Ich bin in der Nähe von Brisbane geboren, bin auf einer Farm aufgewachsen.«

»Wirklich?«

»Ja, Zuckerrohr, wir hatten keine Tiere, wenn du das meinst.«

»Ach, okay.« Sie wirkte nicht enttäuscht, im Gegenteil, das Funkeln in ihren Augen war echt und zeugte von Interesse.

Ich fürchtete mich vor der nächsten Frage, die prompt kam. »Und deine Eltern betreiben diese Farm noch immer, oder hast du ihnen irgendwo eine Luxusvilla hingestellt?«

Ich atmete scharf ein und tupfte meinen Mund mit einer Serviette ab. Dieses Thema war ein echter Stimmungskiller, aber noch ehe ich mich bremsen konnte, hörte ich mich erklären: »Meine Mutter ist gestorben, als ich zwölf war – und mein Vater? Der hat sich mittlerweile vermutlich zu Tode gesoffen. Es ist keine schöne Geschichte, und ich bin froh, dass das alles hinter mir liegt. Wenn du dich fragst, warum ich mich mit Autos so gut auskenne: Ich habe mir schon früh etwas dazuverdienen müssen, weil ich eher hätte sterben wollen, als auf dieser verdammten Farm zu verrecken.« Ich atmete aus. »Tut mir leid, das sollte nicht so schroff klingen.«

Chelsea beugte sich vor und schob ihre Hand über den Tisch, um sie auf meine zu legen. »Das ist okay, es ist doch klar, dass dich das aufwühlt. Mir tut es leid, Aidan, du musst dich nicht entschuldigen.«

Chelseas Haut auf meiner zu spüren, stellte etwas mit mir an, womit ich nicht gerechnet hatte. Plötzlich wollte ich ihr alles erzählen – dass meine Mutter es nie verkraftet hatte, ihre Familie zu verlieren, dass ich ihren Tod nie verwunden hatte. »Meine Mum hat sich in den Falschen verliebt, sie ist daraufhin von ihrem Vater verstoßen worden. Als sie in anderen Umständen war, ist sie mit meinem Dad nach Australien gegangen. Ich wünschte, es wäre die große Liebe gewesen, aber der einzige Grund, mit ihm zu gehen, war vermutlich ihre Schwangerschaft. Ich bin der Grund, warum sie alles verloren hat.«

»Ich bin mir sicher, sie hat dich geliebt«, wisperte Chelsea ergriffen.

Ich schluckte, der Kloß in meinem Hals war so groß, dass ich das Gefühl hatte, keine Luft mehr zu bekommen. »Ihr Leben war eine Katastrophe, Chelsea.«

»Ich sehe, wie nah dir das geht. Bestimmt wäre sie stolz darauf, was aus dir geworden ist.«

Das wurde zu viel. Ich stand auf und ging ein paar Schritte, um das Brennen in meinen Augen zu vertreiben.

Verdammt. Mit meiner Sentimentalität hatte ich den Abend ruiniert.

Ich war aufgewühlt, aber als Chelsea sich hinter mich stellte und ihre Arme um mich schlang, legte sich ein Gefühl der Ruhe über mich, das ich noch nie zuvor gespürt hatte. Sie lehnte ihre Wange an meinen Rücken und hielt mich einfach nur fest. Ich hatte keine Ahnung, wie lange wir in dieser vertrauten Umarmung standen, aber irgendwann drehte ich mich zu ihr um. »Danke«, war alles, was ich mit belegter Stimme hervorbrachte. »Tut mir leid, dass ich die Stimmung verdorben habe.«

Chelsea kniff die Brauen zusammen und legte mir einen Finger auf die Lippen. »Sag das nicht, denn es ist nicht wahr. Ich bin froh, dass du es mir erzählt hast, Aidan. Es bedeutet mir viel, dass du mir deine Geschichte anvertraut hast.«

Unsere Blicke trafen sich, und ich konnte nicht mehr klar denken. Mein Herz pochte heftig gegen meine Rippen. Alle meine guten Vorsätze, sie auf Distanz zu halten, lösten sich in dieser Sekunde in Rauch auf. Ich wollte Chelsea so dringend küssen, sie überall liebkosen, dass sich mein Brustkorb krampfartig zusammenzog. Wo eben noch Traurigkeit geherrscht hatte, machte sich nun etwas ganz anderes in mir breit. Die Lust, die ich in ihrer Nähe empfand, riss mich beinahe von den Füßen. Ich wollte sie hier und jetzt nehmen, ihr zeigen, wie sehr ich sie begehrte. Eins mit ihr zu werden, war alles, was noch einen Sinn für mich ergab.

Meine Hände strichen an Chelseas Wirbelsäule entlang, und ich spürte, wie sie unter meiner zarten Berührung erbebte. Sie hatte die Lippen leicht geöffnet und sah mit großen Augen zu mir auf, die vor Lust verhangen waren.

Spätestens jetzt sollte ich sie loslassen, ehe wir diese Grenze überschritten, die alles zwischen uns kaputt machen würde. Ich sollte aufhören. Aber ihre Kurven schmiegten sich perfekt gegen meine Muskeln. Mein Schwanz war längst steinhart und pochte erwartungsvoll in meiner Hose. Sie musste ihn fühlen, aber es schien sie nicht zu stören, im Gegenteil. Das Funkeln in ihrem Blick verriet sie, und ich wusste, dass sie ebenso erregt war wie ich. Sie roch so gut. Chelseas Pheromone waren mein Untergang.

Gerade konnte ich mich an keinen einzigen Grund mehr erinnern, warum das mit uns nicht richtig sein sollte. Und dann senkte ich meinen Mund auf ihren, und meine Welt, wie ich sie über all die Jahre gekannt hatte, hörte auf, sich zu drehen.

Zwölf

CHELSEA

Mit Aidan war alles anders. Sobald seine Lippen meine berührten, wurde alles, was vor ihm war, ausgelöscht. Ich war ab sofort für immer verdorben. Ich vergaß all die schlechten Erfahrungen, die ich vor ihm gemacht hatte. Ich vergaß, dass ich genau das nicht hatte tun wollen: mich auf einen Mann wie Aidan einzulassen.

Aber wie konnte etwas nicht richtig sein, was sich so perfekt anfühlte?

Dieser Kuss war zärtlich und intensiv zugleich. Als seine Zunge meine fand, seufzte ich leise in Aidans Mund und presste mich noch enger an ihn. Seine Erektion drückte gegen meinen Bauch und sandte heiße Wellen der Vorfreude durch meinen Unterleib. Ich spürte seinen heißen Atem, der sich mit meinem vermischte. Sein einzigartiger Duft betörte mich, ich konnte nicht genug von ihm bekommen.

Ich hatte geahnt, dass es zwischen uns so sein könnte, aber die Realität übertraf meine Vorstellungen um ein Vielfaches.

Die laue Abendluft umhüllte uns wie ein Schaumbad, und ich konnte nicht genug von ihm und seinen Küssen bekommen.

Viel zu schnell löste Aidan sich von mir und taumelte einen Schritt rückwärts, bis er mit dem Rücken gegen die Balustrade seiner Terrasse stieß. Sein Atem kam stoßweise, der Ausdruck auf seinem Gesicht war schwer zu deuten. Er sah beinahe … schockiert aus.

Ich war noch zu sehr von meinem Verlangen benebelt, um einen klaren Gedanken fassen zu können. Meine Knie drohten unter mir nachzugeben und mein Herzschlag raste.

»Was ist los?«, fragte ich. Hatte ich etwas falsch gemacht?

Aidan fuhr sich mit beiden Händen durch die Haare und atmete geräuschvoll aus. »Ich will einfach das Richtige tun«, begann er. Seine Stimme klang heiser, und er wirkte aufgewühlt. »Ich will vernünftig sein. Du weißt schon …«

Zunächst begriff ich nicht, worauf er hinauswollte, aber dann sickerten seine Worte zu meinem Hirn durch. Er wollte vernünftig sein, das hieß, dass er den Kuss für einen Fehler hielt. Die Enttäuschung, die mit dieser Erkenntnis über mich hinweg schwappte, löschte auch den letzten Rest der pulsierenden Lust aus meinen Nervenbahnen. Zurück blieb ein schales Gefühl und absolute Verwirrung. »Ja, klar. Vernünftig zu sein, ist immer eine gute Idee.« Wie gesagt, ich war keine gute Schauspielerin, und sogar ein Taubstummer hätte wahrscheinlich mitbekommen, wie verletzt ich war. Ich wollte ihm nichts vormachen, was sollte das auch bringen?

Aidan kam näher und wollte meine Hand nehmen, aber ich entzog sie ihm. »Lass nur, das ist okay. Ich, ähm, bin ganz deiner Meinung.« Okay, gut, so ganz ehrlich war ich dann doch nicht zu ihm. Ich hatte keine Ahnung wie, es gelang mir jedoch, ein unverbindliches Lächeln aufzusetzen. Alles, was ich jetzt noch wollte, war zu verschwinden, und zwar so schnell wie möglich. Doch dafür war ich zu stolz. Deshalb setzte ich mich zurück an den Tisch und aß den Rest meiner Nudeln auf. Es war zum Glück nicht mehr viel, das Zeug war eigentlich köstlich gewesen, aber es wurde immer mehr in meinem Mund. »Sehr lecker, Aidan. Du bist wirklich ein ausgezeichneter Koch«, brachte ich hervor und sah ihn ausdruckslos an. Er hatte sich zu mir gesetzt, aber rührte sich nicht. Jedenfalls war nichts von seiner routinierten Coolness übrig geblieben. Was hatte ihn nur so aus dem Konzept gebracht?

Aidan rieb sich mit der Hand über die Stirn. Er krallte sich an seinem Wasserglas fest und konnte nicht vor mir verbergen, wie unangenehm ihm die Situation war. Es war fast schlimmer für mich, dass er jetzt auch noch Mitleid mit mir hatte. »Chelsea, ich weiß nicht, was ich sagen soll …«

Ärger kochte in mir hoch, und ich hob meine Hand, um ihn zu unterbrechen. »Du, es ist alles gut. Wir haben rechtzeitig die Reißleine gezogen, im Grunde ist doch gar nichts passiert. Ein Kuss … das bedeutet gar nichts.«

Ich hatte keine Ahnung, wie ich es geschafft hatte, aber es war mir gelungen, meine Stimme fest und klar klingen zu lassen. Innerlich sah es anderes aus: Ich war erschüttert.

Für mich hatte sich nach diesem intimen Moment eine Menge verändert. Das hatte ich vorher auch befürchtet, und nun war es wirklich so gekommen. Nach seiner Abfuhr wollte ich erst recht nicht, dass er davon erfuhr, deshalb tupfte ich mir den Mund mit der Serviette ab. »Es war schön mir dir, Aidan, aber es ist spät geworden. Ich würde jetzt gern nach Hause gehen.«

»Natürlich, ich fahre dich«, antwortete er reflexartig.

Wow. Er konnte mich gar nicht schnell genug loswerden. Ich wich seinem Blick aus und zückte mein Handy, um mir eine Taxe zu bestellen. »Nicht nötig. Außerdem hast du Wein getrunken. Ich organisiere mir ein Taxi, das geht fix, ich habe da so eine App, du weißt schon …«

Ich plapperte noch eine Menge zusammenhangloses Zeug, dann stand ich auf. »Danke fürs Kochen.« Damit war für mich alles gesagt.

Mir war bewusst, dass ich mich wiederholte, aber nach dem ganzen Drama konnte ich schlichtweg keinen klaren Gedanken fassen. In meinem Kopf wirbelte alles durcheinander.

Ich hätte nicht herkommen sollen, aber ich bereute trotzdem nicht, dass ich ihn geküsst hatte.

Ich war ein hoffnungsloser Fall. Offenbar stand es schlimmer um mich, als mir bis eben bewusst gewesen war.

»Dann bringe ich dich nach unten und warte, bis du abgeholt wirst.«

Ich beging den Fehler und sah ihn direkt an. Aidan war blass und wirkte ebenso erschüttert wie ich, aber vermutlich aus einem anderen Grund. Meinem Eindruck nach würde ich eigentlich ausschließen, dass ihm der Kuss nicht gefallen hatte, aber warum sonst hätte er ihn so abrupt unterbrechen sollen?

Auf diesen gedanklichen Pfad mochte ich mich jetzt nicht begeben. Eigentlich hatte ich gedacht, dass ich meine selbstzerstörerischen Komplexe mittlerweile besiegt hätte, aber nach diesem Abend fühlte ich mich unsicherer denn je. Aidan Montford hatte sich erst unnachgiebig um mich bemüht, um mich dann, als er mich in den Armen hielt, von sich zu stoßen.

Eine Woche war mittlerweile seit dem Abend bei Aidan vergangen. Seitdem hatte ich nichts mehr von ihm gehört. Ein Teil von mir war froh darüber, aber mein blödes Herz sehnte sich nach ihm, nach seinen Berührungen, seiner Nähe.

Es hatte nicht mehr als das gebraucht, um mich in den Abgrund zu reißen. Ich war ein einfaches Opfer gewesen.

Aber nein, ich hatte keine Zeit, um mich in Selbstmitleid zu suhlen.

Ich war offiziell bei Sven Lundström angestellt, und mein monatliches Einkommen betrug ab sofort beinahe das Doppelte von dem, was ich vorher bei al Meheiri verdient hatte. Als Sahnehäubchen konnte ich mit meinem geliebten Shadow und weiteren großartigen Tieren arbeiten, die mir anvertraut worden waren. Das Wetter in den Emiraten war im November angenehm, wir hatten jeden Tag etwas mehr als zwanzig Grad, und die Sonne schien.

Mantraartig wiederholte ich die Gründe, warum ich mich glücklich schätzen sollte, während ich Shadow am Halfter über den Hof führte. Heute wollte ich mit ihm im Schwimmbecken starten. Seine Sehne war mittlerweile unauffällig, und er durfte das Training allmählich wieder aufnehmen. Es war verrückt, wie sehr er in den paar Wochen, die er nicht einsatzfähig gewesen war, abgebaut hatte. Deshalb musste ich behutsam mit ihm umgehen und durfte nichts überstürzen. Zum Glück war ich erfahren genug, um das abschätzen zu können. Außerdem war er jung und stark, er würde schnell wieder auf einen guten Trainingsstand kommen, das hoffte ich zumindest. Hinter mir erklang das Getrappel von Hufeisen auf dem Pflaster.

»Hey, Sonnenschein«, grüßte mich Sven kurz darauf. Er saß auf seiner Lieblingsstute Sundancer und war vermutlich auf dem Weg zur Trainingsbahn, die sich auf dem weitläufigen Gelände des Gestüts befand. »Alles okay bei euch?«, wollte er wissen und passte sich meinem Tempo an.

»Hallo, Sven«, erwiderte ich mit einem Lächeln und sah zu ihm auf. »Aber klar doch, wir fangen heute mit dem Aufbautraining von Shadow an. Ich bin schon gespannt und freue mich darauf.«

»Du wirst sehen, der Junge ist im Nullkommanichts wieder fit.«

»Das hoffe ich.«

»Ich habe keinen Zweifel daran, wenn du dich um ihn kümmerst. Am Ende wird Shadow doch noch viele Siege für Aidan einfahren, hm?«

»Weißt du etwas Neues? Hat er gesagt, dass er Shadow behalten möchte?«

»Aidan? Nein.«

»Wie kommst du dann darauf?«, wollte ich wissen.

»Frag ihn am besten selbst! Ich gebe heute eine kleine Abendgesellschaft und hätte dich gern dabei. Ich weiß, das ist kurzfristig, aber … es kommen ein paar Leute aus der Branche, bei denen ich mit dir geprahlt habe. Die sind gespannt und möchten dich kennenlernen.«

Ich machte große Augen. »Das geht nicht«, antwortete ich wenig eloquent.

»Wieso nicht?«, wollte er wissen.

»Ich, ähm, habe andere Pläne.«

Sven betrachtete mich, und sein Blick schien mich zu durchleuchten. »Ich bitte dich wirklich von Herzen, dass du heute Abend dabei bist. Es ist mir wichtig.«

O verflucht, ich konnte nicht ablehnen, wenn er mich so dringend darum bat. Zumal ich überhaupt nichts anderes vorhatte, als mich mit einer Familienpackung Eis ins Bett zu legen und mich selbst zu bemitleiden, wie schon die gesamte letzte Woche. »Na schön, wann soll ich da sein? Und … welcher Dresscode ist angesagt? Ich hoffe, das ist nicht so was Piekfeines?« Zwar war mir dieses Parkett nicht gänzlich unbekannt, aber ich riss mich nicht darum, zwischen reichen Pinkeln als Deko zu fungieren.

Auf dem Gestüt meiner Großeltern hatte es auch immer mal wieder Empfänge gegeben, aber da hatte ich mich als Enkelin natürlich in einer ganz anderen Funktion bewegt. Früher war sogar die Queen ab und an zu Besuch gekommen, weil sie gerne Pferde bei meiner Familie gekauft hat. Granny hatte oft davon erzählt, auch wenn es schon viele Jahre zurücklag. Ein Stich in meiner Magengrube erinnerte mich daran, dass das alles nur noch der Vergangenheit angehörte. Mit dem Tod meiner Großeltern hatte mein Onkel das Gestüt übernommen, und ich verstand mich nicht mit ihm – er war ein unangenehmer Kerl, dem Siege und Trophäen über das Tierwohl gingen. Mit dieser Art von Pferdesport hatte ich nichts zu tun haben wollen. Das allein wäre schon schlimm genug gewesen, aber mein damaliger Freund hatte mich fallengelassen wie eine heiße Kartoffel, um sich meinem Onkel anzubiedern. Mein Ex war also nie wirklich an mir interessiert gewesen, er hatte mich nur benutzt.

Ich schluckte und schob die Erinnerungen in eine ganz tiefe Schublade zurück. Das war alles vorbei, und mein Leben jetzt sah anders aus, hier bei Sven hatte ich eine neue Perspektive bekommen, und dafür war ich sehr dankbar. Ihm zuliebe würde ich deshalb auch die Party heute Abend überstehen.

Ein Grinsen breitete sich auf Svens Gesicht aus, das mir verriet, wie sehr er sich freute. »Großartig, danke, dass du deine Termine für mich verschiebst. Du kannst dich leger kleiden, es sind wirklich nur ein paar Bekannte und einige Interessenten. Schließlich lebe ich davon, dass ich auch ein paar der fabelhaften Rösser verkaufe, die ich hier züchte. Aber heute Abend geht es nicht gezielt darum, es soll einfach ein nettes Miteinander sein. Gegen acht geht es los, du kennst ja den Weg zu mir.«

»Klar, super, ich werde pünktlich sein.«

Er hob seinen Daumen, dann ließ er die Stute in einen leichten Trott fallen und trabte in Richtung Trainingsbahn davon.

Auch das noch, dachte ich. Eine Party. Und Aidan würde auch kommen.

Blöderweise regte sich neben dem verletzten Stolz auch ein Kribbeln in meinem Bauch.

Mir war klar gewesen, dass ich ihn irgendwann wiedersehen würde, aber dass es so schnell ging, überrumpelte mich doch. Es war nicht ganz leicht für mich, meine Strategie für den heutigen Abend festzulegen, denn ihn wie Luft zu behandeln, kam nicht infrage. Zum einen, weil ihm Shadow gehörte und ich natürlich wollte, dass er ihn behielt – oder, noch besser, an Sven verkaufte, sobald der Schwede mit eigenen Augen sah, was in Shadow steckte. Zum anderen würde ich mich nicht bei Aidan anbiedern. Nur sachlich und freundlich mit ihm umgehen. Normal eben. Dass der Kuss ihn nicht ebenso entflammt hatte wie mich, konnte ich ihm wohl kaum bis in alle Ewigkeit verübeln, oder?

Dreizehn

AIDAN

W ir sind auf dem richtigen Weg«, erklärte mein PR-Berater mir schließlich am Ende eines sehr zähen Meetings. Wir saßen in meinem Büro, und seit einer geschlagenen Stunde sülzte mich der Kerl mit Vorschlägen voll, wie wir mein Image weiter aufpolieren könnten. Die Sonne war längst untergegangen, und die Lichter der Stadt glitzerten unter uns. Ich wurde auch nach einigen Jahren nicht müde, diesen Blick aus dem Fenster zu genießen, weil er mir immer wieder klarmachte, dass ich es entgegen aller Vorzeichen zu etwas gebracht hatte. Ganz allein. Ohne Vitamin B.

»Ich denke, dass das, was wir bisher getan haben, genügt. Danke für Ihre Zeit«, erwiderte ich und stand auf – das war das unmissverständliche Zeichen, dass die Besprechung beendet war.

David Greenwater erhob sich und schob seine Brille höher auf die Nase. »Wunderbar.«

Nach einem weiteren Schwall Smalltalk begleitete ich ihn hinaus.

»Und?«, wollte Roxy kurz darauf von mir wissen.

»Frag nicht«, gab ich schlecht gelaunt zurück. »Seid ihr mit den Genehmigungen weitergekommen?«

Sie schüttelte den Kopf, und ich wusste, was sie sagen wollte, bevor sie den Mund öffnete.

»Denk nicht einmal daran«, warnte ich sie.

Roxy kannte meine Geschichte als eine der wenigen, deshalb wusste sie auch, dass der Mann, der mir weiterhelfen könnte, ein Bruder meiner Mutter war. Aber mit diesen Leuten wollte ich nichts zu tun haben.

Kurz dachte ich an die Begegnung mit meiner Tante zurück. Ich hatte etwas recherchiert – die Namen waren mir allesamt bekannt –, und ihr Bild auf der Website einer Umweltorganisation gefunden, für die sie tätig war. Nicht nur deswegen war die letzte Woche eine meiner bislang unproduktivsten gewesen. Ich hatte die Tage hauptsächlich damit verbracht, sinnlos auf einen schwarzen Bildschirm zu starren, während ich mich fragte, was mit mir nicht stimmte, weil ich Chelsea nicht aus dem Kopf bekam.

»Okay, gut«, holte Roxy mich ins Hier und Jetzt zurück. Sie hob abwehrend die Hände. »Wir werden es irgendwann hinkriegen, aber es wäre besser, wenn wir in den Wintermonaten mit dem Bau anfangen könnten, du weißt ja …«

Ich knirschte mit den Zähnen. »Mir sind die Klimabedingungen der Emirate durchaus bekannt, danke, Roxy. Es dauert mit diesen Genehmigungen so lange, wie es dauert.«

Sie schnaubte. »Gott, manchmal bist du so ein Ekel! Was ist nur mit dir los?«

Tja. Wenn ich das wüsste! Ich antwortete nicht und sah auf mein Handy, das gerade auf dem Schreibtisch brummte. Eine Erinnerung für die Party bei Sven war aufgepoppt. Ich unterdrückte ein Augenrollen. Es würden nicht viele Leute kommen, an die fünfzig vielleicht, hatte er gesagt. Meine Begeisterung, mich unter Menschen zu begeben, hielt sich in Grenzen. Allerdings zog mich ein bestimmter Gedanke doch dorthin, und das war genau der Grund, warum ich eigentlich fernbleiben sollte.

Ergab das irgendeinen Sinn? Irgendwie nicht, und doch war es das, was mir in diesem Moment logisch erschien. Ich sollte Chelsea aus dem Weg gehen, bis meine Besessenheit nachließ. Ich war nicht gut für sie, und ich wusste, dass ich sie früher oder später verletzen würde. Ich konnte gar nicht anders, das stand in meiner DNA festgeschrieben. Selbst, wenn ich etwas anderes über mich denken wollte – mein Vater hatte mir oft prophezeit, dass ich genauso werden würde wie er. Und irgendwie glaubte ich ihm. So gern ich mich einzig und allein als Sohn meiner Mutter sehen wollte, so war ich mir doch darüber im Klaren, dass ich auch das Produkt meines Vaters war. Und er war ein echter Scheißkerl. Mein Erzeuger hatte meine Mutter nicht nur räudig behandelt, sondern auch permanent mit billigen Flittchen betrogen. Ich musste ihm ähnlich sein, oder warum wechselte ich sonst die Frauen wie andere die Socken? Diese und weitere destruktive Gedanken benebelten mir seit der letzten Woche das Hirn und hielten mich davon ab, Chelsea zu kontaktieren.

Erst hatte ich alles dafür getan, sie zu einem Date zu überreden, und jetzt gab ich mir ebenso viel Mühe, ihr aus dem Weg zu gehen. Das war zum Verrücktwerden. Ich dachte ständig an sie, doch im gleichen Atemzug reihte ich innerlich sofort alle Gründe auf, warum ich mich von ihr fernhalten musste. Ich war nicht gut für sie, und ich wollte ihr nicht wehtun, das war alles, was zählte.

Vielleicht könnte ich ihr ein paar Orgasmen bescheren, aber mir war inzwischen sonnenklar, dass es nicht darum ging, sie als eine weitere Eroberung auf meine Liste zu setzen. Chelsea war etwas Besonderes, und ich würde ihr niemals das geben können, was sie verdiente. All das hatte ich immer wieder mit mir selbst durchgekaut, seit ich ihr zum ersten Mal begegnet war.

Und jetzt kam die Frage der Fragen: Warum zur Hölle bekam ich diese Frau nicht aus meinem System? Es kam mir so vor, als würde mir allmählich die Kontrolle entgleiten, und das gefiel mir überhaupt nicht.

»Aidan?« Roxy stand vor mir und tippte mich an. »Ist alles okay?«

Shit. Ich war mal wieder total in meiner eigenen Welt versunken. Ich hob meinen Blick und sah meiner Assistentin in die Augen. Warum ich auf einmal die Wahrheit sagte, konnte ich nicht erklären, aber ich hörte mich selbst sagen: »Ich habe nicht den leisesten Schimmer, aber nein, ich glaube, mit mir ist nicht alles in Ordnung.«

Roxy schaute mich besorgt an. »Kann ich etwas für dich tun?«

Ich rieb mir mit der Hand über das Kinn. »Ich denke nicht, nein, aber es ist lieb, dass du fragst.«

»Es hat nicht nur mit diesem Fernsehauftritt zu tun, oder?«

Schön wäre es, dachte ich, aber das war das einzig Positive an der Sache: Die miese Publicity war mir mittlerweile scheißegal.

Während ich mit Roxy in meinem Büro stand und mit mir und der Welt haderte, fasste ich einen Entschluss. »Es ist schon in Ordnung, Roxy, wirklich. Ich bekomme das wieder in den Griff. Du kannst jetzt Feierabend machen, ich habe noch etwas zu erledigen.«

Sie guckte zwar skeptisch, aber verabschiedete sich schließlich. Als ich allein war, wählte ich eine Telefonnummer, die ich nie zuvor angerufen hatte.

Es klingelte viermal, und ich wollte gerade auflegen, als jemand abhob. Eine Frau sagte auf Arabisch. »Ja, hallo?«

»Guten Abend, ich bin mir nicht sicher, ob ich bei Ihnen richtig bin«, erwiderte ich, ebenfalls auf Arabisch. »Aber ich glaube, Sie sind meine Tante.«

Am anderen Ende herrschte zunächst Stille. Meine Hände wurden feucht, und ich fragte mich, ob es vielleicht ein Fehler gewesen war, sie zu kontaktieren.

»Aidan!«, stieß sie schließlich hervor.

»Dann weißt du wirklich, wer ich bin?«, wechselte ich, ohne nachzudenken, ins vertraulichere Du.

»Aber sicher. Auch wenn wir uns nie persönlich begegnet sind, habe ich deinen Lebensweg immer verfolgt.«

Warum hast du dich nie gemeldet, schoss es mir durch den Kopf. Aber ich sprach es nicht aus, weil ich das Gespräch nicht mit Vorwürfen beginnen wollte.

»Hattest du Kontakt mit meiner Mutter?«, fragte ich stattdessen.

»Nicht offiziell, aber wir hatten unsere Wege.«

Ich war traurig und gleichzeitig erleichtert. Einerseits wollte ich sie anschreien und sie beschuldigen, dass sie auch dafür verantwortlich war, wie meine Mutter zugrunde gegangen war, aber in dieser Welt hatte meine Tante vermutlich keine andere Wahl gehabt, ohne selbst alles zu verlieren. Wir entsprangen einer alten Beduinenfamilie, die bis heute streng hierarchisch aufgebaut war. Mein Großvater, den ich niemals kennengelernt hatte, hatte meine Mutter verstoßen, und alle anderen hatten sich fügen müssen. Es war ein Drama für alle gewesen, dessen war ich mir sicher. Trotzdem verspürte ich die altbekannte Bitterkeit in mir, als ich daran dachte, was meine Mutter hatte aushalten müssen, nur, weil sie als junge Frau nicht alle Regeln befolgt hatte.

»Es tut mir heute noch in der Seele weh«, antwortete meine Tante jetzt, und ich wusste, dass sie die Wahrheit sagte. Bis eben war mir nicht so deutlich bewusst gewesen, dass nicht nur meine Mutter unter der Trennung gelitten hatte.

»Ich verstehe«, gab ich zurück, und mein Brustkorb wurde immer enger.

»Warum lebst du in den Emiraten und meldest dich nie?«, wollte sie jetzt unverblümt wissen. Ihre Stimme klang eher spöttisch und ein wenig provokant, nicht beleidigt oder vorwurfsvoll.

Das war wohl familientypisch, meine Mutter war genauso gewesen. Ein trauriges Lächeln stahl sich in mein Gesicht, weil ich sie gerade unfassbar vermisste.

»Ich rufe doch jetzt an!«, gab ich halb amüsiert zurück.

»Es wurde Zeit, Aidan. Dein Großvater ist alt geworden.«

»Ich habe kein Interesse, diesen Mann kennenzulernen, ich rufe deinetwegen an. Mama hat ab und zu von dir geredet. Ihr wart sehr eng miteinander?«

»Ja, das stimmt, ich bin nur ein Jahr älter als sie, und wir haben vieles miteinander geteilt. Ich hatte mir schon hundertmal überlegt, dich zu kontaktieren, aber mich nie getraut. Als ich dich neulich in der Mall gesehen habe, war ich zu überrascht, um dich aufzuhalten. Wir sollten uns treffen.«

»Bekommst du dann keine Schwierigkeiten?«

»Aidan, die Zeiten haben sich geändert, glaub mir.«

»Dann willst du mir sagen, dass deine Töchter sich aussuchen können, wen sie heiraten?«

O Mann, das war keine Glanzleistung von mir, und ich bereute diesen Satz sofort. Es stand mir nicht zu, über die Erziehungsmethoden meiner Tante zu urteilen oder sie von vornherein zu verurteilen.

»Tradition und Glaube sind ein wichtiger Bestandteil unserer Kultur, das stimmt, trotzdem bin ich der Meinung, dass du nicht alles so siehst, wie es tatsächlich war und ist. Lass uns reden, Aidan. Ich bin mir sicher, dass dich alle in der Familie kennenlernen wollen. Wir haben deine Mutter sehr geliebt.«

Warum seid ihr dann nicht mal zu ihrer Beerdigung gekommen, wollte ich schreien, aber meine Kehle war wie zugeschnürt, ich bekam keinen Ton heraus.

Mich verließ der Mut. Vielleicht hätte ich sie nicht anrufen sollen. Ich fühlte mich schlechter als vorher. »Ich melde mich wieder bei dir, Tante. Es war schön, deine Stimme zu hören. Du erinnerst mich an sie. Danke, dass du mit mir gesprochen hast.« Ich legte auf, ohne auf eine Antwort von ihr zu warten.

Sie rief mich zurück, aber ich ging nicht mehr dran. Ich war zu aufgewühlt und verwirrt.

Na wunderbar. Das waren genau die richtigen Voraussetzungen für einen entspannten Partyabend, an dem ich der Frau über den Weg laufen würde, die derzeit meine Träume und jeden wachen Gedanken beherrschte.

Vierzehn

CHELSEA

Natürlich hatte ich mich herausgeputzt, als wäre heute einer der wichtigsten Abende meines Lebens. Das sagte eine Menge über mich aus, aber ich wollte mich nicht über mich selbst ärgern. Über die Jahre hatte ich gelernt, meine Gefühle zu akzeptieren, auch, wenn sie vielleicht manchmal nervig waren – vor allem für mich.

Als ich auf dem Parkplatz des Gestüts ankam, war ich nicht mehr so schrecklich nervös. Ich parkte wie immer auf dem Gelände, das für die Angestellten vorgesehen war, und ging über den hinteren Eingang, für den ich einen elektronischen Zugang hatte, hinein. Kurz überkam mich das Verlangen, noch einmal in den Stall zu schauen, aber ich ließ es sein, denn ich hatte meine teuersten High Heels an den Füßen, und ich wollte sie nicht schmutzig machen.

Der Hauptgrund war jedoch der, dass ich womöglich gar nicht bei der Party auftauchen würde, wenn ich diesem Impuls, mich zu verdrücken, nachgab. Ich musste ja nicht lange bleiben, sagte ich mir, sondern ich würde, wie Sven es von mir wollte, ein wenig Smalltalk mit seinen Gästen betreiben und dann, nach angemessener Zeit, wieder verschwinden.

Zufrieden, dass ich einen Plan gefasst hatte, setzte ich meinen Weg fort. An der Haustür wurde ich bereits von einem Hausangestellten empfangen. Er führte mich auf die Veranda, die mit Feuersäulen dekoriert war. Sven hatte keine Kosten und Mühen gescheut. Es gab ein Buffet mit exquisiten Snacks, und er hatte sogar seinen Flügel hinausschieben lassen, an dem jetzt eine junge Dame saß, die ein klassisches Stück spielte, das ich zwar kannte, von dem ich aber nicht wusste, wie es hieß.

Die Party war bereits in vollem Gange, und ich kam mir ein wenig verloren zwischen all den fremden Menschen vor. Daher war ich froh, als eine Servicekraft vorbeikam und mir Getränke anbot. »Was davon ist alkoholfrei?«, wollte ich wissen.

Sie lächelte höflich und zeigte auf die linke Seite ihres Tabletts. »Das sind Virgin Strawberry Mojitos und alkoholfreier Gin Tonic mit Zitrone. Ich kann Ihnen aber auch etwas anderes bringen, wenn Sie möchten.«

»Nein, schon okay, ich nehme den alkoholfreien Gin Tonic.« Das war ein echter Vorteil in einem arabischen Land, man wurde nirgends blöd angeschaut, wenn man Alkohol verweigerte. Die Gäste waren bunt gemischt, ich versuchte erst gar nicht zu zählen, wie viele Nationalitäten hier wohl vertreten sein mochten. Ich sah einige mit traditioneller Kleidung: Die einheimischen Herren trugen sogenannte Dishdasha oder Kandura – ein langes weißes Hemd aus Baumwolle, manchmal auch Seide, das bis knapp zum Boden reichte. Die Kopfbedeckung bestand meistens aus einem weißen Kopftuch, einer Schädelkappe und einem Kopfreif oder einer Kordel, die das Tuch fixierte. Die meisten Emiratis trugen offene Sandalen, die ich einmal aus Ignoranz als Jesuslatschen tituliert hatte, als ich neu in Dubai gewesen war. Schnell hatte Aria mir erklärt, dass ich bloß niemals Witze darüber machen dürfe, da ich sonst die Ehre der Menschen verletzen würde. Wir Engländer konnten ja manchmal recht taktlos sein, das war mir bis dahin nie so bewusst gewesen, aber ich hatte schnell gelernt, was sich gehörte und was nicht.

Meine Vorurteile, dass man als Frau nicht respektiert wurde, waren überhaupt nicht bestätigt worden, das Gegenteil war der Fall. Allerdings schüttelte man hier keine Hände, und Küsschen links und rechts gab es auch nicht – jedenfalls nicht von arabischen Männern. Unter Europäern oder Amerikanern war das natürlich anders.

»Ah, da bist du ja«, begrüßte mich Sven lächelnd. Er trug einen hellen Anzug und sehr teuer aussehende Schuhe, seine Haare hatte er mit etwas Gel frisiert. Der Schwede war attraktiv, und seine blauen Augen strahlten fröhlich. »Schön, dass du es geschafft hast, Chelsea. Amüsierst du dich? Komm, ich stelle dich ein paar Leuten vor.« Sanft berührte er mich an der Schulter.

»Sehr gern, deswegen bin ich ja hier.«

»Du brauchst keine Angst haben, du bist bei mir kein Kanonenfutter, ich benutze dich nicht als Lockvogel für neue Kunden.«

Ich hatte keine Ahnung, wieso er das sagte, doch irgendwie beruhigte er mich damit ein wenig. »Na, da bin ich aber froh«, neckte ich ihn.

Zuerst plauderte ich mit einem Amerikaner, der für das Rennen am Wochenende angereist war. Er hatte zwei Pferde am Start und prahlte mit den Siegen seines Stalles. Ich war froh, als sich noch jemand zu uns gesellte. Es war ein Emirati, der mir gleich Fragen zu meinen Behandlungsmethoden stellte. Es schien ihm neu zu sein, dass man Pferden chiropraktisch helfen konnte, und ich war direkt in meinem Element.

Ich merkte gar nicht, wie rasch die Zeit verging, zum Essen war ich noch nicht einmal gekommen, weil ich immer wieder von anderen Menschen umringt und ausgefragt wurde. Wie mir schien, hatte Sven wirklich mit mir geprahlt – das hatte er am Morgen ja schon zu mir gesagt. Es war ein schönes Gefühl, dass man meine Leistungen auf diesem Gestüt schätzte. Irgendwann nahm ich mein Handy aus der Handtasche, um auf die Uhr zu sehen. Ich war überrascht, dass es bereits kurz vor Mitternacht war.

Hastig blickte ich mich um – nicht zum ersten Mal –, und sah, dass Aidan nicht hier war. Er war nicht gekommen.

Einerseits war ich erleichtert, aber der größere Teil von mir war enttäuscht. Dabei sollte ich dankbar sein, dass mir weitere peinliche Momente in seiner Gegenwart erspart geblieben waren.

Ich schnappte mir ein paar Kleinigkeiten vom Buffet und nutzte die Gelegenheit, als Sven bei mir vorbeikam, um mich zu verabschieden. »Wenn es in Ordnung für dich ist, würde ich jetzt nach Hause fahren. Es war ein sehr angenehmer Abend, vielen Dank, dass du mich eingeladen hast.«

Sein Blick ruhte auf mir, dann nickte er. »Ich danke dir, du hast alle meine Konkurrenten bezaubert, Chelsea. Es hat mir wirklich große Freude bereitet, dich dabei zu haben. Gute Nacht.«

Seine Worte gingen runter wie Öl, und ich merkte, dass ich tatsächlich ein wenig ergriffen davon war. »Das ist … es ist total nett, dass du das sagst. Gute Nacht und bis morgen.«

Nachdem wir uns verabschiedet hatten, wählte ich den Weg über den Rasen und nicht durchs Haus. Die Reihen hatten sich zwar schon etwas gelichtet, aber es waren immer noch einige Gäste anwesend, und ich wollte nicht mehr in weitere Gespräche verwickelt werden.

Damit meine Absätze nicht in der weichen Erde versanken, zog ich die Schuhe aus und lief barfuß. Als ich mein Auto erreichte, schloss ich die Tür auf und stieg ein. Leider passierte nichts, als ich den Motor starten wollte. Nicht schon wieder!, dachte ich genervt. Dabei war der Abend bis jetzt gut verlaufen. Ich ahnte, dass ich eine halbe Ewigkeit auf den Pannendienst würde warten müssen, und suchte die Nummer heraus. Dabei stieß ich einen ganz undamenhaften Fluch aus und ärgerte mich darüber, dass meine Nacht damit einige Stunden kürzer ausfallen würde.

Fünfzehn

AIDAN

Es war schön, dich kennenzulernen, wir sollten das bald wiederholen.« Meine Tante stand auf und nickte mir zu. Layla trug, wie ich es erwartet hatte, eine *Abaya*, das traditionelle Kleidungsstück für Frauen. Es handelte sich in ihrem Fall um ein lindgrünes langärmeliges, bodenlanges Gewand mit einem dazu passenden Kopftuch. Wir hatten gemeinsam gegessen und uns ein wenig kennengelernt, das erste Eis war schnell gebrochen gewesen.

Ich war überrascht, dass das Treffen überhaupt so rasch zustande gekommen war. Aber Layla hatte nicht lockergelassen und mich nach unserem ersten Telefonat immer wieder angerufen, bis ich schließlich nachgegeben hatte und drangegangen war. Obwohl ich schon fast bei Svens Party angekommen war, hatte ich mich doch von Layla breitschlagen lassen, sie in einem Bistro zu treffen. Meine Neugier hatte gewonnen, und ich war froh darüber.

Das Essen mit ihr war überraschend locker verlaufen, beinahe so, als wären wir alte Bekannte. Wir hatten geplaudert – vor allem über meine Mutter, wie sie gewesen war, ehe der Krebs sie dahingerafft hatte. Die schwierigen Themen hatten wir vermieden, und das war eine Erleichterung für mich. Ich war sicher, dass Layla und ich über gewisse Dinge vollkommen anders dachten, und für einen hitzigen Streit kannten wir uns nicht gut genug.

»Danke, dass du dir die Zeit genommen hast«, erwiderte ich und meinte es genau so, wie ich es sagte. Es fühlte sich verwirrend gut an, mit meiner Tante hier zu sein. Besser, als ich es mir jemals ausgemalt hatte – und das war oft gewesen, wie ich jetzt feststellte.

»Wir bleiben in Kontakt, Aidan. Ich weiß, du lehnst es derzeit ab, aber vielleicht kannst du deine Entscheidung überdenken und zustimmen, den Rest der Familie irgendwann kennenzulernen. Das musst du nicht heute festlegen. Lass es einfach ein wenig in dir arbeiten, ich bin davon überzeugt, dass es für uns alle gut wäre.« Sie strahlte mich aus ihren großen dunklen Augen an, die mich an meine eigenen erinnerten.

Nachdem wir uns verabschiedet hatten, fuhr ich doch noch zu Sven. Die Party war mit Sicherheit längst vorbei, aber nach Hause wollte ich nicht, dafür war ich viel zu aufgewühlt.

Nachdem mich der Pförtner auf das Gelände gelassen hatte, parkte ich meinen Wagen auf dem Hof des Gestüts, wo einige andere standen. Ganz beendet war die kleine Feier also doch noch nicht. Während ich ausstieg, stellte ich fest, dass ich nach dem Treffen mit meiner Tante nicht bereit war, gleich wieder andere Menschen zu sehen, obwohl ich auch nicht alleine sein wollte. Ich brauchte ein paar Minuten zum Verschnaufen, um die Ereignisse der letzten Stunden sacken zu lassen.

Statt in die Villa zu gehen, schlug ich daher den Weg zum Stall ein. Ich fand Shadows Box auf Anhieb, die

Nachtbeleuchtung reichte aus, um mich zu orientieren. Was ich dann sah, ließ mich erstarren. Chelsea saß neben dem Hengst auf dem Boden.

Sie … schlief?

Wie merkwürdig. Ich betrat die Box, ohne darüber nachzudenken, Shadow beachtete mich nicht, der wollte offenbar nur seine Ruhe, was ich gut nachvollziehen konnte.

»Chelsea«, sagte ich leise und ging vor ihr in die Hocke. »Geht es dir gut? Was machst du hier alleine? Ist alles in Ordnung?« Verschiedenste Szenarien schossen mir durch den Kopf. Ihrem Outfit nach zu urteilen, hatte sie die Party besucht, aber warum war sie hier gelandet? Hatte sie ein Gast beleidigt? Ich spürte, wie sich meine Kehle zuschnürte. Sie musste nur einen Namen nennen, und ich würde eigenhändig dafür sorgen, dass dieser Jemand sich bei ihr entschuldigte … Möglicherweise ging auch einfach meine Fantasie mit mir durch. Was Chelsea betraf, verhielt ich mich absolut irrational.

Ihre Lider flatterten, bis sie sie vollständig öffnete, dauerte es ein paar Sekunden. Als sie begriff, dass ich hier war, riss sie die Augen plötzlich ganz weit auf. »Scheiße«, stieß sie hervor.

Das war nicht die Reaktion, die ich mir erhofft hatte, aber ich musste trotzdem grinsen. »Nein, ich bin's, Aidan «, sagte ich scherzhaft, war mir aber nicht sicher, wie das bei ihr ankam.

Sie grummelte und rieb sich verschlafen über das Gesicht. »Ich weiß, wie du heißt.«

»Gut, dann hast du mich also nicht vergessen. Aber viel wichtiger ist doch die Frage: Was machst du hier? Du willst doch wohl nicht hier im Stall übernachten? Das Pferd könnte auf dich treten.«

Chelsea stieß einen Laut aus, der mir unmissverständlich klarmachte, dass sie keinerlei Bedenken hatte, neben Shadow zu schlafen. »Was kümmert es dich«, gab sie knapp zurück, und ihr knurriger Tonfall verdeutlichte mir, dass sie nicht so erfreut war, mich zu sehen, wie umgekehrt. Es war auch eine gute Frage. Warum ich es wissen wollte? Das war mein Problem – ich verstand es selbst nicht. Mein Interesse an ihr ging weit über das normale Maß hinaus, so viel war mir längst klar, ich kam nicht dagegen an.

Ehe ich noch etwas sagen konnte, fuhr sie fort. »Wenn du es genau wissen willst, mein Auto hat mal wieder die Grätsche gemacht, und ich warte auf den Pannendienst. Die vom Servicetelefon haben gesagt, dass sie anrufen, wenn sie hier sind, aber das ist jetzt schon eine Weile her. Ich dachte, ich schau so lange nach Shadow, und, na ja, ich war müde. So, jetzt weißt du, warum ich hier sitze.«

Das Bedürfnis, sie in meine Arme zu ziehen, war so stark, dass ich mich dazu zwingen musste, es nicht zu tun. »Soll ich dich nach Hause bringen?«, schlug ich vor.

»Bloß nicht, ich meine, nein danke, du wohnst ja ganz woanders.«

Da hatte sie recht, doch ich würde sie auf keinen Fall hier im Stall alleine lassen. Nicht, dass ihr hier etwas passieren würde, aber es war unbequem und kein Ort, an dem man sich die Nacht um die Ohren schlagen sollte. »Keine Widerrede, junge Dame.« Ich streckte ihr meine Hand hin, um ihr beim Aufstehen behilflich zu sein.

»Und was ist mit dem Pannendienst?«, fragte Chelsea und ergriff sie. Mit Schwung kam sie auf die Beine.

»Gib mir die Nummer, ich kläre das«, bat ich sie daraufhin. Ich rechnete nicht damit, dass Chelsea mich die Reparatur für sie übernehmen lassen würde, und war daher froh, als sie mir eine Telefonnummer auf ihrem Handydisplay zeigte.

»Schick sie mir einfach als Textnachricht«, schlug ich vor. »Dann mache ich schon keinen Fehler beim Abtippen.«

Und so kam es, dass ich am Ende doch ihre Handynummer bekam, wenn auch aus anderen Gründen als ursprünglich erhofft. Trotzdem empfand ich es als kleinen Sieg. Es wurde sogar noch besser: Chelsea stimmte nach einem kurzen Hin und Her doch zu, dass ich sie zu ihrer Wohnung fahren durfte, worüber ich mich ein wenig zu sehr freute. Schließlich bedeutete das nicht, dass sie mir meinen Rückzieher nach unserem Kuss verziehen hatte. Aber die gemeinsame Fahrt zu ihrer Adresse war immerhin ein Anfang.

Chelsea sprach zunächst nicht viel und antwortete einsilbig, aber das war okay für mich. Ihre Nähe genügte mir. Sie roch auch nach einem langen Abend verführerisch, obwohl ich sie eben im Stall aufgesammelt hatte. Ich konnte mir nichts vorstellen, was mich jemals an ihr stören könnte.

»So, da wären wir«, verkündete ich nach der viel zu kurzen Fahrt und hielt an.

Chelsea kramte in ihrer Handtasche und stöhnte schließlich auf. »Mist.«

»Was ist los?«, wollte ich von ihr wissen.

»Ich habe meinen Wohnungsschlüssel auf dem Beifahrersitz im Auto liegen gelassen. Neben der Tüte mit Einkäufen vom Vormittag. So komme ich nicht rein. Das ist der perfekte Abschluss nach einem Scheißtag. Na super! Ich bin so dämlich.«

»Hat vielleicht ein Nachbar einen Ersatzschlüssel?«

Sie schüttelte den Kopf. »Nein, ich habe noch keine Kontakte geknüpft, man lebt sehr unpersönlich in so einer Anlage mit Tausenden von Leuten. Das war für mich schon eine Umstellung, in England auf dem Land, da kennt ja jeder jeden. Egal – jedenfalls brauche ich es da nicht versuchen, und bei der Verwaltung dürfte ich jetzt wohl auch niemanden erreichen. Gott, ich bin wirklich dumm! Dass ich nicht an den Schlüssel gedacht habe, ärgert mich richtig.«

»Ich habe ein Gästezimmer«, schlug ich ohne Hinter-gedanken vor. Die kamen mir erst in den Sinn, nachdem ich das Angebot ausgesprochen hatte.

Sie musste denken, dass es mir nur darum ging, sie ins Bett zu bekommen. Ich würde lügen, wenn ich behaupten würde, dass ich nicht mehr an ihr interessiert wäre, aber mein Vor-schlag sollte ihr tatsächlich einfach nur weiteren Ärger und eine unbequeme Nacht ersparen.

Chelseas Kopf schnellte herum. »Das geht nicht, ich kann nicht bei dir übernachten.«

»Wieso nicht? Du kennst meine Wohnung, sie ist riesig, wir würden uns vermutlich nicht mal über den Weg laufen«, versuchte ich die angespannte Stimmung mit einem Scherz aufzulockern. »Es ist spät, du brauchst deinen Schlaf. Jetzt noch mal zum Gestüt zurückzufahren, wäre Irrsinn.«

Sie stöhnte auf. »Das ist mir echt peinlich, es sieht so aus, als hätte ich das geplant, als ich bei dir ins Auto eingestiegen bin.«

»Unsinn. Niemand denkt so etwas. Du bist einfach ein bisschen durch den Wind. Ich werde mich benehmen, Chel-sea, versprochen. Und morgen früh regeln wir den Rest.«

»Na schön«, kleinlaut gab sie nach, denn sie konnte ein Gähnen nicht mehr länger unterdrücken. Ich fragte mich, warum sie so müde war, und ein dämlicher Teil von mir hoffte, dass sie in der letzten Woche ebenso viel an mich gedacht hatte wie ich an sie und der Schlaf deshalb zu kurz gekommen war. Wahrscheinlich aber war sie einfach nur erschöpft nach einem langen Tag.

Ehe sie es sich anders überlegen konnte, fuhr ich los. Mein Herz klopfte verräterisch schnell, während ich mich über die Zeit mit ihr freute – selbst, wenn es nur ein paar Stun-den waren, die wir in getrennten Schlafzimmern verbringen würden.

Die Fahrt dauerte etwas länger als fünfundzwanzig Minuten, und das Gespräch kam nur schleppend in Gang. Nachdem ich dem Mitarbeiter vom Parkservice meine Schlüssel in die Hand gedrückt hatte, gingen wir in die Lobby und nahmen den Aufzug nach oben. Die Stimmung zwischen uns war latent angespannt, und mir fiel nichts ein, wie ich sie auflockern konnte, deshalb schwieg ich. Chelsea sah mich nicht an, und es kam mir so vor, als ob sie sich bewusst so hinstellte, dass sie mir bloß nicht zu nahekam. Ich hatte keine Ahnung, was ich davon halten sollte, aber musste mir eingestehen, dass es mich verunsicherte.

Wenig später betraten wir mein Penthouse, und ich erinnerte mich, wie Chelsea sich beim letzten Mal über die Aussicht gefreut hatte. Heute sagte sie nichts.

»Kann ich dir noch etwas Gutes tun?«, wollte ich von ihr wissen und versuchte es mit einem aufmunternden Lächeln.

Sie stellte ihre High Heels in den Flur und wirkte tatsächlich ein wenig verloren auf mich. »Ehrlich gesagt nicht, nein. Oder hättest du vielleicht eine Zahnbürste für mich? Und ein Glas Wasser wäre auch nicht schlecht.«

»Komm mit«, bat ich sie, und gemeinsam gingen wir in die Küche. »Fühl dich bitte wie zuhause. Hier ist das Geschirr, Gläser findest du hier, Mineralwasser ist eigentlich immer im Kühlschrank. Du kannst dich auch von allem anderen bedienen; nimm dir einfach, worauf du eben Lust hast.«

Ich schenkte ihr Wasser ein und stellte das Glas dann auf die Kochinsel, um eine Berührung ihrer Hand zu vermeiden. Ich traute mir selbst nicht über den Weg. Hier mit ihr in meiner Wohnung zu sein, stellte Dinge mit mir an, die ich nicht näher beschreiben konnte.

Sobald ich ihre Haut fühlte, war meine Beherrschung ernsthaft in Gefahr. Auch ohne sie anzufassen, gerieten meine Vorsätze, mich wie ein Gentleman zu verhalten, bereits ins Wanken. Warum noch mal wollte ich mich von ihr fernhalten?

Ach ja, ich hatte mich beim letzten Kuss ziemlich schräg benommen, und sie sollte sich nicht von mir bedrängt fühlen. Das genügte, um mein Blut wieder halbwegs auf Normaltemperatur zu bekommen.

»Danke«, murmelte sie und trank das Wasser in hastigen Zügen aus. »Ich war halb verdurstet, keine Ahnung, was da bei Sven auf dem Buffet war.«

Sie lächelte zaghaft, und etwas flatterte in meinem Brust-korb auf, das sich verdammt gut anfühlte. Waren das die viel zitierten Schmetterlinge? Ich hatte keine Ahnung, denn so etwas war bei mir noch nie aufgetreten. Vielleicht hatte ich auch einfach Herzrhythmusstörungen, versuchte ich mich zu beruhigen – alles war besser, als diese seltsamen Gefühle näher analysieren zu müssen.

»Dann komm mal mit, ich zeige dir alles«, bat ich sie und räusperte mich, um den Frosch in meinem Hals los-zuwerden. Ich kam mir dämlich vor, dass ich mich in ihrer Nähe nur mehr schlecht als recht im Griff hatte. Das war noch nie vorgekommen. Noch nie.

»Hier ist der Gästebereich«, erklärte ich, nachdem wir über den Flur rechts abgebogen waren. »Du findest hier ein Badezimmer, in dem alles Nötige vorhanden sein müsste inklusive Zahnbürste, Shampoo und so weiter. Ich habe eine sehr fürsorgliche Haushälterin, die immer mitdenkt, obwohl ich nur selten Besuch bekomme, der über Nacht bleibt.«

Chelsea warf mir einen merkwürdigen Blick zu. In mir wuchs das Bedürfnis, ihr zu erklären, dass ich keine Frau mehr getroffen hatte, seit sie mir begegnet war. Ich behielt es jedoch für mich, weil mich die Erkenntnis selbst ein wenig schockierte. Darüber hatte ich bis eben nicht nachgedacht.

Ich hatte nicht nur keine andere getroffen, sondern nicht einmal angeschaut.

Anscheinend saß ich schon viel tiefer in der Patsche, als ich angenommen hatte.

Während ich weiterging und versuchte, mir nichts davon anmerken zu lassen, öffnete ich die Tür zu ihrem Schlafzimmer. Das Bett war frisch bezogen, wie gesagt, ich hatte eine sehr gewissenhafte Haushälterin. Das Zimmer war hoffentlich ansprechend genug eingerichtet. Ich warf Chelsea einen verstohlenen Blick zu, sie lächelte, und ich atmete erleichtert aus.

»Das … sieht wirklich schön aus«, meinte sie leise und trat neben mich. Obwohl wir uns nicht berührten, konnte ich ihre Wärme spüren und atmete ihren betörenden Duft ein.

Shit.

Hatte ich eben geseufzt?

»Brauchst du noch was?«, fragte ich mit belegter Stimme und wandte mich ihr zu.

Chelsea blickte zu mir auf, und für einen Sekundenbruchteil glaubte ich, Verlangen in ihren hübschen Augen zu erkennen, dann schlug sie die Lider nieder. »Ich, ähm, nein … und ich möchte dir auch nicht zur Last fallen, Aidan. Danke, dass ich hier übernachten darf.«

O Gott. Sie hatte keine Ahnung. Gerade stand ich kurz davor, sie zu bitten, direkt bei mir einzuziehen, aber ich konnte mich beherrschen. Vor allem, weil mich der Gedanke selbst überraschte, aber nicht mehr so sehr schockierte. Meine Klappe unter Kontrolle zu halten, war viel schwieriger, als sie nicht zu umarmen. Nicht meine Nase in ihr Haar zu drücken. Nicht ihre Lippen mit meinem Mund zu verschließen …

Mein verräterischer Körper reagierte mit einem lustvollen Schauer, und das Blut aus meinem Gehirn machte sich auf den Weg in tiefere Regionen.

»Du bist immer willkommen bei mir, Chelsea. Immer. Hörst du? Und es tut mir leid, dass es … also, ich möchte mich bei dir entschuldigen für unseren letzten Abend. Ich hätte dich nicht küssen dürfen, das war übergriffig von mir.

Ich hoffe, dass du es nicht bereust, meiner Einladung gefolgt zu sein, aber ich versichere dir, dass ich dich nicht in eine weitere unangenehme Situation bringen werde.«

Chelsea atmete zittrig ein, ehe sie antwortete. »Es gibt vieles, was ich bereue, aber dieser Kuss gehört nicht dazu.«

Bis ihre Worte bis zu meinem Verstand durchgedrungen waren, dauerte es einen Augenblick. Schlagartig veränderte sich die Stimmung im Raum. Wo wir eben noch vorsichtig Abstand gehalten hatten, stoben jetzt die erotischen Funken geradezu zwischen uns auf. Ich heftete meinen Blick auf ihren sinnlichen Mund, der, wie ich wusste, genauso gut schmeckte, wie er aussah. Als Chelsea sich die Lippen mit ihrer Zunge befeuchtete, war es um meine Zurückhaltung geschehen. Sie hatte sich in Rauch aufgelöst, ebenso wie alle meine guten Vorsätze, mich zurückzuhalten.

»Verdammt, wenn du das tust, kann ich mich nur schwer zusammenreißen«, stieß ich zwischen zusammengepressten Zähnen hervor, während ich um das letzte bisschen Beherrschung kämpfte, das ich in mir zusammenkratzen konnte.

»Was meinst du?«, wollte sie wissen und sah mich unter halb gesenkten Lidern an. O du lieber Gott, sie hatte offenbar keine Ahnung, wie heiß sie war!

»Du weißt es wirklich nicht?« Ich stieß einen Laut aus, der mich an ein animalisches Knurren erinnerte, während ich mich nicht von der Stelle rührte.

»Nicht direkt, nein.« Sie schaute mich unverwandt an und kam einen Schritt näher.

Das war gefährlich, aber in ihren Augen sah ich keine Angst, sondern etwas ganz anderes.

»Chelsea«, stieß ich hervor und strich mit meinem Daumen über ihre Unterlippe. Sie erbebte unter dieser federleichten Berührung und schluckte trocken.

Ich sprach weiter, meine Stimme klang rau. »Ich will dich so sehr, dass jeder Muskel in mir zum Zerreißen gespannt ist, aber es ist nicht nur das. Ich will mehr als nur Sex von dir, und das macht mir Angst«, gab ich zu und hielt die Luft an, während ich auf eine Reaktion von ihr wartete.

Sie hob ihre Hand und legte sie über meine, die auf ihrer Wange ruhte. Chelsea schmiegte ihr Gesicht dagegen. »Meinst du das ernst?«, wollte sie wissen.

»Ich habe in meinem ganzen Leben noch nie etwas so wahrhaftig gemeint. Ich weiß nicht, wo das hinführt, das ist alles neu für mich, Chelsea. Und ich verstehe auch, wenn dir das zu viel ist. Ich will dich nicht bedrängen, aber ich kann es nicht mehr für mich behalten.« Ich atmete aus und versuchte, meinen rasenden Herzschlag zu beruhigen, doch es gelang mir nicht. »Bitte geh schlafen und entspanne dich. Du bist sicher bei mir. Ich werde keine weiteren Grenzen überschreiten. Du sollst nicht das Gefühl haben …«

»Ach, halt die Klappe«, schnitt sie mir ins Wort und zog meinen Kopf zu sich, um mich gierig zu küssen.

Heilige Makrele, schoss es mir durch den Kopf, ehe die Hormone meinen Verstand vollends ausknipsten.

Ich wehrte mich nicht gegen diese sinnliche Explosion, denn ich war auch nur ein Mann. Obwohl ich versucht hatte, einmal in meinem Leben ehrenhaft zu sein, konnte ich den erotischen Lockungen dieser fantastischen Frau nicht widerstehen. Chelsea war mein Untergang und gleichzeitig wie die Ankunft im Paradies.

Wir konnten nicht genug voneinander bekommen, verschlangen uns gegenseitig, als wären wir Ertrinkende, die endlich die rettende Oase erreicht hatten. Ihre Zunge spielte mit meiner und zündete ein Feuerwerk in meinen Nervenenden. Mein Schwanz drückte sich beinahe schmerzhaft gegen den Reißverschluss meiner Hose, aber ich hielt mich zurück – so gut es mir möglich war. Sie bestimmte, wie weit wir gingen. Aber ich wusste genau, dieses Mal würde es mir nicht gelingen, mich von ihr zu lösen, dafür war es zu spät. Viel zu spät.

Ich war wie von Sinnen vor Lust und Erregung, dabei hatten wir noch nicht ein einziges Kleidungsstück ausgezogen. Wir küssten uns immer stürmischer, und ich konnte einfach nicht genug von ihr bekommen. Sie zu schmecken, sie zu fühlen, war das berauschendste, was ich jemals erlebt hatte.

»Du hast doch nicht ernsthaft geglaubt, dass ich im Gästezimmer schlafen würde«, keuchte Chelsea zwischen zwei Küssen und zerrte mir das Jackett von den Schultern.

»Tatsächlich«, erwiderte ich atemlos, »habe ich einmal versucht, den Ehrenmann raushängen zu lassen und mein Angebot ernst gemeint.«

Ihre Hände zerwühlten meine Haare, und sie lachte kehlig. »Ich will viel von dir, aber bestimmt nicht, dass du mich wie eine Heilige behandelst, das bin ich nämlich nicht. Gerade möchte ich sogar sehr schmutzige Dinge mit dir tun …«

»O Chelsea«, murmelte ich und fuhr den Bogen ihres Schlüsselbeines mit meinen Fingerspitzen nach, woraufhin sie ein kehliges Stöhnen von sich gab und die Augen schloss.

Ich drückte meine Lippen gegen ihren Hals und bedeckte ihn mit tausend Küssen. Sie schmeckte so unglaublich fantastisch. Chelseas Hände glitten über meinen Rücken, sie ließ mich dabei ihre Fingernägel spüren, woraufhin ich genüsslich brummte. Ich wollte mehr, viel mehr von ihr. Aber gleichzeitig hatte ich Angst, etwas zu überstürzen, das war mir neu. Mehr Zeit zum Nachdenken hatte ich jedoch nicht, denn jetzt streichelte sie meinen Schritt, so dass ich alles andere vergaß und mich ganz auf die lustvollen Wellen konzentrierte, die sich in mir ausbreiteten.

Hungrig suchte ich ihren Mund und küsste sie voller Leidenschaft, dabei bewegten wir uns langsam in Richtung Bett. Chelsea nestelte an den Knöpfen meines Hemdes, als wir gegen die Kante stießen. Es fühlte sich fantastisch an, sie zu küssen, ihr so nahe zu sein. So oft hatte ich es mir in den letzten Tagen und Nächten vorgestellt, dass ich Sorge hatte, wie ein Teenager zu kommen, wenn sie mich weiter durch den Stoff berührte. Ich stand schon jetzt kurz vor der Explosion, mein Atem kam abgehackt und ich wusste nicht wohin mit mir und meiner Erregung. »Baby, nicht so hastig«, flehte ich, als sie mich auf die Matratze stieß und sich rittlings auf mich setzte, um sich an mir zu reiben.

Ich keuchte unzusammenhängende Flüche und drängte ihr mein Becken entgegen. Zwischen uns war noch viel zu viel Kleidung. Deshalb richtete ich mich auf und hielt einen Moment inne, um Luft zu holen. Ich strich dabei mit meinen Händen an ihrer Wirbelsäule entlang, hinauf bis in ihren Nacken. »Du bist so wunderschön, Chelsea, ich kann nicht genug von dir bekommen.«

Sie lächelte und streichelte die Muskeln auf meinem Brustkorb und hinterließ eine brennende Spur mit ihren Fingerspitzen. Es war unglaublich, was eine so simple Berührung in mir entfachte. Schließlich begann ich, ihren Reißverschluss nach unten zu ziehen, um sie endlich von diesem Kleid zu befreien, das zwar hübsch war, aber mich mittlerweile erheblich störte.

Das Schrillen meines Mobiltelefons ließ Chelsea zusammenzucken. Verdammt, einen blöderen Zeitpunkt hätte es für diesen nervigen Abschleppdienst nicht geben können. Jemand anderes konnte es nicht sein um diese Uhrzeit. Ich wollte nicht drangehen, aber das Bimmeln war nervtötend, und natürlich musste das mit ihrem Auto geregelt werden – sie war darauf angewiesen. Trotzdem bereute ich es, dass wir unterbrochen wurden.

Notiz an mich selbst: Stell den Klingelton aus, wenn du Chelsea das nächste Mal im Bett hast.

Nichts von alledem hatte ich geplant oder auch nur ansatzweise erwartet, als ich ihr angeboten hatte, mich um den Abschleppdienst zu kümmern. »Shit, es tut mir leid«, murmelte ich noch immer atemlos und fischte nach meinem Jackett, in dem sich das Telefon befand.

»Wer auch immer es ist, derjenige hat besser einen guten Grund, mich zu stören«, prophezeite ich, woraufhin Chelsea ein heiseres Glucksen ausstieß, das meinen Schwanz noch härter werden ließ.

Das Gespräch mit dem Pannenhelfer war schnell erledigt: Ich wies ihn an, ihr Auto mitzunehmen und die Reparatur zu veranlassen, egal was es war. Nachdem ich aufgelegt hatte, legte ich das Handy zur Seite, aber nicht, ohne es zuvor auf lautlos zu stellen.

»Tut mir leid«, murmelte ich und strich ihr eine Strähne aus dem Gesicht. Ihre Wangen waren gerötet und die Lippen von meinen Küssen geschwollen. Sie sah fantastisch aus, einfach zum Anbeißen.

Chelsea wirkte nachdenklich. »Ist alles okay?«, fragte ich sie.

Sie senkte den Blick, und als sie das nächste Mal aufschaute, lächelte sie. Aber ich kannte sie mittlerweile gut genug, um zu erkennen, dass sie etwas bedrückte.

»Hey«, murmelte ich. »Was ist los?«

»Gar nichts, es ist alles in bester Ordnung.«

Ich glaubte ihr kein Wort. »Habe ich was falsch gemacht?« Dann begriff ich und wollte mich am liebsten selbst ohrfeigen. »Klar, du bist sauer, weil ich ans Telefon gegangen bin. Glaub mir, ich ärgere mich auch darüber …«

»Nein, das ist es nicht«, fiel sie mir ins Wort.

»Was dann?« Herrgott noch mal, ich hatte keine Ahnung, was hier los war, dabei hatte ich angenommen, dass ich einiges von Frauen verstand. Aber das war wohl eine Fehleinschätzung gewesen. Ich hatte keinen Schimmer, warum Chelsea plötzlich so still war.

»Ich, ähm, es ist mir unangenehm, aber ich habe gehört, dass das Auto repariert werden soll. Nur würde ich lieber wissen, wie teuer es wird, ehe ich zusage.«

Das war ihr Problem? Was konnte eine Reparatur bei einer so alten Karre schon kosten?

»Mach dir bitte keine Gedanken deswegen, Chelsea, ich übernehme das.«

Sie riss die Augen auf und wurde blass. »Nein. O nein. Das möchte ich nicht.«

Es kam mir so vor, als wäre eben eine Tür zugefallen, die bis eben noch offen gestanden hatte. Ich machte einen Fehler nach dem anderen und wusste nicht einmal, was genau sie eigentlich störte.

»Baby, komm her, was ist los?« Ich rückte näher zu ihr und hielt sie sanft am Kinn fest, so dass sie mich ansehen musste.

»Für dich sind das vielleicht Peanuts, Aidan. Und es ist garantiert kein Betrag, der dich arm macht. Genauso wie du mal eben ein Pferd kaufen kannst, ohne über den Unterhalt oder die anfallenden Tierarztkosten nachdenken zu müssen. Aber ich bin nicht so frei. Vielleicht gerade deshalb bin ich stolz darauf, dass ich alleine zurechtkomme, Aidan. Ich brauche keinen Mann, der sich in meine Finanzen einmischt.« Das Letzte hatte sie so leise gesagt, dass ich es kaum hören konnte.

Sie wollte nicht, dass ich die Reparatur bezahlte? Warum nicht? Ich versuchte sie zu verstehen, aber konnte keine Argumente finden, die dagegensprachen.

Ich bemühte mich verständnisvoll zu reagieren. Was ich jedoch rasch kapierte, war, dass ich die romantische Stimmung ruiniert hatte.

Und dann wurde mir noch etwas bewusst, was mich gleichzeitig erschreckte: Ich wollte mich um sie kümmern, am besten ein Leben lang. Mein Herz setzte einen Schlag aus, dann hämmerte es doppelt so schnell weiter, als ich begriff, was hier gerade passierte. Ich war drauf und dran, mich zu verlieben. Zum ersten Mal in meinem Leben. Diese Erkenntnis versetzte mir einen so heftigen Schock, dass ich kein Wort mehr hervorbrachte.

Sechzehn

CHELSEA

Aidan sah mich an, als hätte er ein Gespenst gesehen, außerdem war er kreidebleich geworden. Tja. Offenbar gefiel ihm nicht, was ich zu sagen gehabt hatte. So viel war offensichtlich. Ich bedauerte trotzdem nicht, meinen Standpunkt verdeutlicht zu haben.

Es war unglaublich, wie rasant die Stimmung zwischen uns abgekühlt war. Wo wir eben noch übereinander hergefallen waren, starrten wir uns jetzt in die Augen und hatten uns nichts mehr mitzuteilen.

Er wirkte sogar, als wollte er am liebsten die Beine in die Hand nehmen und davonlaufen. Aber es war seine Wohnung, und ich wusste nun wirklich keinen anderen Ort, wo ich heute sonst hingehen könnte, nicht mehr zu dieser Stunde. Natürlich wäre es möglich, mir ein Hotelzimmer zu nehmen, aber das würde alles nur komplizierter machen. Ich war außerdem so erledigt, dass ich mich einfach nur noch hinlegen und die Decke über den Kopf ziehen wollte.

»Du, ich bin echt müde«, sagte ich daher leise. Ich gähnte, um meine Aussage zu unterstreichen. »Tut mir leid, können wir das Gespräch vielleicht vertagen?« Ich stand auf und zupfte an meinem Kleid herum, dessen Reißverschluss Aidan noch vor wenigen Minuten heruntergezogen hatte. Es war mir jetzt mehr als unangenehm, dass ich quasi über ihn hergefallen war, aber rückgängig machen konnte ich es nicht.

Ohne auf eine Antwort zu warten, wandte ich mich ab, bis ich merkte, dass das hier das Gästezimmer war, das ja eigentlich für mich bestimmt war. Mist! Ich konnte nicht weg, außer ich würde doch noch in ein Hotel verschwinden, aber dafür war ich wirklich zu erschöpft.

Aidan war im Nullkommanichts auf den Beinen, er sah ehrlich zerknirscht aus. »Chelsea! Bitte lauf nicht davon. Ich bin nicht perfekt, das ist mir vollkommen klar. Und ich kann auch nicht versprechen, dass ich in Zukunft stets angemessen auf alles reagiere, was wir erleben. Aber eines weiß ich genau: Ich möchte dich in meiner Nähe haben. Das Gefühl ist so neu für mich, dass es mich … ja, ich bin ehrlich, dass es mich von den Socken haut. Aber es ist auch irgendwie schön.«

Nachdem seine Worte verklungen waren, musste ich ein paarmal blinzeln.

»Bitte bleib heute Nacht hier. Das hier ist dein Zimmer, und ich bitte dich von Herzen, lass dich von mir nicht vertreiben.«

Ich sah zu ihm auf, aber ich konnte nicht erkennen, was in ihm vor sich ging. Aidans Miene war unergründlich, und das machte mich beinahe wahnsinnig. Die Vernunft in mir gewann die Oberhand, deshalb nickte ich. »In Ordnung, danke für dein Verständnis.«

Keine Ahnung, warum ich das gesagt hatte. In meinem Hirn wirbelte alles Mögliche durcheinander. Nach allem, was passiert war, konnte ich nicht mehr klar denken.

Er schien es mir nicht übelzunehmen, denn ich sah, wie er ausatmete. Offenbar war er erleichtert. Das ergab gerade keinen Sinn für mich, aber es war auch nicht wichtig.

»Gute Nacht, Chelsea, schlaf gut!« Er trat an mir vorbei und sah sich erneut um. Kurz hatte ich das Gefühl, dass er doch noch einmal zu mir kommen wollte, aber dann drehte er sich abrupt um und verließ den Raum. Die Tür schloss er so leise hinter sich, als hätte er Angst, ein Geräusch zu verursachen.

Ich ließ mich daraufhin auf das Bett fallen und stieß einen Seufzer aus. Was für ein Abend!

Nie im Leben hätte ich damit gerechnet, dass ich nach Svens Party in Aidans Penthouse landen würde. Für den Moment wollte ich mir keine Gedanken mehr darüber machen, sondern einfach nur schlafen. Ich stellte die Klimaanlage ein paar Grad höher, weil ich keine Klamotten dabeihatte und zog mich bis auf die Unterhose aus. Im Badezimmer fand ich tatsächlich alles Mögliche an Kosmetikartikeln, Zahnbürsten, Cremes und Seifen, ich benötigte nur einen Bruchteil davon. Ein paar Minuten später lag ich im Bett und löschte das Licht. Nur das leise Surren der Belüftung war zu hören, das war so merkwürdig, weil in meinem kleinen Apartment ständig irgendwelche Geräusche aus dem Haus oder von der Straße die Stille störten. Wenn man Geld hatte, sah das natürlich anders aus. Ich war nicht neidisch auf Aidans Reichtum, aber die Unterschiede zwischen uns hätten kaum deutlicher sein können.

Meine Gedanken wanderten zu unserem letzten Gespräch. Ich begriff nach wie vor nicht, warum der Satz, dass ich keinen Mann brauchte, der meine Finanzen regelte, ihn so dermaßen vor den Kopf gestoßen hatte, dass er kaum mehr ein Wort herausgebracht hatte.

Ich wälzte mich von einer Seite auf die andere, aber kam nicht zur Ruhe. Immer, wenn ich kurz vor dem Einschlafen war, kam mir wieder ein anderer Moment aus unserem Gespräch in den Sinn.

So kam es, dass ich ziemlich früh in meine Klamotten schlüpfte und mit einem Taxi zur Werkstatt fuhr, wo mein Auto stand. Ich hoffte, dass ich so zu meinem Haustürschlüssel kam, und hatte tatsächlich Glück. Es dämmerte gerade, trotzdem fühlte ich mich wie eine Diebin und war froh, als ich wieder im Taxi saß, das mich zu meiner Wohnung brachte. Auf Dauer würde ich mir diese Art der Fortbewegung jedoch nicht leisten können, aber darüber wollte ich mir jetzt nicht den Kopf zerbrechen.

Kurz nach acht traf ich beim Gestüt ein. Es war noch ruhig auf dem Hof, aber das war mir gerade recht. Ich ging meiner üblichen Routine nach, und obwohl ich mich wie durch den Wolf gedreht fühlte, weil ich kein Auge zugetan hatte, kam ich gut klar. Es kam mir beinahe so vor, als wäre das, was zwischen mir und Aidan gestern passiert war, nur ein Traum gewesen, aus dem ich viel zu früh erwacht war.

Ja, genau. Ein Teil von mir bedauerte, dass wir unterbrochen worden waren. Allein der Gedanke an letzte Nacht brachte mein Blut erneut in Wallung. So kannte ich mich nicht, ich war normalerweise nicht dermaßen hormongesteuert.

Ich wollte jetzt nicht darüber nachdenken, deshalb schnappte ich mir Sundancer, weil ich Svens Lieblingspferd am kommenden Samstag zum Rennen in der Jebel Ali Riding Arena begleiten würde, und begann mit dem Training. Die Temperaturen waren angenehm, die Sonne schien, es war nicht zu heiß und nicht zu kalt. Wir fingen mit fünfzehn Minuten Schritt an, um die Muskeln, Sehnen und Gelenke aufzuwärmen, dann ließ ich die Stute traben. Sie war ein Goldstück. Während wir Runde um Runde arbeiteten, träumte ich davon, wie ein Fohlen von ihr mit Shadow aussehen könnte.

Zum Abschluss des Trainings führte ich sie zu den Start-boxen, die zu Trainingszwecken errichtet worden waren. Hier wurde sie, wie immer, ein wenig nervös. Das war nicht ungewöhnlich, ich kannte kein Pferd, das gern in diesen schmalen Pferchen stand. Aber sie ließ sich von mir sehr schnell beruhigen. Zwei meiner Kollegen halfen mir und schlossen die Startkabine, um den Anfang eines Rennens zu simulieren.

»Auf mein Zeichen«, teilte ich ihnen mit.

Wir probten ein paar Mal die Startsituation, denn das war der kritischste Moment in einem Rennen. Sundancer machte ihre Sache wunderbar, ihr Galopp war ein Traum. Sie hatte eine wahnsinnige Kraft, die den Schub aus der Hinterhand unterstützte. Ich hoffte sehr, dass sie am Samstag eine gute Position belegen würde. Den Jockey, der sie reiten würde, hatte ich noch nicht näher kennengelernt. Er war häufiger auf dem Gestüt, natürlich, er trainierte ebenso, aber ich konnte nicht sagen, ob ich ihn sympathisch fand oder nicht.

Ein Teil von mir war auch ein wenig neidisch, das konnte ich zumindest vor mir selbst zugeben. Zuhause in England hatte ich bei einigen Rennen starten dürfen, aber das hatte sich mit dem Tod meiner Großmutter bedauerlicherweise verändert. Mein Onkel hielt nichts von Frauen als Jockeys, und damit war mein Traum geplatzt, ehe er wirklich be-gonnen hatte. Ich wusste aber, dass ich das Zeug dazu hatte, doch bildete mir nicht ein, dass ich ausgerechnet in einem Land, das von Männern dominiert wurde, diese Chance be-kommen würde.

Ich hatte recherchiert, natürlich. Noch nie hatte es eine Frau in den Emiraten gegeben, die bei einem Pferderennen als Jockey teilgenommen und tatsächlich gewonnen hatte. Ich erlaubte meinen Gedanken, zu wandern und malte mir aus, wie es sich anfühlen würde, wenn ich irgendwann die Ziel-linie als Erste überqueren würde. Eine angenehme Wärme breitete sich in meinem Inneren aus, und ich wünschte mir sehr, dass es eines Tages wahr werden würde.

»Guten Morgen, wie läuft's?«, riss mich Svens Stimme aus meinen Gedanken.

Ich ließ Sundancer auslaufen und lächelte. »Guten Morgen.«

»Du hast mich nicht bemerkt, oder?«, er grinste.

»Nein, tatsächlich nicht.«

»Ich habe gewunken. Finde ich gut, dass du so konzentriert mit ihr arbeitest. Was denkst du? Wie macht sie sich nach deinen Behandlungen?«

Ich tätschelte ihren Hals und lächelte. »Sie ist in Spitzenform.«

»Wunderbar. Ich freue mich. Und übrigens, du hast einen Besucher.« Er zeigte mit dem Daumen nach hinten. Dort entdeckte ich Aidan im dunklen Anzug, er fixierte mich mit seinem Blick.

Beinahe wäre ich vom Pferd gefallen. Wie lange stand er schon da?

»Ich werde erst einmal Sundancer versorgen. Natürlich werde ich meine Pflichten hier nicht wegen privater Gespräche vernachlässigen.«

Sven hob eine Braue, und das verräterische Funkeln in seinen Augen verriet mir, dass er damit kein Problem hatte, sondern sich vielmehr fragte, was zwischen mir und Aidan vor sich ging. Ich wünschte, ich könnte es selbst sagen, denn ich hatte nach wie vor keine Ahnung, wo das mit mir und Aidan hinführte – oder auch nicht.

Aidan beachtete ich zunächst nicht. Sollte ich ihm winken? Nein, dabei käme ich mir albern vor. Ich war schrecklich aufgeregt.

Warum war er hergekommen? War er sauer, dass ich heute Morgen einfach verschwunden war? Ich hatte keine Ahnung, aber allein, dass er hier war, sagte mir, dass sein Interesse mir gegenüber nicht gespielt war. Die Frage, was genau er von mir wollte, beantwortete sich damit natürlich nicht. Die Bedenken in meinem Hinterkopf hatten sich selbstredend nicht ganz plötzlich in Rauch aufgelöst.

Daher war ich froh, dass ich mich auf meinen Job konzentrieren konnte. Mit Pferden umzugehen, beruhigte mich. Ich ließ Sundancer noch etwas im Schritt gehen und führte sie dann auf den Hof, wo ich ihre Beine zuerst mit lauwarmem Wasser und dann den Rücken und Hals abspülte. Als Aidan neben uns auftauchte, erschreckte ich mich und zuckte leicht zusammen. Glücklicherweise konnte ich mich schnell wieder fangen.

»Guten Morgen«, sagte er und sah mich mit einer Mischung aus glühendem Interesse und Fragezeichen im Gesicht an.

»Hi«, erwiderte ich und widmete meine Aufmerksamkeit wieder Sundancer, weil ich ihn nicht länger ansehen konnte, ohne dass mein Puls in ungesunde Höhen schnellte. Der Mann hatte eine Wirkung auf mich, die ich nicht kontrollieren konnte. Es war albern, aber nicht zu leugnen und schon gar nicht abzustellen.

»Warum bist du heute Morgen so früh verschwunden, ohne etwas zu sagen? Ich hätte dir gern noch einen Kaffee gemacht.« Er wirkte ehrlich enttäuscht, was ein bescheuertes Flattern in meinem Brustkorb auslöste.

»Ich wollte dich nicht wecken«, gab ich zurück und stellte das Wasser ab.

»Wie bist du nach Hause gekommen? Oder was hast du gemacht?«

Kurz sah ich ihn an und unterdrückte ein Grinsen. Seine Fragen wirkten nicht wie die eines eifersüchtigen Freundes, sondern vielmehr aufrichtig besorgt. Ich hatte zudem den Eindruck, dass er sich darüber ärgerte, dass nicht er es gewesen war, der mich gefahren hatte. Vielleicht bildete ich mir das aber auch nur ein, und der Wunsch war der Vater meines Gedankens gewesen – was sehr wahrscheinlich war.

Weil ich Aidan nicht zu lange auf eine Antwort warten lassen wollte, sagte ich: »Ich bin mit dem Taxi zum Autohaus gefahren und habe mir dort meinen Schlüssel abgeholt.«

»Und dann bist du weiter mit dem Taxi zur Wohnung und dann hierher zum Gestüt?«, fragte er und wirkte auf einmal stocksauer.

»Ich, äh, ja genau«, stammelte ich verunsichert.

Aidan schnaubte leise und schüttelte den Kopf. »Das geht überhaupt nicht, Chelsea. Und das ist auch der Grund, warum ich hier bin.« Er griff in die Innentasche seines Jacketts und zog etwas hervor, das wie ein Autoschlüssel aus-schaute.

Ich kapierte gar nichts und guckte vermutlich wie das buchstäbliche Reh im Scheinwerferlicht.

»Hier, ich leihe dir eines von meinen. Der Range Rover steht vorne auf dem Parkplatz, du kannst ihn so lange fah-ren, wie du willst.« Er hielt mir die Fernbedienung hin, bei diesem Wagen lief alles über die Elektronik.

»Das kann ich unmöglich annehmen«, stieß ich hervor.

»Sei nicht albern, natürlich kannst du! Ich habe mehr Autos, als ich fahren kann, in der Garage stehen, du tust mir sogar einen Gefallen, weil dann endlich mal die Batterie geschont wird.«

Ich glaubte ihm kein Wort, aber er wirkte auch nicht, als würde er einen Widerspruch akzeptieren – außerdem freute ich mich tatsächlich über das Angebot, und das war der Hauptgrund, warum ich es in Erwägung zog und nicht direkt ablehnte.

»Was ist, wenn ich einen Kratzer in den Lack mache, oder eine Delle?«

Er winkte ab. »Das Auto ist natürlich bestens versichert, Chelsea. Lass uns doch nicht über solche Lappalien diskutieren.«

Ich schielte auf seine Hand mit der Fernbedienung und schaute dann wieder in sein Gesicht.

»Bitte«, fügte er an, und ich nickte zögerlich.

»Okay, aber ich weiß echt nicht, wie ich dir danken kann.«

Sein Grinsen tauchte so unvermittelt auf, dass er vermutlich selbst davon überrascht war. »Oh, mir würde da etwas einfallen«, fing er an, und mein erster Gedanke war, dass wir das, was wir gestern abgebrochen hatten, fortführen könnten. Aber das würde aus mir nicht mehr als ein billiges Flittchen machen, obwohl meinem Unterleib diese Möglichkeit verdammt gut gefiel.

»Ach ja?«, erwiderte ich nur und merkte selbst, wie atemlos es klang.

Aidan lächelte weiter, sein Blick wurde durchdringend und intensiv. »Geh noch einmal mit mir aus, Chelsea, verbringe etwas Zeit mit mir, damit ich dich besser kennenlernen kann. Ich erwarte nicht mehr von dir als das. Versprochen.«

Beinahe war ich enttäuscht, aber natürlich ließ ich mir nichts anmerken – denn so dringend meine weiblichen Teile ihm auf intime Weise näherkommen wollten, so sehr protestierte mein Verstand. Er warnte mich erneut davor, dass Aidan mein Herz mit Leichtigkeit zerquetschen könnte, weil er vielleicht nicht dasselbe wollte wie ich.

»In Ordnung«, hörte ich mich sagen. »Wäre es möglich, dass du den Schlüssel beim Pförtner abgibst? Meine Hände sind schmutzig, und ich habe hier noch zu tun.«

Seine Miene hellte sich auf. »Aber klar, das mache ich gerne. Er ist vollgetankt und gewaschen.«

»Aidan!«, protestierte ich halbherzig. Ich wusste gar nicht, was ich sonst noch dazu sagen sollte. Ich wollte ihn umarmen, aber es auch gleichzeitig nicht tun. Das Wissen, das ich verschwitzt und voller Pferdehaare war, hielt mich letztlich auch davon ab.

»Sehr schön, Chelsea, dann hast du jetzt einen fahrbaren Untersatz, bis dein Auto wieder läuft.«

Ich fragte mich, ob wir uns schon heute Abend wieder treffen würden – hatte er mich nicht eben darum gebeten? »Wie gesagt, danke«, gab ich zurück und schaute ihn erwartungsvoll an. Würde er mich zum Essen ausführen? Oder würden wir gleich zu ihm gehen?

Eindeutige Bilder schoben sich vor mein inneres Auge, die mein Herz schneller schlagen ließen.

»Ich muss leider für ein paar Tage geschäftlich verreisen, darf ich mich nach meiner Rückkehr bei dir melden?«

Es kostete mich einige Mühe, mein Lächeln aufrechtzuerhalten. Er musste weg? Wie schade! »Klar, logisch. Du bist viel beschäftigt, ich habe nicht damit gerechnet, dass du das Versprechen direkt einlösen wollen würdest.« Ich kicherte und kam mir dämlich vor.

Aidan schien es nicht aufzufallen, oder es störte ihn nicht. »Dann bis bald, Chelsea, ich denke an dich.«

Daraufhin drehte er sich um und ging mit langen Schritten davon.

Puh! Ich seufzte leise, während ich ihm hinterherstarrte.

Er war so was von attraktiv!

War das hier gerade wirklich passiert?

Er hatte mir ein Auto gebracht und mir als Bedingung ein Date aus dem Kreuz geleiert?

Ich konnte mir noch so sehr einreden, dass das nichts zu bedeuten hatte, aber mein Herz – und meine Hormone – sahen das ganz anders.

Als ich nach einem langen Arbeitstag müde zum Auto schlenderte, nachdem ich mir den Schlüssel beim Wachdienst abgeholt hatte, staunte ich nicht schlecht. Der weiße Lack des Range Rover glänzte, ebenso wie die Alufelgen. Ich öffnete die Tür und setzte mich hinters Steuer. Das helle Leder roch intensiv. Als ich den Motor startete, sah ich, dass er tatsächlich vollgetankt hatte, aber nicht nur das, das Auto hatte gerade einmal hundertzwölf Kilometer auf dem Tacho. Es war quasi brandneu.

»Unglaublich«, murmelte ich. Es war nicht Unbehagen, das sich in mir breitmachte, aber doch eine gewisse Unruhe. Ich wollte gerade losfahren, als mein Handy klingelte. Mein erster Gedanke war, dass es Aidan sein könnte, um sich nach mir und seinem Wagen zu erkundigen, aber es war Aria.

»Na, wo steckst du?«, wollte meine Freundin von mir wissen.

»Bin noch bei der Arbeit, ich wollte gerade losfahren.«

»Cool, wie wäre es, sollen wir uns heute Abend treffen, oder hast du was vor?«

Eigentlich war ich hundemüde und wollte schlafen, aber gleichzeitig war ich auch total aufgedreht. »Gute Idee«, erwiderte ich deshalb. »Sollen wir ins Bistro in der Mall gehen? Dort gibt es leckere Pastrami Sandwiches, und ich habe jetzt schon einen Bärenhunger.«

»Klingt gut.«

»Hm, wie starte ich das Ding?«, sprach ich mit mir selbst.

»Was willst du starten?«, wollte Aria wissen.

»Na, das Auto!«

»Leidest du unter Amnesie? Du drehst den Schlüssel, Dummerchen.«

»Es ist ja nicht meines, das ist in der Werkstatt. Eine lange Geschichte. Jedenfalls sitze ich gerade in Aidans Range Rover und habe keine Idee, auf welches Knöpfchen ich drücken muss.«

»Was? Du sitzt in Aidans Wagen?«, kreischte Aria aufgeregt. »Erzähl! Habt ihr …? Seid ihr …?«

»Nein, haben wir nicht und sind wir auch nicht.«

»Wieso fährst du dann sein Auto.«

»Wie gesagt, lange Geschichte. Um es kurz zu machen, der Range Rover sieht aus, als wäre er brandneu. Aidan hat betont, dass er so viele Autos hat und sie gar nicht alle selbst fahren kann. Er wollte mir deshalb eines davon leihen.«

»Brandneu, sagst du?«

»Ja, ist mir auch unangenehm. Ich habe jetzt schon Horror, dass ich eine Macke reinfahre.«

»Ach, das wird ihm egal sein, er ist doch stinkreich, und er wirkte nicht so auf mich, als ob er superpingelig wäre.«

»Ja, kann sein, glaube ich auch nicht. Aber, dass er nicht mal zweihundert Kilometer auf dem Tacho hat, macht mich stutzig.«

Aria schnappte quietschend nach Luft. »Ach du meine Güte! Ich hab dir doch gleich gesagt, dass er so was von auf dich steht!«

»Hör auf, sonst komme ich noch auf blöde Ideen. Das ist nicht witzig.«

»Höre ich da Geigen am Himmel?« Das Grinsen meiner Freundin tönte förmlich aus dem Telefon.

»Du spinnst! So, und jetzt muss ich auflegen, weil ich nicht weiß, wie das Ding hier funktioniert. Wir sehen uns dann nachher im Bistro. Gegen acht?«

»Geht klar, ich freu mich.« Aria legte auf, und ich brauchte ein paar Sekunden, um meine Gedanken zu sortieren.

Siebzehn

CHELSEA

Vermutlich wäre Baldriantee zum Frühstück besser als Kaffee gewesen, aber der hätte meine Nervosität garantiert auch nicht mildern können – und jetzt war es dafür ohnehin zu spät, denn ich befand mich bereits an der Arena. Heute war das erste Rennen, das ich seit dem Vorfall mit Shadow betreute. Ich hatte Sundancer, Svens Lieblingsstute, bei mir, um sie aufzuwärmen und vorzubereiten. Im Gegensatz zu mir bewies sie ihre Nervenstärke schon zu Beginn des Tages, indem sie sich lammfromm von mir führen ließ. Und so setzte sich die Vorbereitung glücklicherweise fort. Es war ein angenehmer Dezembertag, der etwas kühler war als letzte Woche. Wir erreichten kaum die Zwanzig-Grad-Marke, was für Dubai fast als arschkalt gewertet werden konnte. Ich musste schmunzeln – aus meiner Heimat kannte ich einen ganz anderen Winter.

Wie es Aidan wohl ging? Seit wir uns zuletzt gesehen hatten, waren ein paar Tage vergangen.

Warum ich gerade jetzt daran denken musste, dass ich von Aidan seit der Schlüsselübergabe nichts mehr gehört hatte, konnte ich nicht sagen. Aber es war so. Aus irgendeinem Grund stahl sich dieser Mann permanent in meine Gedanken. Nein, sagte ich mir und konzentrierte mich wieder auf Sundancer.

Ich schwang mich auf ihren Rücken, und wir machten weiter mit dem Aufwärmen. Ich ließ sie zügigen Schritt gehen, dann traben, bis ich sie in einem guten Galopp ein wenig laufen ließ. Perfekt, dachte ich glücklich.

Etwas später wurde es dann ernst, nachdem ich Sundancer für das Rennen fertig gemacht hatte, kam der Jockey und übernahm ihre Zügel.

Er war etwas ruppig, und die Stute schreckte zurück. »Alles gut«, murmelte ich und rieb ihr über den Hals, aber sie tänzelte weiter nervös umher.

Der Jockey fluchte und zerrte an den Zügeln. Ich kniff die Augen zusammen und wollte etwas sagen, hielt mich aber zurück. Ihn zurechtzuweisen, stand mir nicht zu, doch es fiel mir schwer, es nicht zu tun. Ich musste mir auf die Lippe beißen. Dass Sundancer sich so zeigte, lag nur an ihm und seinem mangelnden Einfühlungsvermögen. Der Blödmann hätte sie in den letzten Tagen ja ruhig schon einmal reiten können! Gleichzeitig stellte ich mir die Frage, warum Sven sich diesbezüglich nicht eingemischt hatte, immerhin war dies sein Lieblingspferd.

Weil diese Überlegungen gerade niemandem halfen, verdrängte ich sie und gab mein Bestes, um Sundancer zu beruhigen.

Die anderen Pferde mitsamt ihren Jockeys waren nun ebenfalls im hinteren Startbereich, was die Aufregung nur noch befeuerte. Als Sundancer mit den Vorderläufen in die Luft stieg, hielt ich den Atem an.

O nein! Was ging hier gerade schief?

Ich blieb ruhig – es war eine meiner größten Stärken, dass ich in Krisensituationen einen kühlen Kopf behielt, und fasste nach ihren Zügeln. Sundancers Nasenlöcher waren riesengroß, ihre Augen hatte sie aufgerissen. Sie fühlte sich eindeutig unwohl.

Ich hatte eine Art Déjà-vu, alles erinnerte mich an Shadows letztes Rennen.

Gerade wollte ich etwas sagen, als Sven zu uns trat. »Steig ab!«, pflaumte er den Jockey an.

»Wie bitte? Das Rennen startet gleich«, protestierte der Mann, aber Sven beachtete ihn nicht weiter und wandte sich mir zu.

»Du reitest sie«, entschied Sven und holte den Jockey höchstpersönlich vom Pferd.

»Sie haben ja wohl eine Meise!«, kreischte der Jockey. »Das wird auf jeden Fall schiefgehen. So lasse ich mich nicht behandeln, wir gehen ab heute getrennte Wege.«

»Ist ganz in meinem Sinne«, knurrte Sven. Nur unbewusst nahm ich wahr, wie der Jockey sich etwas über den Kopf zog und es dann auf den Boden warf, ehe er davon stapfte.

»Wie, ich soll sie reiten?«, stammelte ich. »Das geht nicht.«

»Wieso nicht?« Sven schaute mich streng an, als hätte er nicht mit Widerspruch gerechnet.

»Weil … Ich habe gar keinen Helm«, war das Erstbeste, was mir einfiel.

Sven sah sich um und rief jemandem etwas zu. »Erledigt.«

»Und ich bin nicht registriert«, kam mir als Zweites in den Sinn.

Sven schnappte sich einen Rennhelfer und regelte das auf kurzem Dienstweg. »Du sprichst Arabisch?«, wollte ich dann von ihm wissen.

»So ist es. Also, steigst du jetzt auf?«, er hielt mir dabei den Helm vor die Nase, den jemand ihm gereicht hatte, außerdem das Leibchen mit der Startnummer, das der ursprüngliche Jockey sich empört vom Leib gerissen hatte.

»Ich habe keine Gerte!«, murmelte ich mit rasendem Puls, aber war schon dabei, mich für das Rennen bereitzumachen.

Woher Sven auch das letzte Utensil für mich besorgte, konnte ich nicht sagen, es ging alles so schnell. Plötzlich fand ich mich auf Sundancers Rücken wieder und lenkte sie in die Startbox. »Du kannst das«, machte Sven mir Mut und schloss die Verriegelung höchstpersönlich.

Der Stadionsprecher verkündete, dass es gleich losging, ich sah die vielen Leute auf den Tribünen und hörte das Schnauben der anderen Pferde, das nervöse Getrappel und natürlich meinen dröhnenden Herzschlag. Ich bekam kaum noch Luft, aber ich musste mich zusammenreißen. »Alles gut, mein Mädchen.« Indem ich mit der Stute sprach, versuchte ich mich selbst in den Griff zu bekommen.

Sundancer war unter mir nicht gerade seelenruhig, aber da sie mich kannte und mir vertraute, verhielt sie sich angemessen. Mir blieb keine Zeit, darüber nachzudenken, was der andere Jockey so versaut hatte, denn die Rennleitung begann mit dem Countdown.

Scheiße, es passiert wirklich, war mein letzter Gedanke, bis die Klappen aufsprangen und die Pferde aus der Startbox donnerten.

Sundancer lag nach dem Start im hinteren Mittelfeld, sie hielt sich gut, und ich tat das, was ich am besten konnte: mich auf das Tier einzulassen und mich einzufühlen. Ich nahm alles rund um uns weiterhin wahr, aber es war gleichzeitig nebensächlich. Ich wollte das Beste für Sundancer, wünschte mir, dass sie das zeigte, was in ihr steckte. Dieses Rennen war auch für Shadow, schoss es mir durch den Kopf. Als ob die Stute meine Gedanken lesen könnte, spürte ich einen Schub aus der Hinterhand, der uns nach wenigen Galoppsprüngen ein paar Plätze weiter nach vorne brachte. Nach der ersten Kurve lagen wir im vorderen Mittelfeld.

Ich konnte nicht zählen, wie viele noch vor uns waren, aber ein Sieg erschien mir unmöglich. Das war in Ordnung für mich – und sicher auch für Sven.

»Lauf, mein Mädchen«, flüsterte ich neben ihrem Ohr und erlebte dieses Rennen als etwas ganz Besonderes. Ich fühlte mich so wohl auf ihrem Rücken, als wäre das genau der Ort, an dem ich immer schon hätte sein sollen. Ich bekam mit, wie wir einen Platz nach dem anderen gutmachten und schließlich in die Zielgerade einbogen. Vor uns galoppierten zwei Pferde, ein Schimmel und ein Rappe. Sie lagen deutlich weiter vorn und kämpften um den Sieg, wir hatten keine Chance, sie noch zu erreichen.

»Lauf, Sundancer, lauf!«, rief ich und trieb die Stute an, indem ich die Gerte in der Luft wedelte – ich hielt nichts davon, die Tiere zu verdreschen, wie viele andere Jockeys. Ich musste Sundancers Hinterhand nicht einmal berühren, trotzdem legte sie sofort eine Schippe drauf und zog das Tempo weiter an.

Woher auch immer sie die Energie nahm, es fühlte sich an, als hätte sie einen Turbo gezündet. Ihre Ohren waren nach vorne gerichtet, daran konnte ich erkennen, dass Sundancer den Spaß ihres Lebens hatte. Sie lief und lief und lief … und ich registrierte, dass wir uns den beiden vor uns immer weiter näherten. Wir hatten das Ziel schon fast erreicht, aber wir würden es nicht mehr schaffen, die anderen zu überholen.

Ich hörte, wie der Stadionsprecher ganz aufgeregt etwas von einer möglichen Sensation kreischte, wie er fragte, wer das Mädchen sei, das die Stute vom Gestüt Lundström ritt, und dann geschah es wirklich: Wir holten so weit auf, dass wir gleichauf mit dem Schimmel und dem Rappen waren. Ich ließ mich von Sundancer mitnehmen und spornte die Stute weiter an, sie gab alles. Wir erreichten die Ziellinie Nase an Nase mit den anderen. Ich konnte nicht fassen, was hier eben passiert war. Noch vor wenigen Minuten hätte ich eine Hand darauf verwettet, dass ich niemals auf dem Rücken dieser Stute ein Rennen bestreiten würde, auch wenn ich mir nichts mehr gewünscht hätte.

Nun wollte ich wissen, wer den Sieg nach Hause gebracht hatte. Ich konnte nicht sagen, wer Erster war, doch das spielte auch keine so große Rolle für mich. Wir hatten es zusammen geschafft, einen spektakulären Lauf hinzulegen! Aber nicht nur das, wir waren mit der Spitze mitgekommen. Und wie!

Aus den Lautsprechern dröhnte die aufgeregte Stimme des Sprechers: »Das Fotofinish zeigt, dass Happy Day unter Simon Gandell eine Nasenspitzenlänge voraus war. Zweiter ist Sundancer vom Gestüt Lundström. Der Reiter ist, nein die Reiterin ist … Chelsea Quinn. Ein Name, den man sich von jetzt an wohl merken muss …«

Wahnsinn! Wir waren Zweite geworden! Es war kaum zu fassen. Tränen stiegen in mir auf, weil ich einfach nicht glauben konnte, dass es Wirklichkeit geworden war.

Das Publikum war schon lange von den Sitzen aufgesprungen und jubelte. Während ich Sundancer noch etwas traben ließ und dann auf den Bereich zusteuerte, wo die Pferde üblicherweise übergeben wurden, realisierte ich allmählich, was passiert war. Sven hatte mich zum Jockey gemacht, und Sundancer und ich waren auf Anhieb ein fabelhaftes Team geworden!

»Wir haben es hingekriegt«, sagte ich zu Sundancer, grinste breit und strich ihr über die Mähne, weil ich wusste, dass sie das besonders liebte. Es kamen Helfer von unserem Gestüt auf mich zu, die mich beglückwünschten. Am Rande bekam ich mit, dass Fotos von uns geknipst wurden.

Ein paar Minuten später, nachdem ich mich bei der Turnierleitung gemeldet hatte, um ein paar Formalien zu klären – unter anderem hatte man mich und die Ausrüstung gewogen, weil es hierfür besondere Bestimmungen gab – kehrte ich zu Sundancer zurück. Sie hatte bereits eine Schüssel mit Hafer und Vitaminen vor sich stehen und kaute genüsslich.

Ich stellte mich neben sie und betrachtete das wundervolle Tier. »Du bist wirklich etwas Besonderes!«, flüsterte ich und kraulte sie zwischen den Ohren.

Ich sah aus dem Augenwinkel, dass sich jemand näherte, und nahm an, dass es Sven war, der mir gratulieren wollte. Insgeheim wünschte ich mir, dass es Aidan wäre, denn ich konnte es gar nicht abwarten, ihm davon zu erzählen – obwohl ich gar nicht wusste, ob es ihn wirklich interessierte. Als ich mich umwandte, um zu sehen, wer mich zu dem Rennen beglückwünschen wollte, erstarrte ich.

Achtzehn

AIDAN

Chelsea war einfach unglaublich! Mir war fast das Herz stehengeblieben, als ich realisiert hatte, dass sie auf dem Rücken des Pferdes saß, das für das Gestüt Lundström an den Start ging.

Hatte Sven das von Anfang an geplant? Ich hatte mit ihm auf der Tribüne gesessen, aber er hatte meine Frage nicht beantwortet, er war viel zu konzentriert gewesen. Es hatte ihn keine zwei Sekunden auf dem Sitz gehalten – mich übrigens auch nicht. Chelsea war mit der Stute um ihr Leben geritten, mir war jetzt noch angst und bange.

Hatte die Frau denn keine Ahnung, wie gefährlich es war, in diesem Affentempo unterwegs zu sein? Was, wenn sie gefallen wäre und ein anderes Ross sie überrannt hätte?

Nicht auszudenken. Mir lief auch jetzt noch ein eiskalter Schauer über den Rücken, obwohl es nun wirklich nicht kalt war.

Mit mir stimmte was nicht, so viel war klar. Ich war nicht dafür bekannt, unter starken Ängsten zu leiden oder pessimistisch zu sein. Aber was Chelsea betraf, galten für mich die üblichen Maßstäbe nicht mehr. Ich wollte diese Frau beschützen, sie auf Händen tragen und jedes Leid von ihr fernhalten. Was sagte das über mich aus?

Ich hatte nicht den blassesten Schimmer. Möglicherweise drehte ich auch einfach nur durch, weil ich unter akutem sexuellem Notstand litt. Nachdem wir neulich so nah dran gewesen waren, miteinander zu schlafen, hatte ich die ganze Nacht über kein Auge zugetan. Ich hatte mir auch keinen runterholen wollen, während sie im Nebenzimmer lag. Das wäre doch ein wenig geschmacklos gewesen.

Sven war umringt von Leuten, die wissen wollten, wer sein neuer Jockey war und wo er diese Frau gefunden hatte. Außerdem bekam er unzählige Kaufangebote für die Stute, mit der man offenbar vor dem Rennen nicht als mögliche Siegerin gerechnet hatte. Das alles interessierte mich nicht so sehr, deshalb verdünnisierte ich mich und suchte Chelsea.

Von meinem letzten Besuch auf einer Rennbahn wusste ich ungefähr, wo ich hinmusste, auch wenn wir heute beim Jebel Ali Race Court waren, der ein wenig anders strukturiert war.

Ich fragte mich durch, und nach einigen Minuten erreichte ich das Areal, in dem die Rennpferde betreut wurden. Chelsea war in ein Gespräch mit einem Mann vertieft, der deutlich älter war als sie. Er stand sehr nah bei ihr, das wirkte viel zu vertraulich auf mich. Meine Nackenhaare stellten sich auf. Der Mann war kein Araber, er hatte so helle Haut wie Chelsea und eine Halbglatze. Er trug ein gestärktes Hemd zu einer Bundfaltenhose, seine Klamotten sahen maßgeschneidert aus. Es war klar, dass er Kohle hatte. Vielleicht wollte er Chelsea abwerben oder die Stute kaufen.

Egal, was es war, es gefiel mir nicht. Chelsea war blass, und ihre Augen waren untertassengroß, als wäre ihr die Unterhaltung unangenehm.

Halt Abstand von ihr, du alter Sack, schoss es mir durch den Kopf, aber ich hielt meine Klappe. Der Impuls, den Mann grob von ihr wegzuzerren, damit sie wieder Luft zum Atmen bekam, wurde plötzlich riesengroß.

»Guten Tag«, mischte ich mich ein, ohne mich vorzustellen. »Großartiges Rennen, Chelsea.« Ich gab ihr kein Küsschen auf die Wange, aber platzierte mich so neben sie, dass klar wurde, dass ich zu ihr gehörte. Für mich zumindest.

Der Mann musterte mich von oben bis unten mit einem herablassenden Lächeln. »Chelsea, möchtest du mir deinen Freund nicht vorstellen?« Britischer Akzent. Okay, alles klar. Die beiden kannten sich. Wer war der Typ?

Ich konnte ihn auf Anhieb nicht ausstehen, und das hatte nichts damit zu tun, dass er mich ansah, als wäre ich eine lästige Fliege. Es war die Art und Weise, wie er mit Chelsea umging, die mich störte.

»Aidan, darf ich dir meinen Onkel vorstellen? Harry Quinn.«

»Ganz erfreut, Aidan Montford«, brachte ich mit einem nichtssagenden Lächeln hervor und schüttelte ihrem Onkel die Hand. Jetzt, wo ich es wusste, konnte man sich eine gewisse verwandtschaftliche Ähnlichkeit einbilden, aber nur mit viel Wohlwollen.

»Montford?«, antwortete er, und ich drückte absichtlich etwas fester zu als nötig. »Der Name sagt mir nichts. Sie sind nicht in der Branche tätig?«

Mir war nicht ganz klar, was er meinte, bis Chelsea hinzufügte: »Mein Onkel besitzt ein Gestüt in England, er hat mir eben erzählt, dass er hier im Urlaub ist. Sein Hotel liegt keine zehn Kilometer von der Rennbahn entfernt.«

»Ja, das feuchte Klima in England kann einem im Winter schon ganz schön auf die Knochen gehen«, erklärte Harry mit einem Lächeln, das seine Augen nicht erreichte. »Und dann entdecke ich hier doch tatsächlich meine Nichte, die versucht Jockey zu spielen. Man ahnt es nicht!«

In mir zog sich alles zusammen. Der Kerl war ekelhaft.

Ich beobachtete Chelseas Reaktion und sah, wie sie sich versteifte. Ihr Blick wurde starr, die Lippen presste sie aufeinander, als müsste sie sich zurückhalten. Ja, sie mochte ihn auch nicht.

Das Verhältnis zwischen den beiden war nicht freundschaftlich oder gar herzlich. Irgendetwas stimmte nicht, und ich nahm mir vor, sie später danach zu fragen. Aber nicht jetzt. Nicht hier.

»Es war schön, Sie kennenzulernen«, sagte ich. »Aber Sie verstehen sicher, dass Chelsea keine Zeit hat, noch länger mit Ihnen zu plaudern. Wenn Sie selbst in diesem Business sind, wissen Sie, dass es auch nach einem Rennen viel zu tun gibt.«

Klarer konnte ich ihm nicht mitteilen, dass er hier unerwünscht war. Chelsea atmete langsam ein. »Es war schön, dich zu sehen«, brachte sie sogar über die Lippen, obwohl ich wusste, dass es eine Lüge war.

Harrys Mundwinkel bogen sich zu einem boshaften Lächeln nach oben. »Natürlich, im Pferdeputzen war Chelsea schon immer besonders talentiert. Da möchte ich sie nicht weiter aufhalten. Auf Wiedersehen, Nichte. Montford.« Er nickte mir zu, dann verschwand er ohne ein weiteres Wort.

Ich wollte etwas sagen, aber hielt mich zurück, als ich sah, wie Chelsea mehr oder weniger in sich zusammenfiel. Die Begegnung mit diesem Mann hatte sie ganz offensichtlich völlig aus der Bahn geworfen. Ich folgte dem Impuls und zog sie in meine Arme. Ich hielt sie fest und strich ihr über den Rücken. »Es ist alles gut, du bist in Sicherheit.«

Keine Ahnung, warum ich das sagte, aber anscheinend hatte ich damit richtiggelegen. Ich spürte, wie sie sich ein wenig entspannte und gegen mich lehnte. Das Glücksgefühl, das sich daraufhin in mir ausbreitete, war nicht normal. Ich fühlte mich, als hätte ich soeben die Weltherrschaft erreicht – oder so ähnlich, nur besser!

Absurd.

»Das war mein Onkel«, murmelte sie, während sie sich von mir löste. Als hätte ich das nicht bereits mitbekommen. Es zeigte mir nur noch einmal, wie sehr sie die Begegnung mit ihm verunsichert hatte.

Obwohl ich den Typ nicht näher kannte, wuchs das Verlangen in mir, ihm das schleimige Grinsen aus dem Gesicht zu schlagen. »Soll ich deinen Onkel für dich um die Ecke bringen?«, schlug ich vor und schaffte es damit, ihr ein Lächeln zu entlocken. Mein Herz machte einen Satz, und etwas flatterte in meinem Brustkorb auf.

»Wie kommst du darauf, dass ich ihn nicht mag?«, fragte sie dann.

»Das war offensichtlich, Chelsea.«

Darauf bekam ich nicht sofort eine Reaktion, aber nach einigen Sekunden erwiderte sie: »Er macht Urlaub in Dubai– es war Zufall, dass er das Rennen angesehen hat. Ich war daher sehr überrascht, ihm ausgerechnet hier zu begegnen, denn sein Gestüt befindet sich in England.«

Ein Ausdruck von Schmerz huschte erneut über ihr Gesicht, und ich fragte mich, was es war, das sie innerlich förmlich zerriss. Keine Ahnung warum, aber ich begriff, dass ihr Neuanfang in den Emiraten etwas mit diesem Onkel zu tun haben musste. Sie sah jedoch nicht so aus, als würde sie das Thema näher mit mir erörtern wollen.

Außerdem wollte ich nicht, dass ihr Rennerfolg von dem Wiedersehen mit diesem Arschloch überschattet wurde. Aus eigener Erfahrung wusste ich, dass es nicht einfach für Chelsea sein würde, diese unangenehme Begegnung – und alles, was das Zusammentreffen mit ihrem Onkel wieder aufgewühlt haben musste – auszublenden. Dabei verdiente sie es, dieses großartige Erlebnis mit Sundancer genießen zu können.

»Das Rennen war absolut fantastisch«, wechselte ich daher das Thema und strich ihr vorsichtig eine Strähne aus der

Stirn. »Herzlichen Glückwunsch, Baby«, sagte ich leise und merkte, wie sie leicht unter meiner Berührung erschauderte. »Feierst du nachher mit mir, wenn du hier fertig bist?«

Ihre Augen weiteten sich ein wenig, dann kehrte Farbe in ihre Wangen zurück. Sie sah zu mir auf, und ich freute mich, dass der Schrecken aus ihrem Blick gewichen war. Mein Herz begann sofort schneller zu schlagen. Chelsea war einfach heiß, so, wie sie hier vor mir stand, ein wenig verschwitzt, in engen Reithosen und mit diesem angedeuteten Lächeln. Das Verlangen, sie gegen diese verdammten improvisierten Boxenwände zu drücken und ihr die Seele aus dem Leib zu vögeln, wurde riesengroß.

Shit. Ich steckte in der Klemme. Meine Hormone hatte ich in ihrer Nähe überhaupt nicht unter Kontrolle.

»Es könnte noch eine Weile dauern, bis ich so weit bin. Du weißt schon, Sundancer muss wieder aufs Gestüt gebracht werden, und dann wollte ich noch nach Shadow sehen, ich muss natürlich auch duschen, ehe ich etwas unternehmen kann …«

Ich legte ihr einen Finger an die Lippen. »Ich warte auf dich, egal wie lange es dauert.«

Duschen konnte sie auch bei mir, wobei ich dann für nichts garantieren konnte …

Nach meinem letzten Satz herrschte für einige Sekunden Schweigen, und die Atmosphäre veränderte sich. Die sexuellen Funken tanzten zwischen uns, weil in meinen Worten so viel mehr mitschwang, als es zunächst klang: Ich würde auf sie warten, nicht nur heute, sondern jederzeit und am liebsten für immer. Die Erkenntnis traf mich wie ein Boxhieb in die Magengrube. Es kam mir so vor, als ob der Boden unter mir schwankte, aber ich mochte mir nichts anmerken lassen, deshalb lächelte ich.

»Ist das eine Verabredung?«, wollte sie schließlich von mir wissen.

»Und ob«, gab ich zurück, und meine Stimme klang rau. »Lass uns später lieber in ein Restaurant gehen, sonst falle ich nur gleich über dich her.«

Sollte sie meine Offenheit überraschen, so ließ sie sich davon nicht beeindrucken oder stören. Im Gegenteil. Das Funkeln in ihrem Blick verriet mir, dass sie womöglich gar keine so großen Einwände hätte, sich von mir »überfallen« zu lassen.

Diese Option konnten wir uns ja für nach dem Dinner offenhalten …

Gegen zwanzig Uhr holte ich Chelsea zuhause ab, sie hatte zwar am Nachmittag sofort protestiert, dass sie selbst fahren könne, aber ich hatte abgelehnt. Der Range Rover konnte auch in der Garage stehen bleiben, ich wollte sie persönlich abholen. Das Auto gehörte ihr, sie wusste es nur noch nicht. Allein der Gedanke daran, dass ich ihr ein Geschenk gemacht hatte, von dem sie noch nichts wusste, ließ mich immer wieder lächeln.

»Hallo Aidan«, sagte Chelsea und stieg ein. Mit ihr wehte ein Hauch ihres Parfums in den Wagen.

Himmel, sie roch fantastisch, ich war süchtig nach ihr. »Hi«, erwiderte ich und beugte mich zu ihr. Ich hauchte ihr einen Kuss auf die Wange. »Schön, dass du da bist. Du siehst toll aus.«

Sie trug ein knöchellanges Kleid mit buntem Blumenmuster, die Haare hatte sie locker hochgesteckt, aber ein paar einzelne Strähnen hatten sich daraus gelöst und umrahmten ihr herzförmiges Gesicht. Es war verrückt, dass mein Herz allein bei ihrem Anblick höherschlug.

»Ich hoffe, du magst Libanesisch?«, wollte ich von ihr wissen, nachdem ich losgefahren war. Ich hatte für uns in einem sehr guten Lokal am Pier der Dubai Marina reserviert. Eigentlich war es unmöglich, dort an einem Samstag spontan einen Tisch zu bekommen, aber ich hatte meine Beziehungen spielen lassen. Nicht, um mich bei ihr wichtigzumachen, sondern um ihr das perfekte Abendessen bieten zu können. Wenn es um Chelsea ging, war das Beste gerade gut genug.

»O ja, ich liebe Libanesisch«, erwiderte sie mit einem schüchternen Lächeln. »Aber was hättest du gemacht, wenn ich Nein gesagt hätte?«

»Dann wären wir woanders hingegangen«, gab ich mit einem Schulterzucken zurück. »Zur Not hätte ich wieder selbst für dich gekocht.«

»Das klingt nicht nach einer Notlösung für mich«, meinte sie ehrlich, worüber ich mich sehr freute.

»Nicht?« Ich warf ihr wieder einen verstohlenen Blick zu. Sie spielte nervös mit ihren Fingern, ich war versucht, meine Hand über ihre zu schieben, ließ es aber sein. Sie sollte sich von mir nicht bedrängt fühlen. O Mann. Ich würde sie so gerne berühren! Dass ich es nicht einfach tun konnte, grenzte an Folter.

»Ganz und gar keine Notlösung, du bist ein fantastischer Koch, aber vermutlich würde es dann tatsächlich so enden, wie du es mir vorhin prophezeit hast.«

Mein Mund wurde schlagartig trocken, und heiße Lust pulsierte durch meine Adern. Ich war versucht, direkt zu mir zu fahren, aber ich beherrschte mich.

Irgendwie gefiel es mir auch, meinem Verlangen nicht sofort nachzugeben. Auch, wenn die Spannung zwischen uns eigentlich nicht zusätzlich angefacht werden musste. Tatsächlich wollte ich Chelsea näher kennenlernen, mehr über sie erfahren und einfach ihre Nähe genießen. Mir war bewusst, dass ich nicht viel mit ihr sprechen würde, wenn wir uns nicht in der Öffentlichkeit aufhielten. Das Restaurant war sozusagen meine Versicherung, dass ich meine Finger bei mir behielt. Vorerst …

Wenn ich das einem von meinen Kumpels erzählte, würden sie sich vor Lachen auf dem Boden wälzen. Ich konnte es ja selbst kaum glauben.

»Du hast sicher riesigen Hunger«, versuchte ich das Thema auf ein Terrain zu lenken, das meinen harten Schwanz wieder auf Normalgröße schrumpfen ließ. Hoffentlich hatte sie meine Erektion nicht bemerkt. Glücklicherweise trug ich eine schwarze Hose, damit fiel es vielleicht nicht so sehr auf.

»Und wie! Ich bin heute noch nicht zum Essen gekommen, heute Morgen war ich zu aufgeregt, und danach irgendwie auch.«

»Dann ist es ja gut, dass wir nicht mehr lange fahren müssen.«

Tatsächlich erreichten wir das Restaurant nach wenigen Minuten, ich ließ meinen Wagen von einem Mitarbeiter parken und widmete mich meiner Begleitung. »Darf ich?«, fragte ich und zeigte auf Chelseas Hand.

»Äh, ja, okay«, erwiderte sie schüchtern. Und so kam es, dass wir Händchen haltend am Pier entlangspazierten, als wären wir ein Liebespaar. Es fühlte sich komisch an und gleichzeitig verdammt großartig. Ich musste mich an das alles gewöhnen, es war neu für mich, dass ich plötzlich an romantischem Scheiß Gefallen fand. Tatsächlich war ich noch zu viel mehr bereit, von dem ich bis vor Kurzem gedacht hatte, dass ich lieber meine Fußsohlen mit Scherben aufschneiden würde. Aber eins nach dem anderen, sagte ich mir.

»Da sind wir«, erklärte ich, als wir vor dem Restaurant standen. »Drinnen oder draußen?«, wollte ich von ihr wissen.

»Hey, ich bin Engländerin, mich kannst du mit zwanzig Grad Außentemperatur nicht schocken«, antwortete sie.

Ich grinste. »Alles klar, dann sitzen wir draußen.«

Nachdem ich die Dame am Empfang informiert hatte, wurden wir zu unserem Tisch gebracht. Im Außenbereich hingen unzählige Lichterketten und Lampions. Windlichter spendeten zusätzliches Licht, und in regelmäßigen Abständen standen Heizstrahler, die eine angenehme Wärme schafften. Außerdem war überall weihnachtlich dekoriert, was viele Leute wunderte, die zum ersten Mal in die Emirate reisten. Aber da hier so viele Ausländer (wie auch ich) lebten, feierte man alle möglichen Feste, die christlichen, die muslimischen und die hinduistischen. Es war diesbezüglich eine tolerante Gesellschaft, und das mochte ich sehr.

Chelsea musste nicht sagen, wie ihr das Restaurant gefiel, ich konnte es von ihrem strahlenden Gesicht ablesen. Das freute mich mehr, als es sollte.

Es war anscheinend schon so weit mit mir gekommen, dass mein Glück davon abhing, wie sie sich fühlte. Das machte mir nach wie vor ein wenig Angst, aber hauptsächlich war es ein überraschend schönes Gefühl, das da durch meinen Brustkorb rieselte.

»Ist es in Ordnung, wenn ich Champagner für uns bestelle?«, wollte ich von ihr wissen. »Ich würde so gerne mit dir auf deinen Triumph anstoßen.«

Sie hob die Schultern, als wäre es ihr unangenehm, im Mittelpunkt zu stehen. »Ich weiß nicht, wir haben ja nicht mal gewonnen.«

»Okay, alles klar.« Ich winkte die Kellnerin heran. »Eine Flasche Bollinger Rosé bitte und zwei Gläser.«

»Aidan!«, tadelte sie mich, musste aber lächeln. »Du verstehst wohl kein Nein?«

»In diesem Falle nicht, Baby. Dir ist vielleicht gar nicht klar, was du heute geleistet hast. Du warst einfach fantastisch. Ich konnte meinen Augen kaum trauen: Du hast das Feld von hinten aufgeräumt, obwohl du nicht einmal vorbereitet warst und sozusagen ins kalte Wasser geschubst wurdest. Svens Stute ist nach diesem Auftritt im Wert unglaublich gestiegen –, und du könntest vermutlich auf jedem Gestüt der Gegend einen Job bekommen, wenn du das wolltest. Menschenskinder, Chelsea, du bist geritten wie der Wind!«

Ich kam aus dem Schwärmen gar nicht mehr raus. Fast schämte ich mich für meine neue schmalzige Ader, aber Chelsea schien es nicht zu stören. Im Gegenteil, sie lächelte breit, und ihre Wangen hatten etwas mehr Farbe angenommen.

»Na, wenn das so ist, dann kann ich nicht ablehnen. Gibt es hier keine Speisekarte? Nach dem langen Tag habe ich tatsächlich ein Loch im Magen. Wenn du nicht willst, dass ich nach einem halben Glas Schampus lalle, muss ich dringend etwas essen, ehe wir auf den Tag anstoßen.«

»Schau, hier sind QR-Codes, da kannst du alles sehen. Hast du bestimmte Lieblingsgerichte?«

»Ich esse fast alles.«

»Das klingt gut, wie wäre es, wenn ich eine Auswahl an Vorspeisen bestelle, die wir uns teilen? So könntest du Verschiedenes probieren.« Ich wartete gespannt auf ihre Antwort, denn die meisten Frauen wollten lieber an einem halben Salatblatt ohne Dressing knabbern.

»Das klingt fantastisch. Dann machen wir das so.«

Ich war nicht überrascht, dass es mit Chelsea so unkompliziert war. Gemeinsames Essen hatte etwas Sinnliches, und ich freute mich darauf, die Köstlichkeiten des Restaurants mit ihr zu teilen. Vielleicht konnten wir das Dessert bei mir einnehmen. Mir würde auch schon einfallen, wie ich es servieren könnte …

»Und als Hauptgericht?«, fragte ich, nachdem ich mich geräuspert hatte.

»Was nimmst du?«

»Ich liebe den gegrillten Pulpo, aber alles andere ist hier auch großartig. Das Chicken Shawarma kann ich auch empfehlen.«

»Gut, okay, dann probiere ich den Pulpo, das Gericht ist herrlich exotisch.«

»Wow, das war ja einfach mit dir.«

Sie sah mich skeptisch an. »Wieso? Brauchen die anderen Frauen, mit denen du ausgehst, etwa zwei Stunden, bis sie etwas ausgewählt haben?«

Ich wollte nicht mit Chelsea über andere Bekanntschaften sprechen, denn das mit ihr war etwas völlig anderes, da musste ich mir nicht länger etwas vormachen. »Keine ist wie du«, antwortete ich knapp. Meine Stimme klang rau, aber ich meinte jedes Wort genau so, wie ich es sagte.

Ich konnte mir nicht mehr vorstellen, nicht mit ihr zusammen zu sein, ich brauchte sie. Meine Besessenheit nahm nicht ab, je länger ich sie kannte, das Gegenteil war der Fall. Mit jedem Tag wurden die Gefühle intensiver.

Gerade wurde der Champagner serviert, dazu etwas Brot, zwei Dips und Mineralwasser. Nachdem wir die gefüllten Gläser in der Hand hatten und das Essen bestellt war, sprach ich einen Toast aus. »Auf dich, Chelsea, heute war dein Tag. Ich bin unglaublich stolz auf dich.« Ich stieß mit ihr an, dann tranken wir.

»O mein Gott«, stöhnte sie. »Der schmeckt köstlich. Da muss ich aufpassen, dass ich nicht gleich alles austrinke.«

»Tu dir keinen Zwang an«, kommentierte ich grinsend. »Ich würde dich gerne mit einem kleinen Schwips erleben.«

»Willst du nicht! Ich werde schrecklich anhänglich und würde dich die ganze Zeit knuddeln. Ich bin eine von denen, die gefühlsduselig wird.«

»Nein, natürlich würde ich keinesfalls wollen, dass du meine Nähe suchst«, scherzte ich.

Sie sah mich mit einem merkwürdigen Blick an, aber erwiderte nichts.

Ich trank noch einen Schluck und brach dann ein Stück Brot ab, um es ihr zu reichen. »Koste mal, es ist noch warm.«

Chelsea tunkte es in den Dip und seufzte genüsslich, nachdem sie probiert hatte. Als sie sich auch noch den Finger ableckte, war es vollends um mich geschehen. Ich schluckte trocken. »Du hast keine Ahnung, was du mit mir anstellst«, murmelte ich heiser.

Sie legte den Kopf schief. »Was meinst du?«

Ich beugte mich ein wenig über den Tisch, damit niemand sonst uns hören konnte. »Baby, ich muss dich nur ansehen und bin verloren. Du hast eine Wirkung auf mich, die ich mir nicht erklären kann. Aber so viel kann ich dir sagen: Ich will dich, Chelsea, und wenn wir nicht in einem Restaurant wären, hätte ich dich schon in meine Arme gerissen und dich geküsst.«

Ihre Augen weiteten sich, dann öffnete sie die Lippen und nahm einen zittrigen Atemzug. »Ist das so?« Ihre Stimme klang genauso belegt wie meine.

War es möglich, dass sie diese sexuelle Anziehung ebenso intensiv spürte wie ich?

Da sie jetzt auf dem Stuhl hin und her rutschte, machte ich mir Hoffnung, dass es nicht nur mir so ging. Ich dachte darüber nach, ob wir nach den Vorspeisen nicht direkt verschwinden konnten. Mein Penthouse lag nicht weit entfernt vom Pier, und das Auto konnte ich bis morgen hier stehen lassen. Nach dem Champagner sollte ich sowieso nicht mehr fahren, auch keine kurze Strecke.

»Aidan?«, riss mich Chelsea aus meinen sündigen Gedanken.

Ich blinzelte ein paar Mal und fuhr mir mit der Hand durch die Haare. »Ja? Entschuldige bitte, was hast du gesagt?«

Sie lächelte wissend, und ich musste ebenfalls schief grinsen. »Ich mag es, dass ich diese Wirkung auf dich habe. Es … gefällt mir.«

Man könnte meinen, dass sie auch im Schlafzimmer so schüchtern war wie jetzt. Aber ich hatte sie bereits geküsst, und die Erinnerungen daran wurden wieder in mir wach.

Sie war alles andere als zurückhaltend, und das liebte ich. »Es ist unerträglich, hier zu sitzen und dich nicht überall berühren zu können. Es ist gleichzeitig die schönste Folter, die ich je erlebt habe, weil ich Hoffnung habe, dass es heute doch noch dazu kommt.«

Sie hob ihr Glas und führte es an ihre Lippen, ich sah, dass ihre Finger bebten. »Dann warte ab, was noch alles passiert.«

O Himmel! Das war ein sinnliches Versprechen, und es verfehlte seine Wirkung auf mich nicht.

Ich konnte ein leises Stöhnen nicht mehr unterdrücken. Glücklicherweise war die Tischdecke lang, so dass man nicht sehen konnte, welche Folgen dieses Gespräch auf meinen Körper hatte.

Ich trank mein Wasserglas in einem Zug aus und schenkte mir gleich noch einmal nach, obwohl das hier eigentlich die Kellner übernahmen. »Lass uns über etwas anderes sprechen, sonst kann ich nicht garantieren, dich nicht wie ein Neandertaler über meine Schulter zu werfen, um mit dir aus dem Restaurant zu stürmen.«

Chelsea kicherte und aß ein Stückchen Brot. Ich hatte den Eindruck, dass sie es betont langsam zwischen ihre Lippen schob. Die Frau wusste, wie sie mich verrückt machen konnte, so viel stand fest. Ich lächelte und beobachtete sie. Das könnte ich stundenlang tun, ohne mich auch nur eine Sekunde zu langweilen.

Kurz darauf wurden die Vorspeisen serviert: eine fantastische Auswahl an Salaten, Gemüse, Hummus und Oliven.

»Du bist also mit Pferden groß geworden?«, wollte ich von ihr wissen.

»Ja, genau. Ich habe auf dem Gestüt meiner Großeltern gelebt.«

»Darf ich fragen, was mit deinen Eltern ist?«

»Sie sind gestorben, als ich noch klein war. Ein Autounfall, sie waren nach einem Turnier spät auf der Straße, das Wetter war schlecht, ein betrunkener Lastwagenfahrer hat sie abgedrängt. Keine Chance.«

»Das tut mir leid.« Ich schob meine Hand über den Tisch und legte sie auf ihre.

»Danke. Das war nicht leicht für mich.«

»Natürlich nicht.«

»Aber meine Großeltern waren fantastisch, ich hatte eine schöne Kindheit, Aidan. So gut es eben ging. Und wer kann schon sagen, dass er jeden Tag an einem Ort verbringen kann, von dem andere nur träumen? Die Arbeit mit den Pferden hat mich immer glücklich gemacht.«

Wieso kam es mir nur so vor, als ob sie mich trösten wollte, obwohl sie doch diejenige war, die Trost verdient hatte? »Deine Arbeit erfüllt dich noch immer, stimmt's? Es ist eine Berufung und nicht nur ein Job für dich.«

Sie lächelte. »Genau so ist es. Shadow ist mir sehr schnell ans Herz gewachsen und zu einem Freund für mich geworden. Danke, dass du ihn gekauft und damit vor einem schlimmen Schicksal bewahrt hast.«

»Er gehört dir, Baby.«

Chelsea holte zittrig Luft, während sich ihre Augen vor Überraschung weiteten. »Das geht nicht! Ich bin sicher, dass er einmal viel wert sein wird. Und die Unterhaltungskosten …«

»Hör auf«, unterbrach ich sie sanft. »Wenn du magst, können wir einen Vertrag abschließen: Ich übernehme die Kosten, und du kümmerst dich um ihn, trainierst ihn so, wie du es für richtig hältst. Aber ich werde ihn niemals verkaufen, außer, du willst es.«

Ihr Lächeln erstarb, und ich hatte Angst, dass ich wieder etwas falsch gemacht hatte, dann hob sie ihre Serviette an die Augen und schniefte. »O Gott. Ich sag es doch. Ich werde gefühlsduselig, wenn ich Alkohol trinke. Aidan, das kannst du doch nicht machen. Du … das wäre ein Traum, aber so ein Geschenk kann ich nicht annehmen.«

»Wieso kannst du das nicht annehmen?« Ich kniff die Brauen zusammen.

»Weil ich dir nichts zu bieten habe.« Ihre Stimme war leise geworden, beinahe lautlos.

Ich wurde wütend. »Du hast eine Menge zu bieten, Chelesa, aber weißt du was, ich will überhaupt keine Gegenleistung von dir.«

»Wieso nicht?«

»Weil das Leben so nicht funktioniert. Deshalb.«

»Unsinn. Es funktioniert nur so.«

Nicht, wenn man jemanden liebt, wollte ich sagen, aber biss mir gerade noch rechtzeitig auf die Unterlippe.

Shit.

Was war nur in mich gefahren?

Es ging hier doch nicht um Liebe, sondern nur um ein verdammtes Pferd. »Nimm es einfach an, Chelsea«, fuhr ich sie ein wenig schroffer als nötig an.

Glücklicherweise kehrte die Kellnerin zurück an den Tisch, um sich zu erkundigen, ob wir noch etwas brauchten. »Nein, nein danke«, erklärte Chelsea, und ich schüttelte ebenfalls den Kopf.

»Können wir das Thema damit beenden?«, bat ich, ohne meine Begleitung anzusehen.

»Du bist sauer auf mich«, stellte sie fest.

O Mann. Nein, das war es nicht, was mich so erschütterte, aber die Wahrheit konnte ich ihr unmöglich sagen. Dafür war ich nicht bereit. »Nein, Baby, ich bin nicht sauer auf dich. Wie könnte ich! Ehrlich. Lass uns ein paar Wochen abwarten und dann noch einmal über Shadow reden.«

Das schien sie zu beruhigen. Chelsea nippte von ihrem Glas. »Du hast vorhin nach meinem Onkel gefragt.«

Sehr gut. Ich war froh, dass sie das Thema von sich aus wechselte. Es fühlte sich wie ein kleiner Sieg an.

»Ja, kein Herzensmensch würde ich sagen.«

»Ganz und gar nicht, und mit der Art und Weise, wie er mit seinen Pferden umgeht, bin ich auch nicht einverstanden.« Sie spielte mit ihrer Gabel.

»Dann hat er das Gestüt deiner Großeltern übernommen?«

»So ist es.« Sie blickte zu mir auf, und die Trauer in ihren Augen war so tief, dass ich schlucken musste.

»Was hast du bekommen?«

»Wie bekommen?«

»Dein Erbe meine ich. Du kannst ja unmöglich leer ausgegangen sein? Wieso hast du nicht selbst ein Gestüt aufgebaut? Das erscheint mir nur logisch mit deiner Passion und deinen Fähigkeiten.«

»Meine Großeltern haben mir nichts hinterlassen, nein.«

Das begriff ich nicht, denn der Erbteil von Chelseas Eltern war doch mit deren Tod auf sie übergegangen.

»Aber was ist mit dem Pflichtteil? Sorry, das geht mich nichts an, aber … ich habe den Eindruck, da stimmt was nicht.« Bei diesen Dingen trog mich mein Bauchgefühl nur selten, gerade deshalb war ich so erfolgreich im Geschäftsleben. Ich hatte ein Gespür, einen siebten Sinn, auf den andere nicht so einfach zählen konnten.

Sie zuckte hilflos mit den Achseln. »Nein, nichts dergleichen. Ich war nicht mit beim Notar, weil mir das alles zu nahe ging, nachdem meine Grandma gerade beerdigt worden war. Bis zu ihrem Tod habe ich den Hof mehr oder weniger geführt, schon deswegen war ich unglaublich traurig, als das mit der Übernahme durch meinen Onkel dann alles vorbei war. Er … Ihm geht es nur um den Profit, nicht um das Wohl der Tiere.«

»Ja, das kann ich mir vorstellen.«

»Wo sagtest du noch mal, liegt das Gestüt?«

»In Suffolk. Das Gestüt Quinn, es hat einen sehr guten Namen.«

»Darf ich ein Telefonat führen?«, fragte ich sie.

»Bitte, ja, das stört mich nicht.«

Ich stand auf und entschuldigte mich bei Chelsea. Normalerweise würde ich so etwas Unhöfliches niemals tun, aber in diesem Falle ging es um sie und ihre Zukunft. Ich rief einen befreundeten Anwalt an und beauftragte ihn damit, sich über das britische Erbrecht kundig zu machen. Nie und nimmer konnte ich mir vorstellen, dass die Großeltern Chelsea leer ausgehen lassen würden, nicht, nach allem, was sie durchgemacht hatte. Ich mochte mich täuschen, aber ich würde eine Menge darauf verwetten, dass der Onkel ein krummes Ding gedreht hatte, um die viel zu liebenswürdige Chelsea übers Ohr zu hauen.

»Es tut mir leid, es hat ein paar Minuten gedauert«, sagte ich, als ich mich wieder zu ihr setzte.

Sie wischte sich gerade den Mund mit einer Serviette ab. »Es ist kein Problem, Aidan, mach dir keine Sorgen. Mir geht es gut. Ich verstehe, wenn du etwas erledigen musst.«

»Wie wäre es jetzt mit dem Hauptgang?«, schlug ich vor.

Sie hielt sich den flachen Bauch mit beiden Händen. »Ich bin voll, sorry, das ist mir unangenehm, aber ich habe alle Vorspeisen verputzt, während du weg warst.«

Daraufhin musste ich grinsen, tatsächlich, alle Teller waren blitzblank. Sehr gut, sie war ja völlig ausgehungert gewesen. »Wie sieht es mit einem Dessert aus?«

Den Blick, den sie mir daraufhin zuwarf, wusste ich auch ohne Worte zu deuten. Sofort rief ich die Kellnerin heran und verlangte nach der Rechnung.

Neunzehn

CHELSEA

Während Aidan die Rechnung bestellte, fing mein Puls an zu rasen. Würde er mich mit zu sich bitten? Ich hatte längst alle Warnungen in den Wind geschlagen und würde nicht Nein sagen.

Nachdem wir das Restaurant verlassen hatten, griff er wieder nach meiner Hand, was sich vertraut und vollkommen richtig anfühlte.

»Das war ein sehr schöner Abend, Chelsea«, sagte er, während wir am Wasser entlangspazierten. Es war eine laue Nacht, es wehte sogar ein frisches Lüftchen. Die Lichter der Stadt funkelten um uns herum, ich liebte es, mit ihm hier zu sein.

Dubai vereinte so viele angenehme Eigenschaften, von denen ich nie gewagt hatte, sie mir zu erträumen. Ich konnte das pulsierende Leben einer Metropole genießen und meinen Traumjob ausleben, es gab nicht nur das Meer, sondern auch fantastische Natur in der Nähe und kulturelle Möglichkeiten ohne Ende – und natürlich ihn. »Ja, vielen Dank, ich habe die Zeit mit dir sehr genossen. Und die Küche hier ist einfach großartig, ich habe lange nicht mehr so lecker gegessen.«

»Danke, dass du mit mir ausgegangen bist«, sagte er schließlich.

Ich befürchtete, dass er gleich ein Taxi für mich rufen würde, als wir uns dem Bereich näherten, wo er sein Auto abgegeben hatte. Aidan blieb stehen und drehte sich zu mir. Er ließ seine Hand in meinen Nacken gleiten und sah mir tief in die Augen. Mein Atem stockte, und ich konnte den Blick nicht von seinen dunklen Iriden abwenden. Obwohl wir an der frischen Luft waren, bekam ich nicht genügend Sauerstoff, ich öffnete meine Lippen, um sie zu befeuchten.

»Du bringst mich um«, murmelte er rau.

Ich trat einen Schritt zu ihm, so dass wir uns beinahe berührten. Ich nahm seine Nähe wahr, seine Stärke und sein Verlangen, das sich in meinem eigenen widerspiegelte. »Was denkst du?«, flüsterte ich.

»Ich will dich mehr als jemals zuvor«, knurrte er, ehe er seine Lippen auf meine senkte und mich so zärtlich küsste, dass meine Knie nachgaben und ich mich an ihm festhalten musste. Ich krallte meine Finger in sein Hemd und zog ihn noch näher zu mir heran. Dass ich mich nicht wollüstig an ihm rieb, war alles. Mir war bewusst, dass wir mitten auf dem Gehweg standen und wir alles andere als allein waren. Die Emirate waren ein liberales Land, aber so liberal auch wieder nicht, dass wir vor unzähligen Leuten eine Peepshow veranstalten konnten.

»Nie habe ich mir mehr gewünscht, dass ich mich von einem Ort an einen anderen beamen könnte als jetzt«, wisperte ich, als wir uns für einen Augenblick voneinander lösten.

»Bist du ein Star-Trek-Fan?« Er gluckste.

»Ich nicht, aber meine Grandma hat gerne diese alten Sendungen geschaut, ich kenne mich also aus.«

»Du steckst voller Überraschungen, Chelsea Quinn. Und jetzt bringe ich dich nach Hause.«

Meine Enttäuschung hätte nicht größer sein können, nach diesem Kuss hatte ich angenommen, dass wir …

Tja, da schien Aidan wohl der Vernünftigere von uns beiden zu sein. Irgendwie passte das für mich nicht so recht zusammen. Vorhin im Restaurant hatte er mir noch den Eindruck vermittelt, er hätte dagegen ankämpfen müssen, mich nicht sofort in sein Bett zu zerren.

»Klar, logisch, ich bin auch ganz schön erledigt nach dem Tag«, erwiderte ich und schaffte es sogar, unverbindlich zu lächeln.

Aidan ging nicht darauf ein, nahm meine Hand und lief mit mir zum Straßenrand, um ein Taxi heranzuwinken. Als nach zwei Minuten eines hielt, wollte ich mich von ihm verabschieden, aber er stieg mit ein. Das überraschte mich so sehr, dass ich keinen Ton herausbrachte, während er dem Fahrer meine Adresse nannte.

»Was ist? Du protestierst gar nicht?«, neckte er mich und hauchte mir einen Kuss auf den Handrücken, der ein heißes Kribbeln durch meine Nervenbahnen jagte. Sein rechter Oberschenkel drückte sich gegen meinen, und ich war versucht, meine Finger darüber gleiten zu lassen, aber dann müsste ich seine Hand loslassen, und das wollte ich nicht.

»Würde es was nützen?«, erwiderte ich und sah ihn unter halb gesenkten Lidern an.

Er schüttelte den Kopf. »Natürlich nicht.«

»Das dachte ich mir.«

Wir schmunzelten beide und hingen jeder für sich seinen Gedanken nach. Während die Lichter der Stadt an uns vorbeizogen, ließ ich die letzten Stunden Revue passieren. Der Abend mit ihm war wunderschön gewesen, außerdem war ich glücklich, dass Aidan zum Rennen gekommen war.

»War es Zufall, dass du heute beim Jebel Ali Race Court gewesen bist?«, wollte ich schließlich wissen.

»Ja und nein.«

»Was soll das heißen?«

»Ist das ein Verhör?«, neckte er mich.

Ich grinste. »Genau so ist es. Nein, Spaß beiseite. Ich möchte nur wissen, ob Sven das geplant hatte, oder ob ihr euch zufällig begegnet seid.«

»Er hat gar nichts geplant, sondern mich eingeladen, seine Stute zu bewundern. Ich bin aber deinetwegen gekommen, nicht wegen des Rennens. Ich hatte gehofft, dich zu sehen. Und was soll ich sagen, meine Erwartungen wurden übertroffen, als du beinahe als Siegerin übers Ziel geschossen bist. Aber sag mal, Chelsea, denkst du nicht, dass das ein etwas zu gefährlicher Sport für dich ist?«

Ich kniff die Augen zusammen und sah ihn direkt an, weil ich wissen wollte, ob er Witze machte. Aber er wirkte todernst, daraufhin warf ich meinen Kopf in den Nacken und lachte.

»Was ist daran bitteschön so komisch?«, brummte er.

»Entschuldige, Aidan, aber es ist nicht gefährlich. Nicht gefährlicher als andere Sportarten.«

»Ich muss sagen, das beruhigt mich nicht. Was, wenn du runterfällst, und ein anderes Pferd über dich trampelt?«

»Das wird nicht passieren. Ich bin quasi auf einem Pferderücken geboren. Ich kann rückwärts reiten. Wenn es sein muss, sogar im Kopfstand.«

»Ich würde dich ungern mit eintausend Knochenbrüchen in ein Krankenhaus einliefern lassen müssen.«

»Aidan«, sagte ich streng. »Ich bin in der Lage, selbst auf mich aufzupassen. Außerdem klingst du gerade wie ein übervorsichtiger Boyfriend. Und das ist doch genau das, was du niemals sein wolltest, hab ich recht? Das hast du mir zumindest am Anfang erzählt.«

Ich wusste nicht, wieso ich das sagte, womöglich wollte ich etwas aus ihm herauskitzeln. Aber an seiner Reaktion sah ich, dass ich damit das Gegenteil erreicht hatte. Aidan starrte aus dem Fenster und wirkte mit einem Mal nachdenklich. Und verschlossen.

Ich war zu weit gegangen.

Ich war versucht mich zu entschuldigen, aber ich wusste nicht wofür, also ließ ich es sein. Denn es stimmte, er war derjenige gewesen, der mich davor gewarnt hatte, ihn nicht als Märchenprinzen zu sehen. Womöglich hatte ich auch etwas falsch verstanden. Aber was? Und wann?

»Du hast recht«, sagte er schließlich nach ein paar Minuten des Schweigens, und ich wusste nicht, worauf er es bezog, wollte jedoch nicht nachhaken, weil die Stimmung zwischen uns plötzlich angespannt war.

»Ich wollte dir nicht zu nahe treten«, meinte ich und drückte seine Hand.

Er strich mit dem Daumen über meine Haut, was ich als Zustimmung wertete. Keiner von uns mochte offenbar etwas hinzufügen, also schwiegen wir erneut.

Das Taxi wurde langsamer und kam schließlich vor meinem Wohnkomplex zum Stehen. »Danke für den schönen Abend«, sagte ich und wollte mich von ihm verabschieden.

»Darf ich vielleicht kurz mit reinkommen?«, bat er mich und klang so unsicher, als ob er ein Nein fürchtete.

»J-ja sicher«, stammelte ich, weil es das Letzte war, womit ich gerechnet hatte. Während er bezahlte, wirbelte in meinem Kopf alles durcheinander. Meine Bude war winzig und alles andere als aufgeräumt. Ich wusste, wie und wo er lebte, meine Wohnung passte dreimal in sein Schlafzimmer. Trotzdem war es mir nicht peinlich, denn mehr konnte ich mir nun mal nicht leisten. Aber aufgeregt war ich dennoch – gleich würde ich alleine mit ihm sein. Bei mir.

Der Taxifahrer öffnete die Tür für mich, und ich stieg als Erste aus. Aidan lächelte mich an und wirkte beinahe schüchtern auf mich, was ich absolut süß und auch ein bisschen heiß fand. Es gab nichts, was mir an diesem Mann nicht gefiel. Sogar seine überfürsorgliche Ader hatte etwas Positives, er war der erste Mensch seit Langem, der sich aufrichtig um mein Wohlergehen zu sorgen schien. Ob ich das nun nötig hatte oder nicht, war egal, denn es fühlte sich verdammt gut an. So, als ob ihm wirklich etwas an mir läge.

Während wir gemeinsam zum Haus gingen, – natürlich gab es bei mir keinen Pförtner – wurden meine Hände schwitzig. Im Aufzug nach oben fiel mir nichts ein, worüber ich mit ihm plaudern könnte. Er hielt einfach nur meine Hand, das nahm mir ein wenig von der Anspannung.

Nachdem sich die Türen in meiner Etage geöffnet hatten, gingen wir über den Flur zu meinem Apartment. Ich schloss auf und bat ihn herein. Zum Glück müffelte es nicht, meine Klamotten hatte ich vorhin direkt in die Waschmaschine gestopft. Ich knipste das Licht an und machte die Tür hinter ihm zu. »Tja, da wären wir«, verkündete ich unnötigerweise, aber was hätte ich sonst sagen sollen. »Willst du auch eine Führung?«

Er zog die Schuhe aus, legte Handy, Kreditkarten und Schlüssel auf das kleine Schränkchen im Flur und sah mich dann mit einem Lächeln an, das meine Knie weich werden ließ. »Gern«, war alles, was er erwiderte.

»Ja, also hier ist das Bad.« Ich zog die Tür auf und machte das Licht an, ein Fenster gab es dort nicht. Wir beide würden nur gleichzeitig hineinpassen, wenn wir uns dicht aneinanderpressten. Daran wollte ich nicht denken, denn ich war jetzt schon supernervös. »Ja, und hier ist mein Schlaf-, Wohn- und Esszimmer, alles in einem, sehr praktisch.«

Ich hatte keine riesige gläserne Fensterfront, nicht einmal einen Balkon, aber den brauchte ich auch nicht, ich arbeitete ja auf einem Gestüt, wo ich viel draußen war. Verstohlen musterte ich seinen Ausdruck, er wirkte weder pikiert noch schockiert, sondern suchte meinen Blick mit seinem. »Komm her«, bat er mich und streckte seine Hände nach mir aus.

Ich kam seiner Aufforderung nach. »Es sieht sehr nach dir aus«, meinte er liebevoll. »Es riecht nach dir.«

Ich formte ein lautloses »O« mit meinen Lippen, woraufhin er grinsen musste. »Deinem Gesicht nach zu urteilen, hast du erwartet, dass ich schreiend davonlaufen würde? Baby, ich bin nicht mit dem goldenen Löffel aufgewachsen, das habe ich dir doch schon mal verraten. Ich weiß, was es bedeutet, hart für sein Auskommen arbeiten zu müssen.«

»Ja, aber es ist eine Sache, über etwas zu reden, und eine andere, es dann wirklich zu erleben.«

Er strich mir wieder eine Strähne hinter das Ohr. »Darf ich die Haarnadeln aus deiner Frisur lösen? Davon habe ich den ganzen Abend geträumt.«

Hatte er?

Er war wirklich süß. »Bitte«, antworte ich und konnte meinen Blick nicht von seinen Lippen abwenden. Ich wünschte mir so sehr, ihn noch einmal zu küssen, aber wollte nichts überstürzen. Warum, zur Hölle, war ich plötzlich so unsicher?

Aidan beugte sich zu mir herunter und löste nach und nach alle Haarnadeln, dabei atmete er immer wieder tief ein. »Du riechst so gut, Chelsea. Wenn du nicht bei mir bist, dann erinnere ich mich ständig daran, wie fantastisch du duftest.«

Ich glaubte nicht, dass mir jemals ein Mann so ein schönes Kompliment gemacht hatte. »Du riechst auch gut«, erwiderte ich, weil es stimmte. Ich ließ meine Hände unter sein Shirt gleiten und spürte, wie sich jeder Muskel an seinem Oberkörper unter meiner Berührung anspannte. »Baby«, stöhnte er auf.

Es war unglaublich, wie intensiv er auf meine Nähe reagierte, ich freute mich darüber, denn mir ging es genauso. Ich konnte mich nicht erinnern, dass ich mich jemals so nach jemandem gesehnt hatte wie nach ihm. Mein Unterleib antwortete mit einem sehnsüchtigen Ziehen. Nachdem er alle Nadeln gelöst und beiseitegelegt hatte, verwuschelte er meine Haare. »So wunderschön«, flüsterte er an meinem Ohr und knabberte zärtlich daran.

Ich presste mich an ihn und warf meinen Kopf in den Nacken. Zu spüren, dass auch er sehr erregt war, brachte mich beinahe um den Verstand. »Aidan«, murmelte ich und wusste selbst nicht, was genau ich von ihm wollte. Alles, bloß nicht aufhören, dachte ich und umfasste seinen prallen Hintern mit meinen Händen. Das hatte ich schon lange tun wollen, und er fühlte sich noch besser an, als ich es mir ausgemalt hatte.

Als Aidan seine Zunge über meinen Hals gleiten ließ, war es um mich geschehen. Ich stöhnte kehlig, vergrub meine Hände in seiner Frisur und wühlte darin herum.

»Ich will dich«, hauchte er an meinem Schlüsselbein und bedeckte es mit tausend Küssen.

»Zieh dich aus«, forderte ich ihn auf und zerrte an seinem Shirt. Ich glaubte nicht, dass er das so geplant hatte, aber ich war froh, dass er mitgekommen war. Jetzt würde ich ihn nicht noch einmal gehen lassen. Zumindest nicht, bevor ich nicht das bekommen hatte, wonach ich mich sehnte. Ich schaltete meinen Verstand aus, was nicht besonders schwierig war, weil meine Hormone bereits den Hauptteil meiner Handlungen steuerten. Und das war gut so, denn in diesem Moment fühlte es sich vollkommen richtig an.

Nachdem ich ihm sein Hemd über den Kopf gezogen hatte, warf ich es achtlos auf den Boden. Er drehte mich sanft um und zog den Reißverschluss meines Kleides ganz langsam nach unten, dabei drückte er unzählige Küsse auf meinen Nacken, meine Wirbelsäule und ließ seine Lippen bis hinunter zum Ansatz meines Hinterns wandern. Er ließ den Stoff zu Boden gleiten und ging selbst in die Hocke, um meine Pobacken zu streicheln und zu küssen. Ich war froh, dass ich heute einen meiner schönsten Spitzentangas angezogen hatte – nicht, dass ich diesen Ausgang des Abends mit fixer Absicht geplant hatte, aber ich hatte mich auf alles vorbereitet.

Seine Hände strichen nach vorne über meinen Bauch und fuhren über den Saum meines Höschens. »Darf ich?«, wollte er wissen, als er seine Finger in den Bund gleiten ließ und ich konnte nur nicken und mich wieder zu ihm umdrehen. Da war er vor mir, kniete auf dem Boden und sah mich mit diesem hungrigen Blick an, als wollte er mich mit Haut und Haaren verschlingen. Er gab mir das Gefühl, eine Göttin zu sein. Seine Göttin.

Aidan schob das Höschen von meinen Hüften und ließ es zu Boden fallen, ich trat zur Seite und zog ihn wieder auf die Beine. »Dieses Ungleichgewicht gefällt mir nicht«, protestierte ich heiser und öffnete seine Gürtelschnalle. Wie zufällig ließ ich meine Finger über die Ausbuchtung seiner Hose wandern, worauf er mit einem Keuchen antwortete. Ich liebte es, wie er auf mich reagierte. So roh und unverfälscht.

Zuerst fiel seine Hose, dann stand er nur noch in Briefs vor mir, aber auch die zog ich ihm von den Hüften. Sein praller Schwanz ragte imposant in die Höhe, und ich konnte der Versuchung nicht widerstehen, vor ihm auf die Knie zu gehen. Zuerst streichelte ich ihn, dann leckte ich über seinen Schaft. Aidan stöhnte, und ich merkte, wie er um Beherrschung rang. Wollten wir doch mal sehen, wie gut ihm das gelang. Ich umfasste seine Erektion und nahm sie in den Mund, um von ihm zu schmecken.

Aidan fluchte und wollte sich mir entziehen, aber ich ließ ihn nicht entkommen. »Du bringst mich um, Baby, ich kann mich nicht beherrschen, wenn du das machst«, keuchte er, dabei hatte ich noch gar nicht richtig angefangen.

Ich war alles andere als erfahren, aber seine Reaktionen zeigten mir deutlich, was ihm gefiel, also wurde ich mutiger. Ich saugte, leckte und streichelte ihn. Es dauerte nicht lange, bis Aidans Atem schneller kam, immer wieder stöhnte er meinen Namen. Er schob sein Becken mit und ich schmeckte einen Tropfen seiner Lust. Plötzlich entzog er sich mir und schimpfte, was witzig war, weil er kaum ein Wort hervorbrachte.

Ich leckte mir über die Lippen und sah aus halb gesenkten Lidern zu ihm auf, während ich mich auf meine Unterschenkel zurücksetzte und die Beine dabei leicht spreizte, so dass er die perfekte Aussicht auf meine Mitte hatte.

»Heiliger Strohsack, Chelsea, du bist der Wahnsinn.« Aidans Schwanz pulsierte, sein Brustkorb hob und senkte sich schnell. Bis eben hatte ich nicht verstanden, warum Frauen ihren Männern es gern oral besorgten, aber jetzt wusste ich es. Aidans Stöhnen, sein Keuchen, seine natürliche Leidenschaft hatten mir selbst Lust bereitet. Ich war so erregt wie nie zuvor, dabei hatte er mich noch nicht einmal angefasst. Meine Brüste fühlten sich schwer und voll an, und ich sehnte mich nach seiner Berührung.

Aidan trat auf mich zu und hob mich in seine Arme, dann brachte er mich zum Bett. Es war winzig klein im Vergleich zu seinem, aber das störte uns nicht, denn wir brauchten nur uns und unsere Nähe.

Er legte mich sanft ab und kletterte mit einem lüsternen Grinsen zu mir auf die Matratze. »Jetzt bin ich dran, Baby, und ich verspreche dir, dass ich dich genauso um den Verstand bringen werde wie du mich.«

O bitte, tu es, dachte ich und wand mich schon jetzt unter ihm, obwohl er mich nur federleicht berührte. Er ließ seine Fingerkuppen über meine Haut gleiten und hinterließ eine heiße Spur der Lust auf meinem Körper. Ich bog mich ihm entgegen und wollte mehr. So viel mehr. »Fass mich an, Aidan«, bettelte ich und zog ihn zu mir herunter. Aber er lachte nur rau. »Nicht so ungeduldig, Baby, nicht so hastig.«

»O verdammt«, fluchte ich, als er meinen Bauch mit Küssen bedeckte und sich langsam weiter nach unten arbeitete. Er spreizte meine Schenkel, und ich wollte rufen »endlich«, aber als er zu meiner intimsten Stelle kam, hielt er inne. Er schob seine Hände unter meinen Po und blies auf mein Zentrum der Lust. Ich schrie auf und wollte ihm mein Becken entgegenrecken, aber er hielt mich an Ort und Stelle gefangen.

»Aidan«, bettelte ich wieder. »Bitte.«

»Du musst mir sagen, was du willst, Baby.«

»Ich will …« Es war eine Sache, es zu tun, aber eine andere, es auszusprechen. »Aidan«, quengelte ich ungeduldig. Ich war so nass, so bereit für ihn, er musste sich nur das nehmen, was ich zu bieten hatte …

»Sag es, Chelsea, was soll ich tun?«

Ich stöhnte frustriert auf. »Leck mich, ich will, dass du mich leckst.«

Aidan stieß ein Knurren aus, dann senkte er seinen Mund auf meine intimste Stelle, und alles andere versank in Bedeutungslosigkeit. Dieser Mann wusste genau, wie er mich um den Verstand bringen konnte, und er schien es sogar sehr zu genießen. Es konnte kaum länger als ein paar Sekunden gedauert haben, zumindest kam es mir so vor, und ich war schon kurz davor zu explodieren. Nie zuvor hatte ich so eine unbändige Lust in mir verspürt. Jeder Muskel schien zum Zerreißen gespannt. Ich konnte nicht mehr denken, konnte nicht mehr tun, als mich wild unter ihm zu winden, meine Finger in sein Haar zu schieben und das anzunehmen, was er mir von Herzen schenkte.

Ich atmete schnell, verlor mich immer tiefer in diesem Strudel der Ekstase. »Hör nicht auf«, bettelte ich. Als er seine Zunge um meine Perle kreisen ließ, schrie ich erneut auf. Und dann tauchte meine Welt in ein gleißendes Licht, und ich löste mich in eine Million Stücke auf. Ich nahm am Rande wahr, dass Aidan ebenfalls stöhnte, als bereitete es ihm das größte Vergnügen, mir Lust zu verschaffen. Ich hatte keine Ahnung, wie lange es dauerte, aber als ich endlich wieder zu mir fand, atmete ich noch immer schwer.

»Aidan«, wisperte ich und zog ihn zu mir. Er küsste mich, und ich konnte mich selbst schmecken.

»Du bist köstlich, Baby, einfach einzigartig.«

Es war kaum zu glauben, aber obwohl ich eben den heftigsten Orgasmus meines Lebens gehabt hatte, wollte ich ihn in mir spüren, oder vielleicht gerade deswegen. »Kondom«, murmelte ich. »Wir brauchen ein Kondom.«

»Tut mir leid, darauf bin ich nicht vorbereitet.«

Ich dachte nach, zwar war mein Gehirn noch längst nicht wieder auf der Höhe, aber ich hatte eine Idee. »Warte.« Ich huschte ins Bad und holte eines aus der Schublade. Jetzt war ich Aria dankbar, dass sie mir zum Geburtstag ein absolut unpassendes Geschenk gemacht hatte – es hatte aus Kondomen, Gleitmittel und einem Zugangscode zu einer Datingseite bestanden. Den Code hatte ich nie verwendet – den Rest bis heute auch nicht.

Als ich zurückkehrte, fürchtete ich, dass sich die Stimmung vielleicht verändert haben könnte, aber als Aidan mich sehnsüchtig anlächelte, verpufften meine Sorgen und wichen dem Gefühl der Vorfreude auf das, was gleich kam. »Lass mich das machen«, meinte ich und kletterte aufs Bett.

Er sah mich hungrig an und beobachtete mich, wie ich die Packung zwischen meinen Fingern drehte. »Aber sei vorsichtig, Baby.«

»Vorsichtig?«

»Du willst doch nicht, dass es aufhört, ehe wir angefangen haben.«

»Oh.« Ich verstand. Er war erregt und hatte Angst, zu früh zu kommen.

Ich konnte mir nicht vorstellen, dass Aidan ein schlechter Liebhaber sein würde. Und so wie er mich eben befriedigt hatte, würde er mich sicher auch … Ich war davon überzeugt, er wusste genau, was er tun musste, um mich in den siebten Himmel zu treiben. Noch einmal. Er konnte mit seinem Schwanz sicher mindestens so gut umgehen wie mit seiner Zunge. Ich riss die Kondompackung auf und rollte es vorsichtig über seiner Erektion ab. Es war nicht optimal, ich hätte ihn lieber ohne das Gummiding in mir gehabt, aber es war besser, vernünftig zu sein.

Aidan setzte sich auf und küsste mich leidenschaftlich, woraufhin alle Bedenken verschwanden und pure, reine Lust in mir übrigblieb. Es war fantastisch, ihn zu küssen, doch irgendwann reichte es mir nicht mehr, ich wollte mehr. Aber Aidan sah es anders, was ich sogar ein wenig genoss. Er bettete mich auf den Rücken und liebkoste meinen Busen, knabberte erst an der einen Brustwarze und dann an der anderen, bis ich mich wimmernd unter ihm wandt. »Komm zu mir«, flehte ich ihn an. »Ich will dich in mir spüren.«

Das ließ er sich nicht zweimal sagen, spreizte meine Schenkel und küsste mich, ehe er mit einem einzigen Stoß in mich eindrang. Ich keuchte auf. Er war groß, so groß, dass ich mich einen Augenblick an ihn gewöhnen musste. Als ich meine Lider öffnete, begegnete ich seinem lustverhangenen Blick. Er hatte die Zähne zusammengepresst. »O Chelsea, du fühlst dich so gut an«, presste er keuchend hervor. Dann holte er tief Luft, und ich sah, dass er tatsächlich um Beherrschung rang. Ich brauchte ihn, sofort, deshalb ließ ich mein Becken unter ihm kreisen, woraufhin er einen derben Fluch ausstieß. Schon wieder.

Ich liebte es, wie er auf mich reagierte. Als er endlich anfing, sich in mir zu bewegen, erwachte pulsierendes Verlangen in mir. Ich wollte mehr von ihm. Viel mehr. Ich schlang meine Beine um seine Hüften und passte mich seinem Tempo an. »Ich will dich tiefer spüren«, flehte ich. »Bitte.«

Er stöhnte und stieß immer wieder in mich. Sein Rhythmus brachte mich um den Verstand, er wusste genau, was er tun musste, um mich verrückt zu machen. Ich spürte, dass es ihm genauso erging. Sein Atem kam schwer, Schweißperlen sammelten sich auf seiner Stirn und zwischen meinen Brüsten. Wir waren so intim miteinander vereint, wie es nur zwei Menschen sein konnten, die bereit waren, einander alles zu geben. Ein weiterer Höhepunkt baute sich in mir auf. Dabei flüsterte ich immer wieder seinen Namen und liebte es, wie er noch intensiver in mich stieß, als ob er nicht genug davon bekommen könnte, ihn aus meinem Mund zu hören.

»Aidan …«, wisperte ich, als ich merkte, dass ich den nahenden Orgasmus nicht länger aufhalten konnte. Ich spürte, wie er sich weiter in mir aufbaute, immer schneller, immer intensiver, bis ich meine Nägel in Aidans Rücken grub und mich davon forttragen ließ. Wenn der erste Orgasmus schon fantastisch gewesen war, dann war der zweite weltverändernd. Aidan kam gleichzeitig mit mir, er vergrub sein Gesicht an meinem Hals, als er von den Wellen der Lust erschüttert wurde und sein Schwanz in mir zuckte. Es war unglaublich.

Wir blieben regungslos liegen, so wie wir waren, ineinander verschlungen und verbunden. Sein Gewicht fühlte sich wunderbar auf mir an, und ich wünschte mir, wir könnten für immer zusammen sein. Wir kosteten diesen Moment in vollen Zügen aus. Vermutlich hätten wir uns auch gar nicht bewegen können, zumindest, wenn es ihm so ging wie mir. Ich war wie gelähmt.

Ich spürte seinen donnernden Herzschlag, und auch sein Atem beruhigte sich nur langsam. »Kann ich etwas für dich tun?«, wollte er irgendwann wissen, als er sich aus mir zurückzog. Dabei passte er auf, dass das Kondom nicht verrutschte. »Nein, ich bin wunschlos glücklich«, flüsterte ich.

Er grinste träge, stand auf und verschwand kurz im Badezimmer. Es dauerte nicht lange, dann kuschelte er sich an mich und zog mich wieder in seine Umarmung. Seine Haut auf meiner zu spüren, fühlte sich nach dem Sex herrlich vertraut und wunderschön an. Ich wollte es nicht, aber ich stellte mir vor, wie es wäre, wenn ich das jeden Tag und jede Nacht hätte. Seine Nähe. Seine Liebe. Nicht nur Sex. Denk jetzt nicht daran, nahm ich mir vor und schloss die Augen, während ich meine Fingerkuppen über Aidans Brustmuskeln gleiten ließ. Wir schliefen nebeneinander ein, und ich träumte von Dingen, die er mir niemals versprochen hatte. Aber ich genoss die Vorstellung trotzdem.

Zwanzig

AIDAN

Als ich am nächsten Morgen aufwachte, fühlte ich mich wunderbar matt und gleichzeitig ausgeruht. Wir hatten uns noch einmal geliebt, langsam und zärtlich. Vielleicht genoss ich die Nähe zu Chelsea mehr, als gut für mich war, denn ich wusste, welche Monster in mir lauerten. Ich war nicht so naiv zu glauben, dass ein paar Stunden mit ihr alles in mir heilen konnten, was zerstört worden war. Für den Moment wollte ich glauben, dass es möglich sein könnte. Ich hatte gedacht, ich wäre nicht der Typ, der am Morgen danach rote Rosen verschenkte, aber gerade wünschte ich mir, ich hätte welche für sie bestellt. Vielleicht würde ich das später einfach tun.

Ich warf einen Blick aus dem Fenster, die Sonne war gerade aufgegangen. Nur ein kleines Stück vom Himmel war nicht von anderen Hochhäusern verdeckt. Kein Wunder, dass sie so gestaunt hatte, als sie zum ersten Mal meine Wohnung betreten hatte. Ich würde mich wohl für immer an diesen Gesichtsausdruck erinnern, vielleicht war das der Augenblick gewesen, in dem sich mein Herz einen Spalt weit für Chelsea geöffnet hatte. Ich wusste es nicht, aber es hatte ganz sicher dazu beigetragen, dass ich sie gerne um mich hatte. Ich liebte es, dass sie sich nicht verstellte, sondern offen zeigte, was in ihr vor sich ging. Es war schade, dass wir nicht bei mir waren, ich hätte sie gerne zum Sonnenaufgang auf meiner Terrasse geliebt. Aber das ging jetzt nun mal nicht, deshalb sprang ich unter die Dusche und kochte uns anschließend Kaffee mit ihrer altmodischen Maschine, die sie irgendwo im Sonderangebot erstanden haben musste, als sie aus England nach Dubai gekommen war. Die Wohnung hatte sie vermutlich möbliert gemietet, deshalb war es auch möglich, dass die komplette Küchenausstattung dem Vermieter gehörte. Keine Ahnung, warum ich darüber nachdachte, aber wenn sie umzog, würde es nicht lange dauern, ihre Sachen zusammenzupacken. Nicht, dass ich ihr anbieten wollte, mit mir zusammenzuleben. Ich war mir nicht sicher, ob ich jemals zu so einem großen Schritt in der Lage sein würde. Aber wenn, dann mit Chelsea, schoss es mir durch den Kopf.

Ich wollte jetzt nicht länger darüber sinnieren, diese Gefühlsseligkeit machte mich unsicher, und das konnte ich gar nicht leiden.

Mein Vater hatte es mir früh ausgetrieben, meine Verletzlichkeit zu zeigen. Wenn ich als Junge einmal geweint hatte, hatte er mir noch zusätzlich eine Ohrfeige verpasst und gebrüllt: »Nur Weicheier zeigen Gefühle. Sei endlich ein Mann!«

Nein, an ihn wollte ich jetzt bestimmt nicht denken, deshalb ging ich zurück zu Chelsea. Ich setzte mich mit der dampfenden Tasse zu ihr ans Bett und bewunderte ihre natürliche Anmut für einen Augenblick. Sie schlief tief und fest, ihre gleichmäßigen Atemzüge waren kaum zu hören.

Auf ihren Lippen lag ein seliges Lächeln, und es bedeutete die Welt für mich zu wissen, dass ich derjenige war, der es in ihr Gesicht gezaubert hatte.

Ja, mein Ego war nicht gerade geschrumpft nach der letzten Nacht. Es überraschte mich nicht, dass mein Schwanz direkt wieder zum Leben erwachte, während ich mich daran erinnerte, wie es sich anfühlte, mich in ihr zu versenken.

»Hm, was riecht hier so gut«, murmelte sie, und ihre Lider flatterten.

Ich strich ihr zärtlich über die Wange. »Guten Morgen, Sonnenschein. Ich habe dir Kaffee gebracht.«

»O mein Gott, ich liebe dich«, stieß sie hervor.

Natürlich wusste ich, dass sie das nur so dahingesagt hatte, aber der Satz löste zweierlei Dinge in mir aus, die ich nicht verhindern konnte.

Ich bekam Atemnot, weil ich Angst hatte, dass sie es wirklich so meinen könnte und ich früher oder später alles kaputt machen würde. Wie immer würde ich meinen ganz persönlichen Film fahren. Ich konnte sie nicht lieben, das wusste ich mit Sicherheit. Ich hatte gesehen, wie die Ehe meiner Eltern gelaufen war.

Aber der andere Teil von mir strahlte und hoffte, dass vielleicht doch die Möglichkeit bestand, dass Chelsea über alle meine Fehler hinwegsehen könnte, dass sie mich sogar immer noch wollen könnte, wenn sie alles von mir gesehen hatte. Bis jetzt kannte sie mich nicht wirklich. Sie hatte nie erlebt, wie ich sein konnte. Was in mir schlummerte.

Ganz sicher war ich kein Heiliger. Ich wusste mit Gefühlen nichts anzufangen, sie machten mir Angst.

Als ich ihren Blick auf mir spürte, lächelte ich, aber es fühlte sich verkrampft an. Deshalb schlossen sich meine Lider und ich drückte ihr einen Kuss auf die Stirn. »Ich muss leider los, das Büro wartet.«

Eigentlich hätte ich noch eine halbe Stunde Zeit, aber ich hatte das Gefühl, dass die Wände immer näher auf mich zu rückten. Ich musste raus, um durchzuatmen. »Es ist schön, dass wir uns gesehen haben«, erwiderte sie und streichelte über meinen Bartschatten.

Mein Körper reagierte mit einer wohligen Gänsehaut. Und mein Herz?

Darüber wollte ich nicht nachdenken. Chelsea hatte sich einen Platz darin erobert, aber sie wusste nicht, worauf sie sich einließ, wenn sie glaubte, dass es leicht sein würde. Ich wusste es, denn ich kannte die Abgründe meiner Seele sehr gut.

»Ich rufe dich an«, brachte ich noch hervor und stand auf. Mir war klar, dass meine Stimme gepresst klang, doch ich konnte es gerade nicht ändern.

Ein Schatten huschte über ihre rosigen Züge, aber dann lächelte sie wieder. »Hab einen schönen Tag, Aidan. Es war schön mit dir letzte Nacht.«

O Mann. Mein Brustkorb zog sich zusammen, ich wollte mich zu ihr legen, sie in die Arme nehmen und einfach nur eng umschlungen festhalten, sie nie wieder loslassen. Aber mein Körper bewegte sich nicht, es war, als wäre eine Sperre eingerastet, gegen die ich nicht ankam. »Ja, es war schön«, erwiderte ich, und es klang spröde und lapidar, weil es viel mehr als einfach nur schön mit ihr gewesen war. Es gelang mir jedoch nicht einmal, die Worte in meinem Kopf zu formen, also versuchte ich es gar nicht weiter. »Bye, Chelsea«, krächzte ich und ließ sie allein.

Als ich gegen neun ins Büro kam, fühlte ich mich etwas besser. Oder ich hatte einfach alles verdrängt, was ich nicht verstand. Ich war nicht sicher, aber für den Moment war es okay. »Guten Morgen«, grüßte ich Roxy, die bereits an ihrem Platz saß und arbeitete.

»Hey, guten Morgen, schönes Wochenende gehabt? Oder hast du durchgearbeitet?«

Tatsächlich hatte ich keine einzige E-Mail geschrieben, was für mich ungewöhnlich war. »Habe alles im Griff«, antwortete ich.

»Ah, gut, ich dachte schon, es wäre was mit dem Server nicht okay, weil ich keine Aufträge von dir bekommen habe wie sonst.« Sie zwinkerte mir zu, und ich wusste natürlich, was sie meinte. Wenn ich eine Idee hatte oder etwas benötigte, interessierte mich die Uhrzeit selten – allerdings erwartete ich von Roxy nicht, dass sie Samstagnacht um drei vor dem Rechner saß und gleich alles erledigte. Ich schickte es ihr, um es nicht zu vergessen. Trotzdem war es nicht selten, dass ich auch zu merkwürdigen Stunden am Wochenende eine Antwort von ihr erhielt. Sie war ein Workaholic wie ich.

Roxy stand auf und kam auf mich zu. »Du, ich habe versucht, jetzt noch einmal was wegen der Genehmigungen für das neue Projekt zu erreichen, aber ich komme nicht weiter. Ich denke, du solltest wirklich einmal in Erwägung ziehen, deine Kontakte spielen zu lassen.«

»Roxy«, warnte ich sie leise. »Du weißt, dass ich das nur im Notfall tun würde.«

Sie zuckte die Schultern. »Weißt du, wir haben Dezember, Weihnachten steht vor der Tür, auch, wenn man wegen des Wetters nicht das Gefühl hat. Aber du weißt, wie es im Sommer sein wird, da brauchen wir mit den Bauarbeiten gar nicht erst anfangen. Das heißt, wenn wir die Genehmigung nicht bald erhalten, verzögert sich das Projekt um ein Jahr.«

Ich knirschte mit den Zähnen, weil sie recht hatte. Außerdem hatte meine Tante mich in den letzten Tagen ein paar Mal versucht zu erreichen, aber ich war nicht drangegangen. Ach, es war kompliziert. Ich unterdrückte ein Seufzen und erwiderte: »Ich denke darüber nach.«

»Du denkst jetzt schon eine ganze Weile. Aber hey, immerhin hat die Arbeit mit dem PR-Heini Früchte getragen, du bekommst momentan mehr Einladungen denn je zu allen möglichen Veranstaltungen. Ich habe dir alles auf den Tisch gelegt. Es sind einige dabei, die ein Plus-One verlangen. Also überleg dir, mit wem du hingehst.«

»Du meinst, ich soll überlegen, ob ich hingehe«, korrigierte ich sie.

Daraufhin grinste Roxy spöttisch. »Mein Lieber, wenn du keinen weiteren Stress mit Luke haben willst, dann ziehst du dein gesellschaftliches Rehabilitationsprogramm besser weiter durch – oder du besorgst uns die Genehmigung auf andere Weise.«

Jetzt konnte ich ein Stöhnen nicht länger unterdrücken. »Du weißt, dass du eine furchtbare Nervensäge sein kannst, oder?«

Sie lachte glockenhell. »Dafür bezahlst du mich sehr gut, nicht fürstlich, aber doch so, dass ich davon leben kann, Aidan. Also, die Entscheidung liegt bei dir.«

Damit ließ sie mich stehen und kehrte zu ihrem Schreibtisch zurück. Ehe ich mich an meinen begab, holte ich mir einen weiteren Kaffee – den ersten hatte ich bei Chelsea nicht ganz ausgetrunken.

Was sie wohl gerade machte? Vermutlich war sie bereits bei den Pferden. Während ich wartete, dass mein Heißgetränk in die Tasse lief, zückte ich das Handy. Meine Finger flogen über das Display, und ich schrieb eine Nachricht an sie.

Bist du gut bei der Arbeit angekommen? Sehen wir uns heute?

Nachdem ich den Text noch einmal gelesen hatte, fragte ich mich, was ich da eigentlich tat. Es klang schmalzig und gleichzeitig, als wäre ich ein Kontrollfreak. Das ging gar nicht. Deshalb löschte ich die Zeilen und schob mein Telefon zurück in die Hosentasche. Die Idee mit den roten Rosen sollte ich auch besser fallenlassen, aber ich würde mich später bei ihr melden.

Mit meinem Wachmacher ging ich in mein Büro. Ich saß noch nicht, als mein Handy brummte. Es war meine Tante. Also gut, dachte ich und ging dran.

»Hallo Aidan«, begrüßte sie mich, nachdem ich mich gemeldet hatte. »Hast du heute Zeit für ein Mittagessen? Ich weiß, es ist spontan, aber ich dachte, ich frage einfach mal.«

Ich brauchte nicht in meinen Terminkalender sehen, um zu wissen, dass ich sie treffen könnte. Aber wollte ich das? Ich erinnerte mich an Roxys Worte und auch daran, dass ich mich nur ungern auf Beziehungen verließ. Ich hatte so was noch nie getan, und in diesem Fall war es komplizierter, weil ich außer mit meiner Tante mit keinem der Sippe jemals Kontakt gehabt hatte. Alle wussten von mir, jedenfalls ging ich spätestens nach dem Treffen mit Layla davon aus, dass sie darüber berichtet hatte. Gemeldet hatte sich außer ihr niemand. Musste das etwas heißen? Wahrscheinlich nicht. Aber es blieb schwierig für mich.

Ich dachte an meine Mutter, und das brachte mich dazu zuzusagen. »Ja, das würde gehen. Wo sollen wir uns treffen?« Meine Mum hätte sich bestimmt darüber gefreut, und ich musste zugeben, dass ich die Aussicht, Layla zu treffen und mit ihr zu plaudern, überraschend gut fand.

»Wunderbar, ich schicke dir die Adresse und den Namen des Restaurants als Textnachricht. Sagen wir um eins?«

»Klingt gut, Tante.«

»Oh, es ist schön, das zu hören. Ich freue mich. Bis später, Aidan.«

Nachdem wir aufgelegt hatten, bekam ich noch einen weiteren Anruf. Es war der Anwalt, den ich um Informationen bezüglich des britischen Erbrechts gebeten hatte. »Wäre es möglich, dass wir uns treffen?«, erkundigte er sich. »Ich habe ein paar Nachforschungen anstellen lassen, so, wie Sie es wollten.«

Ein Schauer überlief mich, weil ich ahnte, dass sich mein Verdacht bestätigen würde. »Wegen der Sache in Suffolk, meinen Sie?«

»Genau, so etwas bespreche ich ungern am Telefon.«

Ich verdrehte die Augen, aber konnte nachvollziehen, dass er lieber vorsichtig war. Immerhin bewegten wir uns mit dieser Art von Informationen in der grauen Zone. Ich hatte eigentlich überhaupt keine Zeit für eine Reise nach Europa, aber andererseits war es mir so wichtig, dass ich ein paar Termine verschieben oder per Videocall erledigen würde.

Das Mittagessen mit meiner Tante verlief angenehm. In dem libanesischen Restaurant herrschte eine geschäftige, aber gleichzeitig entspannte und familiäre Atmosphäre. Ich fühlte mich so wohl, als würde ich sie tatsächlich schon seit Ewigkeiten kennen. Zwar bedauerte ich nicht, dass wir uns jetzt erst kennengelernt hatten, aber ich war doch froh, dass es dazu gekommen war.

Ich hatte gerade mein Glas abgestellt, als Layla sich mit ernstem Ausdruck an mich wandte.

»Bitte triff deinen Großvater, es geht ihm schlecht.«

Schlagartig trat das Gemurmel um uns herum in den Hintergrund. Puh, mit diesem direkten Vorstoß hatte ich nicht gerechnet. Aber nur um des lieben Friedens willen würde ich mit meiner Meinung auch nicht hinter dem Berg halten.

»Ich kenne den Mann nicht, und er ist gewiss nicht mein Großvater – zumindest nicht so, wie man es sich vorstellt.« Ich lehnte mich in meinem Stuhl zurück und verschränkte die Arme.

»Ich weiß, dass ihr viel erlitten habt, du und deine Mutter, aber … du bist erwachsen, und es sind auch deine Wurzeln.«

Ich dachte über Laylas Worte nach, denn natürlich wusste ich, dass sie auf eine gewisse Weise recht hatte, aber es gehörte doch mehr zu der Story. Immerhin war das Leben meiner Mum den Bach runtergegangen, weil sie sich nicht an die Regeln der Familie gehalten hatte. Das konnte ich nicht einfach »vergessen«, nur, weil ein alter Mann starb. Und genau das sagte ich auch meiner Tante. »Vielleicht ist es dumm von mir, aber ich bin nachtragend. In gewisser Weise mache ich diesen alten Mann dafür verantwortlich, dass meine Mutter unglücklich gestorben ist.«

Layla nahm meine Hand. »Sie ist nicht unglücklich gestorben, denn sie hatte dich.«

Ich musste schlucken. Keine Ahnung, warum mich ihre Worte an diesem einen wunden Punkt trafen. Meine Mum hatte mich immer spüren lassen, dass sie ihre Wahl – mich zu bekommen – niemals bereut hatte. Aber ich wusste ganz sicher, dass sie ein besseres Leben verdient hätte. Und das konnte ich nicht vergeben. Nicht meinem Großvater und auch nicht meinem eigenen Erzeuger. »Ich weiß, du meinst es gut, aber was sollte das bringen? Will er das überhaupt?«

Laylas Mundwinkel bogen sich einen Millimeter nach oben, und ich merkte in derselben Sekunde, dass ich einen taktischen Fehler gemacht hatte. Sie wertete meine Frage vollkommen richtig. Nun wusste sie, dass sie mich fast weichgekocht hatte. Ich zog es tatsächlich in Erwägung, den alten Mann zu treffen. Ich musste verrückt geworden sein.

»Es würde ihn glücklich machen, glaub mir, Aidan. Er hat deine Mutter geliebt.«

»Davon haben wir nicht viel gemerkt.«

»Die Zeiten haben sich geändert. Glaubst du nicht, er bereut, was er damals getan oder nicht getan hat?«

»Ich habe keine Ahnung«, gab ich ehrlich zu. »Und ich muss außerdem verreisen, ich rufe dich an, wenn ich zurück bin. Okay?«

Layla nickte. »In Ordnung. Aber warte nicht zu lange. Er ist sehr krank.«

Sie sah mich aus traurigen Augen an, und ich spürte, dass sie ihren Vater liebte, auch, wenn die Beziehung nach dem Weggang meiner Mum vermutlich für niemanden in der Familie leicht gewesen war. Es war kompliziert – aber das hatte ich natürlich vorher schon gewusst.

»Ich habe noch eine andere Sache, Aidan«, fuhr sie fort.

»Ja?«

»Ich habe gehört, dass du für ein Projekt noch Genehmigungen brauchst. Ich könnte mit meinem Bruder sprechen.«

War das ein Handel, den sie mir da gerade anbot? Ich war mir nicht sicher, wollte jedoch nicht nachhaken, um sie nicht zu beleidigen. »Danke, Layla, aber ich versuche meine Geschäfte selbst zu regeln.«

Sie atmete ein und wieder aus. »Du bist genauso stur wie deine Mutter.«

»Das werte ich als Kompliment.«

Sie lächelte. »So war es auch gemeint. Gleichzeitig ist es aber auch dumm. Entschuldige, wenn ich das so sage. Deshalb werde ich mit ihm sprechen, ob du das willst oder nicht. In der Familie muss man zusammenhalten.«

»Ach was«, gab ich sarkastisch zurück, woraufhin ich mir einen strengen Blick von ihr einfing. Ich mochte sie wirklich.

»Tatsächlich besteht sogar die Möglichkeit, dass du diese Genehmigung bislang nicht erhalten hast, weil manche Leute in der Familie wollen, dass du endlich in Kontakt mit uns trittst.«

»Ihr habe eine komische Art, mir eure Zuneigung zu zeigen.« Beim Wort Zuneigung malte ich Gänsefüßchen in die Luft.

Layla stand auf und umarmte mich. »Du wirst dich schon noch daran gewöhnen.«

Da war ich mir nicht so sicher, aber wollte ihr nicht erneut widersprechen.

Einundzwanzig

CHELSEA

Shadow ging es viel besser. Aber natürlich wollte ich ihn körperlich nicht überfordern und stimmte sein Training daher immer wieder gezielt auf seinen Wiederaufbau ab. Mein Lieblingshengst arbeitete gut mit, und darüber freute ich mich sehr.

Es war früher Nachmittag, als Sven zu mir in den Stall kam, wo ich Shadow nach getaner Arbeit etwas Müsli vor die Nase stellte.

»Hi, Chelsea. Wie geht es ihm?«, wollte der blonde Schwede von mir wissen. Er trug heute einen dunklen Anzug und sah aus, als wäre er gerade aus einem langen und ermüdenden Meeting gekommen. Ich beneidete ihn nicht darum, ich konnte mir nicht vorstellen, freiwillig auch nur einen Tag in einem klimatisierten Büro zu verbringen.

»Er wird bald wieder topfit sein. Das ist echt eine Erleichterung für mich, das muss ich ehrlich sagen. Zum Glück macht er sehr schnell Fortschritte, aber natürlich trage ich Sorge dafür, dass wir seinen Bewegungsapparat nicht überlasten.« Ich erzählte ihm nichts von der Absprache mit Aidan, weil ich gar nicht wusste, wie ich es formulieren sollte, ohne dass es so klang, als ob ich Aidans derzeit bevorzugtes Spielzeug wäre, das er mit Geschenken bei Laune hielt. Denn so sah ich mich nicht. Ich wollte Aidan glauben, wenn er mir sagte, dass seine Beweggründe andere waren. Außerdem hatte ich Bedenken, dass ich knallrot anlaufen würde, falls ich Aidans Namen nach der letzten Nacht auch nur erwähnte.

Natürlich bereute ich es nicht, mit Aidan geschlafen zu haben, aber nach seiner Reaktion heute Morgen war ich ein wenig verunsichert. Er hatte quasi die Flucht ergriffen, nachdem ich mich bei ihm mit einer lapidaren Floskel für den Kaffee bedankt hatte. Seitdem hatte ich nichts von ihm gehört – aber natürlich war er bei der Arbeit und hatte sicher Wichtigeres zu tun, als mich anzurufen. Ich erwartete auch nicht, dass er sich stündlich meldete. Andererseits hätte ich mich über eine Nachricht gefreut. Immerhin hatten wir sehr intime Stunden miteinander verbracht.

Ich nahm mir vor, mich nicht bei ihm zu melden, denn ich befürchtete mittlerweile, dass der Sex womöglich doch nichts bedeutet hatte – ihm jedenfalls. Aber meine Unsicherheit wollte ich natürlich nicht mit Sven erörtern, deswegen lächelte ich ihn an und hoffte, dass man mir meine Gedanken nicht ansah.

»Ich hatte keinen Zweifel daran, dass du vorsichtig mit der Verletzung umgehst, um Shadow wieder zur Höchstform trainieren zu können. Übrigens, nach dem Rennen am Samstag lief bei mir das Telefon heiß.« Er setzte ein Siegerlächeln auf und lehnte sich mit der Schulter gegen das Tor der Box.

»Ach ja?«

»Du hast das fantastisch gemacht mit Sundancer, Chelsea. Deswegen wollte ich auch mit dir sprechen. Kannst du nachher in mein Büro rüberkommen? Ich möchte das nicht so zwischen Tür und Angel bereden. Ist das okay für dich?«

Ich war überrascht, es klang formell, dass er mich in sein Arbeitszimmer einlud. Hatte ich vielleicht doch etwas falsch gemacht? »Äh, ja logisch. Ich habe noch kurz etwas zu tun, aber dann komme ich gleich.«

Sein Ausdruck war offen und freundlich, er wirkte nicht, als würde ihn etwas an meiner Arbeitsweise stören, doch so gut kannte ich ihn nicht, dass ich das mit Sicherheit sagen konnte. Jetzt hatte ich jedenfalls Muffensausen, denn offiziell in ein Büro zitiert zu werden, machte mich nervös. Womöglich hatte er doch schlechte Nachrichten für mich.

Mein erster Gedanke war natürlich, dass Aidan Shadow vielleicht doch wieder verkaufen wollte, nachdem er jetzt mit mir im Bett gewesen war. Nein, sagte ich mir, das war nur dieses blöde Stimmchen in meinem Kopf, das mir Negatives einreden wollte. Aidan war kein Lügner. Warum sollte er mir etwas anbieten und dann doch einen Rückzieher machen? Solche Spielchen hatte er nicht nötig. Es musste sich also um etwas anderes handeln, was Sven nicht einfach im Stall mit mir besprechen wollte.

Ich wollte mich nicht in unsinnige Befürchtungen hineinsteigern, aber während ich Shadows Hufe kontrollierte, merkte ich, dass meine Finger leicht zitterten. »So, mein Guter, dann hast du jetzt Feierabend. Wir sehen uns morgen«, sagte ich zu ihm und strich liebevoll über seine Mähne. Er hob den Kopf und drückte seine Nüstern gegen meinen Unterarm. Ich schmiegte mich kurz an ihn und atmete tief durch.

Dann verließ ich den Stall. Ich war noch nicht in der Mitte des Hofes angekommen, als mein Handy in der Seitentasche meiner Reithose vibrierte. Ich zog es heraus und stellte fest, dass Aidan mir eine Sprachnachricht geschickt hatte. Mein Puls schnellte in die Höhe, und ich hörte sie sofort ab. »Hallo Chelsea, ich bin auf dem Weg zum Flughafen, ich musste dringend für ein paar Tage verreisen, es tut mir leid, dass das so kurzfristig ist, aber wollte dir unbedingt Bescheid geben, damit du dich nicht wunderst, was mit mir los ist und wo ich stecke.« Im Hintergrund hörte ich eine scheppernde Lautsprecherdurchsage, dass die Maschine nach London jetzt zum Einsteigen bereit wäre.

Okay, gut, er war also auf dem Weg nach Europa. Offensichtlich hatte er einfach viel um die Ohren. Ich war froh, dass er sich gemeldet hatte, aber noch immer unsicher, wie er zu mir stand.

Ich hörte die Nachricht deshalb erneut an und merkte dabei, wie etwas von meiner Anspannung von mir abfiel. Aidan hatte sich Gedanken gemacht, wie es bei mir ankommen würde, dass er so plötzlich abreisen musste, das fand ich schon mal gut. Und seine Stimme klang normal, nicht irgendwie gezwungen oder so, als würde er mit mir aus Pflichtgefühl kommunizieren.

Natürlich konnte ich akzeptieren, dass ein Mann wie er berufliche Verpflichtungen hatte. Ich erwartete ganz bestimmt nicht, dass er mir über jeden seiner Schritte Rechenschaft ablegte, aber ich freute mich, dass er sich gemeldet hatte. Wir waren kein Paar, auch, wenn ein Teil von mir bereit wäre, sich auf ihn einzulassen.

Falls ich ihm nach der letzten Nacht nicht schon längst hoffnungslos verfallen war, aber das wollte ich jetzt nicht näher analysieren.

Weil ich nicht gerne Sprachmeldungen schickte, tippte ich eine Antwort. »Ich wünsche dir eine gute Reise und viel Erfolg.« Dahinter setzte ich ein lächelndes Emoji. Kein Herzchen. Kein Küsschen. Ich wollte nicht, dass Aidan sich in irgendeiner Weise von mir bedrängt fühlte. Nach seinem merkwürdig verhaltenen Abschied heute Morgen war ich vorsichtiger geworden, das war so ein Automatismus in mir, den ich nicht verhindern konnte. Alles ist gut, erinnerte ich mich, schob das Handy zurück in die Seitentasche meiner Reithose und machte mich auf den Weg zu Svens Büro.

Die Sonne stand tief am Horizont, spätestens um neunzehn Uhr war es momentan dunkel in den Emiraten. Das war eine Verbesserung im Vergleich zu England, wo es im Winter bereits kurz nach vier stockfinster und arschkalt war. Was das Wetter betraf, war ich mehr als zufrieden mit meinem Leben in Dubai, und auch der Rest entwickelte sich ganz gut. Diese Erkenntnis ließ mich lächeln.

Wenige Minuten später saß ich in Svens Büro, es war modern und ansprechend eingerichtet. Er hatte vermutlich Hilfe von einem Innendesigner oder Architekten gehabt, aber geschmackvoll war es allemal, wie alles in hellen Tönen und erdigen Farben gehalten war. Wir saßen auf einer Sitzgruppe vor bodentiefen Fenstern, mit Blick auf den Reitplatz. Erwartungsvoll schaute ich ihn an und verschränkte meine Finger ineinander, weil ich nicht wusste, was ich sonst damit tun sollte.

»Ich habe es vorhin ja schon angedeutet«, begann er. »Mit dem Rennen am Samstag haben wir mächtig Staub aufgewirbelt, im positiven Sinne. Ich muss sagen, dass sich hier vieles zum Guten verändert hat, seit du bei uns tätig bist. Es hat mir aber auch gezeigt, dass das Gestüt noch besser laufen könnte, mir selbst aber die Zeit dazu fehlt, gewisse Veränderungen anzuregen, weil ich mit meinen Hotels viel um die Ohren habe. Zu viel manchmal, so wie heute.«

Ich hörte gespannt zu, meine Finger wurden schwitzig. Was wollte er mir damit sagen?

»Ich bin Geschäftsmann, Chelsea, das weißt du. Und du bist eine fähige und kompetente Frau, man sieht, dass du für deinen Beruf brennst. Das gefällt mir. Vielleicht kommt das jetzt ein bisschen plötzlich, aber ich wollte dir eine Art Partnerschaft anbieten. Rein geschäftlich natürlich, keine Angst!«

Ich musste ein paar Mal blinzeln und glaubte erst, mich verhört zu haben, aber brachte auch keinen Ton hervor, um nachzufragen.

»Ich will das Gestüt nicht aufgeben, sondern es weiter nach vorn bringen. Und das geht am besten, wenn man den engagierten und fähigen Leuten etwas anbietet, wovon sie auch etwas haben. Also, Chelsea, ich möchte dir eine Beteiligung in Höhe von zwanzig Prozent am Gestüt anbieten. Ich schätze dich so ein, dass dir nicht nur die Arbeit mit den Pferden im Blut liegt, sondern dass du auch einen Sinn für geschäftliche Themen hast. Du sollst am Erfolg beteiligt sein, dafür benötigst du Anteile. Aber die gibt es natürlich nicht umsonst.«

Aha, da war er, der Haken. »Ich kann nicht investieren, ich bin zwar nicht mittellos, aber in den Summen, in denen du denkst, bin ich nicht zuhause.« Nicht mehr, hätte ich beinahe gesagt. Ich dachte an Aidan zurück und an seine Fragen bezüglich meines Erbes. Ja, ich hatte etwas von meinen Eltern geerbt, das lag aber auf einem Konto festgelegt – ich hatte es noch nie angerührt, warum konnte ich selbst nicht genau sagen. Vielleicht, weil es auch heute noch zu schmerzhaft war, daran zu denken, dass das Geld nur deshalb mir gehörte, weil sie gestorben waren. Aber meine Großeltern hatten mir tatsächlich gar nichts hinterlassen, was überraschend gekommen war, da ich immerhin mein ganzes Leben auf dem Gestüt gearbeitet hatte. Die Entscheidung meiner Großeltern hatte ich aber respektiert, denn sie waren mir zu nichts verpflichtet gewesen. Allerdings war für mich die Welt zusammengebrochen, als mich mein Onkel, sobald er das Sagen gehabt hatte, quasi von heute auf morgen vor die Tür gesetzt hatte. Klar, unsere Herangehensweise war komplett verschieden, aber ich hatte schlicht nicht damit gerechnet, dass sich mit dem Tod meiner Großeltern auch mein ganzes Leben so drastisch verändern würde. Irgendwie hatte ich angenommen, dass ich mich mit meinem Onkel auf irgendeine Weise arrangieren würde, aber das war nicht möglich gewesen.

»Ich biete dir zwanzig Prozent am Gestüt – nicht an den Immobilien – für eine Million Pfund an, ich habe es umgerechnet, es wären viereinhalb Millionen Dirham«, holten mich Svens Worte ins Hier und Jetzt zurück.

Egal in welcher Währung, so viel hatte ich nicht und würde ich auch nie haben. Ich schnappte nach Luft. »Wie stellst du dir das vor? Und warum tust du das überhaupt, mir eine Partnerschaft anzubieten?«

»Du willst doch nicht für immer angestellt sein. Ich sehe es in deinem Blick, in deinen Taten. Du bist eine Unternehmerin mit einer Vision, du vertrittst deine Werte und Überzeugungen und möchtest sie umgesetzt sehen. Ich bin Unternehmer mit zu wenig Zeit.«

»Aber … ich habe doch gar nicht so viel Kapital. Wie kommst du darauf, dass ich jemals so viel aufbringen könnte?«

Sven sah mich nachdenklich an. »Denkst du, ich habe meine Hausaufgaben nicht gemacht? Ich weiß, aus welchem Stall du kommst, und habe angenommen, dass du doch etwas auf der hohen Kante liegen haben könntest. Entschuldige, wenn das vermessen war. Okay, gut, du hast Interesse, aber es scheitert am Kapital. Daran können wir arbeiten.«

Ich begriff noch immer nicht, worauf er hinauswollte. »Warum so plötzlich?«, wollte ich wissen.

»Es kommt für dich plötzlich, für mich nicht. Ich habe schon länger darüber nachgedacht, dass mir die Zeit fehlt, das Gestüt ganz nach vorne zu bringen. Und dann bist du aufgetaucht.«

Mir war heiß geworden, ich spürte, dass sich Schweiß unter meinen Achseln sammelte. »Es klingt wie ein Traum, das kann ich sagen, aber ich kann nichts beisteuern. Das heißt, ich hätte etwas, aber das sind höchstens zweihunderttausend Pfund – und die sind angelegt.«

»Zeit ist nicht das Problem.«

»Sven, ich weiß wirklich nicht, was ich sagen soll.«

Er sah mich freundlich an. »Dass du nicht direkt abgelehnt hast, reicht mir erst einmal. Für alles Weitere könnten wir einen Plan ausarbeiten. Es ist ja nicht dringend, aber du kennst jetzt deine Optionen. Erstens will ich das Gestüt voranbringen, und zweitens hatte ich Angst, dass dich jemand abwirbt. Du hast eine große Karriere vor dir, Chelsea, ist dir das bewusst?«

Ehrlich gesagt, nein. »Du schmeichelst mir, Sven.«

»Es ist die Wahrheit.«

»Ich bin völlig überfordert momentan, da bin ich ehrlich. Ich habe beim besten Willen nicht mit einem Angebot dieser Art gerechnet.«

»Das verstehe ich. Egal, was du tust, denk zuerst über meinen Vorschlag und deine Optionen nach. Wie gesagt, bezüglich der Finanzen können wir zu einer Vereinbarung kommen.«

Ich nickte. »Danke.« Mehr brachte ich nicht hervor. Sein Angebot klang fast zu schön, um wahr zu sein – bis auf die Sache mit dem Geld natürlich.

»Dann wünsche ich dir jetzt einen schönen Feierabend, Chelsea. Du bist wirklich eine große Bereicherung für mein Team hier, und es wäre großartig, wenn du die Leitung übernehmen könntest.«

Das alles war so unglaublich, dass ich gar nicht wusste, wohin mit mir und meinen Gedanken. Nachdem ich Svens Büro verlassen hatte, fühlte es sich noch immer irreal an. Hatte er mir ernsthaft gerade eine Beteiligung am Gestüt angeboten? Und wollte ich das überhaupt?

Zweiundzwanzig

AIDAN

London war kalt und grau, genau so, wie es in fast jedem Buch oder Film dargestellt wurde. Aber diese Stadt hatte mehr zu bieten als schlechtes Wetter. Mir gefielen die unzähligen alten Häuser, Villen und historischen Gebäude. Man konnte hier so viel über die europäische Geschichte lernen, dass es nie langweilig wurde. Gerade fand ich es schade, dass ich alleine hier war. Tatsächlich vermisste ich Chelsea, was ein völlig neues Gefühl für mich war. Wir hatten seit Montag oft hin und her getextet, beinahe so, als wären wir verknallte Teenager, die rund um die Uhr miteinander plappern mussten.

Es machte mir Spaß, und ich freute mich jedes Mal, wenn ich sah, dass sie mir geschrieben hatte. Ich hatte schnell festgestellt, dass sie kein Typ für Sprachnachrichten war, was ich irgendwie süß fand. Ein bisschen old school.

Aber jetzt saß ich im Meeting und musste mich konzentrieren. Immerhin ging es in der Besprechung auch um Chelsea, vielmehr um ihr Erbe. Sie wusste nicht, dass ich ihretwegen nach London geflogen war, weil ich ihr nicht zu früh Hoffnung machen wollte, die sich womöglich doch nicht bewahrheiten würde.

Mein Anwalt hatte mir gerade etwas eröffnet, was mich stutzig gemacht hatte. »Sie sagen, dass Chelsea ein Dokument unterschrieben hat, in dem sie bestätigt, das Erbe auszuschlagen?« Davon hatte sie mir nichts erzählt, deswegen war ich so überrascht. Sie hatte mir etwas anderes gesagt, nämlich, dass ihre Großeltern ihr gar nichts hinterlassen hätten.

Mein erster Gedanke war, dass der Onkel sie übers Ohr gehauen hatte. Ich konnte mir gut vorstellen, dass er vor oder während der Beerdigung zu ihr gekommen war und sie gebeten hatte, irgendetwas »Unwichtiges« zu unterzeichnen. Sie war nicht dumm, aber Chelsea glaubte an das Gute im Menschen – ihr Onkel könnte das in einem schwierigen Moment der Trauer ausgenutzt haben. In mir zog sich alles zusammen.

Diesem Kerl würde ich so etwas zutrauen, auch, wenn wir uns nur wenige Minuten gegenübergestanden hatten. Aber ich kannte Typen wie ihn, da war es egal, ob sie stinkreich oder arme Schlucker waren. Diese Schweine dachten nur an sich und ihren eigenen Vorteil. In gewisser Weise war ich wie er, nur hatte ich einen etwas anders ausgerichteten moralischen Kompass. Das redete ich mir zumindest ein – und was Chelsea anging, war ich sowieso besonders empfindlich. Niemand durfte ihr wehtun. Allein der Gedanke, dass ihr Onkel sie womöglich vorsätzlich um etwas gebracht hatte, was ihr von ihren Großeltern zugestanden hätte, machte mich rasend.

Mein Anwalt räusperte sich, und ich konzentrierte mich wieder auf ihn. »In der Tat, Mr Montford, ich habe eine zuverlässige Quelle, und mir wurde das Schriftstück als Kopie zugesendet. Der Anwalt des aktuellen Gestütseigentümers ist ein windiger Bursche, der seine Schweigepflicht schnell vergisst, wenn man mit einer steuerfreien Summe wedelt. Die Verzichtserklärung, die Chelsea Quinn unterzeichnet hat, ist nicht notariell beglaubigt. Damit wäre eine Lücke offen, bei der man ansetzen könnte. Da jedoch alle Formalien bezüglich der Übertragung aller Werte, wie Grundbucheinträge und steuerliche Zahlungen, bereits abgeschlossen sind, ist es recht kompliziert, so etwas nachträglich anzufechten. Außerdem könnten wir die Kopie, die mir vorliegt, natürlich nicht offiziell benutzen, da wir sie uns auf einem etwas unkonventionellen Weg besorgt haben, wenn Sie verstehen, was ich meine.«

»Kompliziert, aber nicht unmöglich, sagen Sie?«, hakte ich nach.

Der Anwalt nickte. »Genau. Es wird dauern, mitunter braucht so etwas Monate, aber es besteht die reelle Chance, dass man das Erbe des Onkels anfechten kann.«

»Es ist mir egal, wie lange es dauert. Über welche Summe sprechen wir?«

»Das Gestüt ist etwas in die Jahre gekommen, die goldenen Zeiten des Hauses Quinn sind vorbei. Früher war selbst die Queen Stammkundin, und damit gingen auch andere hochrangige Honoratioren dort ein und aus, aber mittlerweile gibt es andere Adressen, die bekannter sind. Grund und Boden inklusive der Gebäude wurde auf ungefähr zweieinhalb Millionen Pfund festgeschrieben. Den Wert der Pferde kann ich nur schätzen lassen, aber diese Zahl liegt mir momentan noch nicht vor. Ich dachte mir jedoch, dass Sie das wissen wollen, und habe auch das bereits veranlasst.«

Sehr gut, der Mann hatte begriffen, wie ich tickte. »Danke, gute Arbeit. Was schlagen Sie vor?«

Eine Nachricht traf auf meinem Handy ein, sie war von Chelsea, und ich ließ mich kurz ablenken. »Du wirst nicht glauben, was Sven mir am Montag vorgeschlagen hat. Ich kann Anteile am Gestüt erwerben! Er glaubt an mich und will mir eine Leitungsfunktion anbieten. Ich bin so glücklich. Natürlich kann ich mir das nicht leisten, aber allein, dass er mir eine Partnerschaft anbietet, macht mich stolz. Eben hat er mich noch einmal darauf angesprochen, ich glaube, um sicherzugehen, dass ich mich nicht von jemandem abwerben lasse. Als ob ich so was tun würde! Nie!« Dahinter setzte sie drei fröhliche Emojis.

Auch das noch, dachte ich. Da wurde ihr eine riesige berufliche Chance auf einem Silbertablett präsentiert, und nur wegen einer gemeinen Aktion ihres Onkels sollte sie sich einen Lebenstraum nicht erfüllen können?

»Tun Sie, was Sie tun müssen«, wandte ich mich an den Anwalt. »Ich will Ergebnisse, und zwar schnell. Es ist mir egal, was das kostet.«

Der Mann nickte. »Verstanden, Sir.«

Danach verabschiedete ich mich und machte einen Spaziergang durch den Hydepark. Es nieselte und war saukalt, aber das war mir egal. Ich musste nachdenken.

Mein erster Impuls war, zu Chelseas Onkel zu fahren und ihm die Fresse zu polieren. Aber diese zweifelhafte Methode war sicher nicht zielführend, daher verwarf ich den Gedanken zähneknirschend.

Der Mistkerl sollte mir noch mal unter die Finger kommen, dann würde ich meine Knöchel knacken lassen und ihn mir vorknöpfen. So ein mieses Schwein!

Weil das gerade keine Option war, konzentrierte ich mich auf das, was im Rahmen meiner Möglichkeiten lag. Chelsea benötigte eine Finanzspritze, um sich ihren Lebenstraum erfüllen zu können. Und sie brauchte sie schnell. Sven lief ihr zwar nicht weg, aber manche Gelegenheiten musste man beim Schopfe packen. Es wäre ein Leichtes für mich, ihr unter die Arme zu greifen, doch würde sie sich auch darauf einlassen?

Dreiundzwanzig

CHELSEA

Aidan hatte mich gestern angerufen und gefragt, ob ich bereit wäre, ihn heute zu einer Veranstaltung zu begleiten. Ich hatte zugesagt, aber jetzt war ich so aufgeregt, dass ich kurz davorstand, ihn zu versetzen. Auch Aria hatte mich gebeten, etwas mit ihr zu unternehmen. Der Deal war nun, dass ich zuerst mit Aidan zu dieser Soiree gehen und wir uns anschließend mit Aria in einem Club treffen würden. Kneifen kam schon deswegen nicht für mich infrage, weil ich meine Freunde nicht hängenlassen wollte.

Noch immer war ich unentschlossen, was ich heute anziehen sollte – denn natürlich wollte ich Aidan gefallen. Wir hatten uns seit Montagmorgen nicht gesehen, und ich freute mich darauf, ihm endlich wieder zu begegnen. Ein Blick auf die Uhr sagte mir, dass ich nicht mehr viel Zeit hatte, bis er mich abholen würde. Nach langem Hin und Her entschied ich mich für ein schwarzes Kleid, das mir bis zum Knie reichte und meinen Kurven schmeichelte. Damit war ich hoffentlich für beide Veranstaltungen passend angezogen. Dazu noch ein paar High Heels und etwas Make-up, und ich war bereit.

Ich stopfte Handy, Kreditkarte und Schlüssel in meine winzige Handtasche und fuhr dann mit dem Fahrstuhl nach unten. Aidan wartete bereits in seinem Wagen vor der Tür. Als er mich entdeckte, stieg er aus und kam auf mich zu. »Du siehst fantastisch aus, Chelsea.« Er gab mir keine Gelegenheit, darauf zu antworten, sondern zog mich in seine Arme und zeigte mir auf diese Weise, wie sehr er sich freute, mich zu sehen. Seinen Mund auf meinem zu spüren, versetzte mich sofort in einen Zustand maximaler Aufmerksamkeit. Ich schlang meine Arme um ihn und erwiderte seinen Kuss voller Leidenschaft. Gut, dass ich auf Lippenstift verzichtet hatte, sonst würden wir beide gleich aussehen wie Witzfiguren. Als seine Zunge in meinen Mund eindrang, lösten sich alle anderen Gedanken auf, und ich verlor mich in den Empfindungen, die seine Berührungen in mir hervorriefen. Viel zu früh trat er einen Schritt zurück, sein Atem kam so schnell wie meiner. »Wow, wenn wir nicht gleich ins Auto einsteigen, gehe ich nirgendwo mehr mit dir hin, außer in dein Bett ... Tatsächlich erwäge ich ernsthaft, diese Veranstaltung sausen zu lassen ...«

Er sah mich mit lüsternem Blick an, was meinen Unterleib und alle anderen Körperteile in höchste Erregung versetzte. »Ich fürchte, das wird nicht gehen, weil ich sonst meine Freundin Aria enttäuschen müsste.«

Aidan seufzte, dann grinste er. »Ich verstehe, aber einen Versuch war es wert. Es ist schön, dich zu sehen, Baby. Geht es dir gut?« Er drückte mir einen sanften Kuss auf den Scheitel, dann führte er mich um den Wagen und öffnete die Tür für mich, damit ich einsteigen konnte.

»Mir geht es fantastisch«, antwortete ich.

Nachdem er auf dem Fahrersitz Platz genommen hatte, erkundigte ich mich nach seiner Reise. »Wie war es in London?«

Er winkte ab und legte einen Gang ein. »Nasskalt und grau. Aber auch irgendwie schön. Vielleicht fliegen wir mal zusammen hin? Ach nein, du warst sicher tausendmal in London, oder?«

Ich sah ihn überrascht an. Er hatte darüber nachgedacht, mit mir zu verreisen? Weil ich mir meine Freude nicht anmerken lassen wollte, sagte ich: »Klar, in London war ich schon oft. Aber das Wetter in Dubai ist natürlich tausendmal angenehmer. Was erwartet mich heute Abend eigentlich genau? Du hast nur etwas von einem Abendessen gesagt.«

Aidan bog auf die Scheich Zayed Road ein und erklärte: »Es ist so eine Art Ausstellung, aber mit einem mehrgängigen Dinner, deshalb auch die Einladung für zwei. Ich fürchte, du wirst dich langweilen. Es kann anstrengend sein, wenn man sich ständig mit neuen Leuten unterhalten muss. Aber Luke, mein Geschäftspartner, und Roxy, meine Assistentin, kommen auch.«

»Sind die beiden ein Paar?«, wollte ich wissen.

»O nein, Roxy ist liiert, aber nicht mit Luke. Luke ist schwer zu zähmen.«

»Also ein bisschen wie du?«, neckte ich ihn, woraufhin Aidan mir einen eigentümlichen Blick zuwarf und schwieg.

Ich fürchtete, dass ich etwas Falsches gesagt hatte, aber nach wenigen Sekunden ging Aidan darüber hinweg. »Du wirst die beiden mögen, das hoffe ich jedenfalls. Sie sind jedenfalls sehr gespannt, dich kennenzulernen. Hör einfach nicht zu, wenn sie Quatsch über mich reden.«

Hatte er etwa Angst, dass sie mir etwas über ihn verraten könnten, das mir nicht gefiel? Dass Aidan kein Typ für eine feste Beziehung war, hatte er mir ja bereits vor einiger Zeit klargemacht. Deswegen konnte ich das Verhältnis, in dem wir mittlerweile zueinanderstanden, nicht einordnen, aber fragen mochte ich auch nicht. Es klang ja schon bescheuert in meinem Kopf, und ich wollte nicht wie eine Klette wirken, die alles Mögliche erwartete. »Keine Sorge, Aidan, ich kann mir meine Meinung selbst bilden.«

»Und wie ist sie?«

Die Frage klang aufrichtig und … ein wenig besorgt. Ich schob meine Hand auf seinen Schenkel und drückte ihn aufmunternd. »Keine Sorge, Aidan. Ich … ich mag dich.«

O Gott. Jetzt hatte ich es doch gesagt. Ich fürchtete, dass er gleich eine Vollbremsung hinlegen würde, weil er nicht über Gefühle reden wollte, stattdessen tätschelte er meine Finger auf seinem Bein. »Das ist gut, ich mag dich nämlich auch«

Die Soiree war nicht sehr aufregend, aber das Essen war gut und die Gesellschaft angenehm. Ich mochte Roxy und Luke auf Anhieb. So vertraut, wie die beiden miteinander umgingen, konnte man fälschlicherweise annehmen, dass sie ein Paar wären. Natürlich nur, wenn man Luke nicht zuhörte. Er ließ kaum eine Gelegenheit aus, um über seine männliche Potenz und seinen Erfolg bei Frauen zu prahlen. Irgendwie war er attraktiv, aber nicht mein Typ. Mein Typ saß genau neben mir.

Ich warf Aidan einen verstohlenen Blick zu, sofort sah er mich an. »Alles okay?«, wollte er wissen.

Ich fand es schön, wie besorgt er um mein Wohlergehen war. »Alles bestens.« Ich lächelte.

»Noch eine halbe Stunde, dann können wir gehen«, versicherte er mir leise.

»Mach dir keine Sorgen, ich genieße den Abend.«

Daraufhin bogen sich seine Mundwinkel nach oben. »Das freut mich.« Er beugte sich zu mir und flüsterte in mein Ohr. »Noch mehr freue ich mich darauf, dich später aus diesem Kleid zu pellen. Es steht dir hervorragend, aber am liebsten sehe ich dich nackt.«

Sein sinnliches Versprechen löste ein heißes Kribbeln in mir aus, und ich musste meine Lippen öffnen, um besser atmen zu können. Ich war versucht, mir mit der Serviette

Luft zuzufächeln, aber das würde seltsam aussehen, deshalb rutschte ich nur etwas auf meinem Stuhl herum. Ich spürte Roxys Blick auf mir und hob meinen Kopf. Sie wirkte überrascht, aber nicht im negativen Sinne, eher so, als könnte sie nicht glauben, wie Aidan sich mir gegenüber verhielt. Wir hatten beim Empfang ein paar Worte miteinander gewechselt, und ich hatte schnell gemerkt, wie klug und humorvoll sie war.

»Nehmt euch ein Zimmer«, witzelte Luke jetzt in unsere Richtung, worauf er sich einen spielerischen Klaps von Roxy einfing.

»Manchmal bist du echt nicht zu ertragen«, maßregelte sie Luke.

»Siehst du, was ich ständig aushalten muss«, scherzte Aidan.

»Mir kommt es so vor, als ob ihr drei ein super Team wärt«, warf ich ein. »Arbeitest du auch für Luke?«, wollte ich von Roxy wissen.

Sie hob die Hände. »Gott bewahre, nein.«

Lukes Grinsen verblasste ein wenig. Warum traf ihn Roxys scherzhaft gemeinte Antwort? Womöglich war da doch etwas zwischen den beiden – oder meine Fantasie ging mit mir durch.

»Roxy hat genug mit meinen Macken zu tun«, erklärte Aidan und trank einen Schluck Wasser. »Entschuldigt mich einen Moment, ich habe gerade jemanden entdeckt, mit dem ich kurz sprechen muss.«

Ich nickte ihm lächelnd zu. Das traf sich gut, denn ich wollte ohnehin zur Toilette. »Ich bin auch gleich wieder da.«

»Warte, ich komme mit«, rief Roxy.

So kam es, dass wir gemeinsam zum Klo stöckelten, als wären wir alte Freundinnen. »Es ist schön, euch zusammen zu sehen. So habe ich Aidan noch nie erlebt«, meinte Roxy, während wir die Räumlichkeiten betraten. Im Vorraum befanden sich mehrere Spiegel und ein großes Sofa. So was hatte ich noch nie verstanden, kamen Frauen hierher und setzten sich hin, um was? Einer Veranstaltung zu entgehen?

»Was meinst du?«, wollte ich von Roxy wissen, denn das interessierte mich viel mehr als die Einrichtung der Toiletten. Brachte er nicht ständig irgendwelche Frauen zu Terminen mit? Letzteres sprach ich nicht laut aus, aber Roxy verstand auch so, was ich meinte. »Er wirkt verliebt. Aber ich weiß nicht, ob er schon bereit ist, sich das selbst einzugestehen. Tut mir leid, das geht mich natürlich nichts an. Entschuldige bitte, ich hätte nichts sagen sollen.«

»Schon gut, Roxy. Das ist okay für mich. Ich weiß ehrlich nicht, wo wir stehen, aber wir sind ganz sicher kein Paar.« Beinahe hätte ich ein Leider hinzugefügt, aber biss mir gerade noch rechtzeitig auf die Lippe.

»Wie gesagt, ich möchte nicht neugierig sein.«

»Aber?«

»Aidan ist ein guter Kerl, das war eigentlich alles, was ich dir sagen wollte. Du weißt schon, harte Schale und so.« Sie lächelte mich herzlich an, und ich fühlte, dass sie es gut mit mir meinte und dass ihr auch Aidans Wohlergehen am Herzen lag.

»Danke«, sagte ich. »Das weiß ich zu schätzen.«

»Und wenn er mal Mist baut, kannst du mich immer anrufen, ja?«

Kurz befürchtete ich, dass sie mir eine Visitenkarte zustecken würde, das hätte ich schräg gefunden, aber sie lächelte mich nur an. »Und jetzt muss ich wirklich mal Pipi, entschuldige mich.«

Nachdem wir unsere Hände gewaschen hatten, kehrten wir zu unserem Tisch zurück. Es dauerte ein paar Minuten, bis Aidan das Zeichen zum Aufbruch gab. Auf dem Weg zum Club rief ich Aria an, um ihr zu sagen, dass wir uns gleich dort treffen sollten.

»Gehst du öfter tanzen?«, wollte Aidan von mir wissen.

»Eher selten, aber manchmal macht es Spaß. Und du?«

»Eigentlich nie. Das ist nicht so mein Ding. Meistens arbeite ich am Wochenende.«

Das klang irgendwie trostlos. »Oh, okay, ich hoffe, du fühlst dich nicht von mir gezwungen?«

»Tatsächlich komme ich gerne mit, aber nur, weil du dabei bist. Luke und Roxy kommen auch, ich hoffe, das stört dich nicht. Sie fahren separat.«

»Ach, das ist ja schön, ich mag die beiden. Das wird sicher witzig.«

»Wunderbar! Dann hoffe ich, dass ich dich nicht allzu sehr langweile, denn ein großer Tänzer bin ich nicht.«

Selbstverständlich gab es auch beim Club einen Valet Service – den ich mir sonst nie gönnte, weil er nicht kostenlos war, aber Aidan musste sich über diese Dinge natürlich keine Gedanken machen.

Wir trafen Aria vor dem Eingang. Aidan gab ihr hier und da ein Küsschen, die beiden kannten sich ja bereits und plauderten direkt los, als wären sie alte Freunde. Nachdem auch Luke und Roxy dazugestoßen waren, gingen wir hinein. Laute Bässe dröhnten durch den Saal, es war proppenvoll.

»Drinks?«, schlug Luke vor und ging direkt zur Bar. Aria, Roxy und ich schoben uns zur Tanzfläche vor und ließen es uns gut gehen. Die Beats versetzten mich gleich in die richtige Schwingung, und ich fühlte mich wohl. Hin und wieder sah ich mich nach Aidan um. Er stand am Rande des Geschehens und beobachtete uns. Ich konnte nicht sagen, was in ihm vor sich ging, aber er wirkte nachdenklich.

»Hier, dein Drink!« Aria schubste mich an und reichte mir ein Glas. »Ist alkoholfrei, keine Sorge.«

»Okay, gut. Cheers!« Wir drei stießen an und tanzten weiter. Irgendwann – ich war schweißgebadet – brauchte ich eine Pause und signalisierte das den Mädels, die den Kopf schüttelten und meinten, ich solle allein gehen. Das war mir auch recht. Ich machte mich auf die Suche nach Aidan und fand ihn an der Bar, er nippte an einer Cola. Luke flirtete ein paar Meter entfernt mit einer hübschen Blondine.

»Hey, da bist du ja«, rief ich über die laute Musik hinweg Aidan zu und lächelte.

»Tut mir leid, ich bin kein Partylöwe.« Er zuckte hilflos mit den Schultern und sah wirklich aus, als fühlte er sich unwohl inmitten all der Feiernden.

»Warum hast du nicht gesagt, dass du nicht mitkommen willst? Ich wollte dich nicht zwingen.« Ich kam mir blöd vor, weil ich die Zeichen vorher nicht richtig interpretiert hatte.

»Das hast du nicht, Chelsea, es ist wirklich okay. Ich glaube aber, dass ich … Ich sollte jetzt gehen. Ich …«

Er brach ab, und ich sah in seinem Gesicht, dass er mit sich kämpfte. Es ging hier um viel mehr als einen Clubbesuch. Trotzdem kapierte ich nicht, was los war. Ging es um uns? Oder um das Feiern?

»Wie, du willst gehen?«, hakte ich nach, weil er mich eiskalt erwischte.

»Es ist mir zu viel«, sagte er, was ich noch weniger verstand oder verstehen wollte. Obwohl die Aussage eigentlich eindeutig war. Er hätte sie nur anders formulieren müssen. »Du bist mir zu viel«, hätte er sagen können, dann hätte ich es direkt geschnallt.

»Keine Märchenschlösser, hm?«, erwiderte ich spitz und merkte, wie bitter das klang. Dabei war die einzige Person, auf die ich sauer sein müsste, ich selbst. Aidan hatte mir nichts versprochen, und ich konnte ihm kaum vorwerfen, dass er sich an genau das hielt, was er mir von Anfang an erzählt hatte.

»Tut mir leid, Chelsea.« Er stand auf. »Ich glaube, ich bin müde und muss einfach schlafen.«

Wut kochte in mir hoch.

Er wollt sich abwenden, aber ich hielt ihn am Ärmel fest. »Sei, verdammt noch mal, ehrlich mit mir!«

Er sah mich aus großen Augen an. »Ich bin ehrlich.«

»Nein, bist du nicht!«

Er warf die Hände hilflos in die Luft. »Was willst du von mir hören?«

»Die Wahrheit«, schlug ich vor und verschränkte meine Arme vor der Brust. Es war mir scheißegal, dass wir uns mitten in einem Club stritten, denn was gesagt werden musste, musste raus, am besten sofort.

Aidan starrte mich einige Sekunden stumm an, seine Lippen waren zusammengepresst. Ich sah, dass er mit sich rang, aber hatte keinen Schimmer, was in ihm vor sich ging. Auf einmal sackte er in sich zusammen, sah auf seine Füße und ließ die Schultern hängen. Er wirkte so verloren, dass mein Ärger sofort verpuffte.

»Aidan«, sagte ich zu ihm und nahm seine Hand. »Was ist denn nur los?«

Er hob seinen Blick, und die Zerrissenheit, die ich darin las, rührte etwas in mir an, was ich nicht interpretieren konnte. »Es tut mir leid, Chelsea. Ich bin manchmal so, wenn mir jemand zu nahekommt. Dann bekomme ich Angst. Und du bist mir verdammt nahegekommen. Also habe ich richtig viel Angst bekommen.«

Ich war baff. Mit dieser Art von Geständnis hatte ich nicht gerechnet. »Brauchst du Abstand?«, fragte ich.

Er schüttelte den Kopf. »Nein, im Gegenteil. Ich brauche dich, Chelsea. Ich brauche dich so sehr, dass es wehtut.«

Und dann zog er mich in seine Arme und vergrub sein Gesicht in meinem Haar. »Es tut mir leid, dass ich mich so unmöglich benehme. Kannst du mir verzeihen?«

»Es gibt nichts zu verzeihen, ehrlich nicht. Lass uns gehen!«

»Aber du hast so viel Spaß beim Tanzen, bitte geh und amüsiere dich weiter.«

Ich löste mich von ihm. »Was ich jetzt will, ist, mit dir ins Bett zu gehen, um endlich das zu tun, wovon ich seit Tagen träume.«

Sein Blick verdunkelte sich. »Sicher?«

Ich nickte. »Absolut sicher.«

Nachdem wir uns von den anderen verabschiedet hatten, brachen wir auf, nicht ohne uns ein paar spöttische Kommentare von Luke einzufangen, aber Aidan schien sich nichts daraus zu machen, also war es mir auch egal.

»Ist es okay, wenn wir zu mir fahren?«, wollte er wissen, und ich liebte es, wie achtsam er mit mir umging. Vielleicht hatte Roxy doch recht, und es lag etwas Echtes zwischen uns in der Luft. Dass er Probleme damit haben könnte, es sich einzugestehen, kam mir nach der Sache im Club nun auch offensichtlich vor. Ich würde ihn zu nichts drängen, aber dass wir gemeinsam zu ihm fuhren, machte mir Hoffnung.

»Es ist sehr okay, ich mag deine Wohnung viel lieber.«

»Also steckt doch ein kleiner Snob in dir?«, neckte er mich.

Ich kicherte. »Bei der Aussicht: ja!«

Nachdem wir in seiner Wohnung angekommen waren, gab es keine Unsicherheit mehr zwischen uns. Es war, als hätte es diesen angespannten Moment im Club nie gegeben. Zum Glück hatte ich ihn nicht einfach gehen lassen. Wir fielen förmlich übereinander her. Weder Aidan noch ich hielten etwas zurück. Er riss mir das Kleid vom Leib, und ich pellte ihn aus seinen Klamotten, bis wir nackt in seiner Küche standen. Aidan hob mich auf die Center, spreizte meine Schenkel und küsste meine Brüste, erst die eine und dann die andere, bis ich es nicht mehr aushielt. »Ich will dich spüren«, hauchte ich.

Glücklicherweise hatte er sehr schnell ein Kondom hervorgezaubert. Ich grinste. »Da ist jemand vorbereitet«, neckte ich ihn.

Er erwiderte mein Lächeln, aber das Schönste war sein lustverhangener Blick, der nur mir galt. Ich half ihm dabei, das Kondom überzuziehen, woraufhin er ein Stöhnen nicht länger unterdrücken konnte. Aidan trat zu mir und küsste mich. Ich schlang meine Schenkel um sein Becken, und er drang mit nur einer Bewegung in mich ein. Der kalte Marmor unter meinem Po stand im starken Kontrast zu Aidans erhitztem Körper. Er bewegte sich zunächst langsam, bis ich ungeduldig um mehr bettelte. Ich biss ihm liebevoll in die Schulter und drängte ihm mein Becken entgegen. Lange hielt er die quälende Folter nicht aus und gab mir endlich, wonach ich verlangte. Das Geräusch von aufeinander klatschender Haut brachte mich beinahe um den Verstand, in mir tobte die Lust. Aidan trieb mich in ungeahnte Höhen, es gab nur noch uns und unsere Erregung. Mein Atem kam abgehackt, und ich spürte, dass auch Aidan kurz davor war. »Baby«, stöhnte er. »Du bist so wunderschön.«

Ich flüsterte ihm die versautesten Worte ins Ohr, die ich jemals in den Mund genommen hatte, und ließ mich davontreiben. Wellen heißer Ekstase trugen mich in ungeahnte Höhen, während ich meinen Orgasmus in die Welt hinausschrie. Ich spürte, dass auch Aidan sich versteifte und immer wieder meinen Namen wisperte.

Schließlich hob er mich von der Kücheninsel und trug mich zum Sofa, wo wir keuchend und verschwitzt beieinanderlagen. »Das war unglaublich«, brachte er irgendwann hervor. »Ich würde ja aufstehen, aber ich kann nicht.«

Das brachte mich zum Lachen, denn er sah wirklich so aus, als hätte ihm der Orgasmus jegliche Kraft geraubt. »Meine Muskeln sind wie Pudding.«

Ich kniff ihm in den festen Bauch. »Ja, genau. Total weich.« Aber ich verstand, was er meinte, mir ging es genauso.

Träge grinsend schmiegte ich mich an ihn und genoss es, einfach mit ihm dazuliegen. Eng umschlungen, zutiefst befriedigt und glücklich.

»Was hältst du davon, wenn wir zwei Tage wegfahren?«, schlug er irgendwann in die Stille hinein vor. Ich hatte mich gerade gefragt, ob er vielleicht eingeschlafen war.

Seine Frage überraschte mich so sehr, dass ich mich ruckartig aufsetzte. »Was?«

Er runzelte die Stirn. »Hättest du Lust, ein paar Tage mit mir wegzufahren?«

»Aber was ist mit der Arbeit?«

Er lächelte schwach. »Sind das deine einzigen Bedenken?«

Ich zuckte die Schultern. »Äh, ja.« Und das stimmte sogar.

»Das lässt sich regeln. Vertraust du mir?«

Ich brauchte darüber nicht nachdenken. »Das tue ich.«

»Gut, dann komm wieder her, Baby. Ich will dich in meinen Armen halten.«

Er hielt mich fest, so fest, dass ich das Gefühl hatte, er wollte mich zerquetschen, weil er Angst hatte, mich sonst zu verlieren. Aber das war natürlich albern und nur Einbildung. Nach ein paar Minuten löste er sich von mir und ging in den Flur. Ich hörte, dass er telefonierte, aber er redete so leise, dass ich nichts verstehen konnte.

Ich fragte mich, wen er um diese Uhrzeit anrief, denn es musste schon spät sein. Ein Blick auf meinen Wecker verriet mir, dass es bereits kurz vor drei war. Als er wiederkam, grinste er schelmisch. »Du hast das Wochenende und den Montag frei. Freust du dich?«

Er kam wieder zu mir aufs Sofa und zog mich in seine Arme. Eigentlich mochte ich es nicht, wenn man sich in meine Angelegenheiten einmischte, aber in diesem Fall gefiel es mir seltsamerweise. »Du hast mit Sven gesprochen?«

»So ist es.«

»Gott, das ist mir peinlich.«

»Was? Dass er von uns weiß? Warum?«

»Ich, ähm. Ich schätze, weil wir … ach, keine Ahnung.«

»Kannst du bei mir übernachten? Ich will dich in den Armen halten und dich spüren, dich riechen. Wäre das etwas, worauf du dich mit mir einlassen könntest?«

»Was genau meinst du?« Ich setzte mich erneut auf, um ihm ins Gesicht blicken zu können.

»Ich habe keine Ahnung, wie man so was macht, weil ich noch nie eine Freundin hatte. Also keine feste Freundin jedenfalls. Verstehst du, was ich meine?«

Mein Kiefer klappte auf. »Du … willst eine Beziehung mit mir?«

Ich spürte, wie er bei dem Wort leicht zusammenzuckte, aber kurz darauf lächelte er schüchtern. »Es klingt ungewohnt aus meinem Mund, aber ja, genau das meine ich.«

Vierundzwanzig

CHELSEA

Aidans Geständnis von letzter Nacht fühlte sich auch heute noch unwirklich an, aber er hatte mir schon den ganzen Tag über gezeigt, wie ernst er es meinte.

Ich konnte kaum fassen, wie sich mein Leben innerhalb weniger Wochen entwickelt hatte. Nicht nur, dass ich den tollsten Job der Welt hatte, ich hatte einen noch großartigeren Mann an meiner Seite, der sich als mein Freund zu mir bekannte. Unglaublich!

Gleich nach dem Aufwachen waren wir mit seinem Jeep in die Wüste gefahren, er hatte für alles gesorgt – inklusive Klamotten, Schuhen und Ausrüstung. Natürlich hatte er das nicht allein auf die Beine gestellt, trotzdem wunderte ich mich, wie schnell er das alles organisiert hatte.

»Hast du das etwa von langer Hand geplant?«, wollte ich von ihm wissen, als wir uns auf die Kamele zubewegten, mit denen wir gleich reiten würden. Ich war ziemlich aufgeregt, denn es war doch etwas ganz anderes, als auf dem Rücken eines Pferdes zu sitzen.

Er grinste nur. Aidan sah fantastisch aus. Er trug weiße Klamotten und einen Sonnenhut – bei jedem anderen wäre der

Look vermutlich unpassend gewesen, womöglich albern, aber bei ihm wirkte es, als wäre er direkt einem Modekatalog entsprungen. Mir hatte er ebenfalls Leinenkleidung und Sonnenschutz besorgt, obwohl es jetzt im Dezember natürlich nicht so irrsinnig heiß war. Wir hatten heute angenehme vierundzwanzig Grad. Das perfekte Wetter für einen Ausflug wie diesen.

»Ehrlich gesagt, hätte ich so einen Pärchentrip noch vor kurzem für romantischen Kitsch gehalten, aber jetzt möchte ich all diese Eindrücke in vollen Zügen genießen – mit dir«, erklärte er mir schließlich und half mir auf den Rücken des Kamels, dann setzte er sich hinter mich.

Der Beduine, jedenfalls hielt ich ihn nach dem Outfit für einen, schenkte uns ein beinahe zahnloses Lächeln, dann erhob sich das Kamel.

»Hui«, stieß ich hervor, weil es zuerst das Hinterteil hob und ich somit nach vorne gedrückt wurde. Aidan hielt mich fest, was ich süß fand. Wenn sich hier einer im Sattel halten konnte, dann ja wohl ich!

Nachdem wir durch die spektakuläre Wüstenlandschaft zu einer Oase geritten waren, gab es das köstlichste Essen, das ich jemals serviert bekommen hatte. Wir aßen auf einem Teppich im Schneidersitz, neben uns brannte ein Feuer, und wir tranken eisgekühlte Limonade.

»Wow, das ist der Wahnsinn«, meinte ich und gab Aidan einen Kuss. Dann schob ich ihm eine Traube zwischen die Lippen.

Er grinste zufrieden. »Dann warte mal ab, bis du heute Nacht die Sterne siehst. Das hast du noch nicht erlebt. Hoffe ich zumindest.«

»Wir übernachten hier?«

»Im Winter gibt es keine Skorpione, keine Krabbeltierchen, außerdem haben wir natürlich ein Zelt und Schlafsäcke.« Er zeigte hinter sich, und ich bemerkte erst jetzt, wie ein paar Leute ein traditionelles Beduinenzelt aufbauten.

»Skorpione?«, quietschte ich. Man konnte nicht über mich behaupten, dass ich zimperlich war, aber das war mir doch zu exotisch.

»Ich sagte doch, im Winter kommen keine. Auch keine Schlangen.«

Er wollte mich offenbar wirklich nur beruhigen, er wirkte nicht so, als ob er sich über mich lustig machte. Deshalb entspannte ich mich schnell wieder, denn ich glaubte ihm. Und wenn es gefährlich wäre, wären wir bestimmt nicht hier. »Na schön, ich freue mich auf den Sternenhimmel.«

Er nahm meine Hand und drückte einen Kuss auf die Innenfläche, sofort reagierte ich mit einer Gänsehaut auf seine Berührung. »Wie machst du das nur?«, wollte ich von ihm wissen.

»Was meinst du?« Er sah zu mir auf.

»Sobald du mich anfasst, will ich dich mit Haut und Haaren besitzen.«

Seine Pupillen weiteten sich, dann seufzte er leise. »Gerade fange ich an, das hier zu bereuen. Die Wände der Zelte sind so dünn wie Pergament. Ich fürchte, wir müssen unsere Finger heute bei uns lassen.«

Mehr musste er mir nicht erklären. Natürlich spulten wir hier eine Art Touristenprogramm ab, und die Emirate waren ein relativ liberales Land. Aber ganz sicher war es nicht angebracht, dass wir die Nacht mit ekstatischen Schreien füllten. Leider.

»Das schaffen wir«, munterte ich ihn auf und versuchte das Kribbeln in meinem Unterleib zu ignorieren.

Er wackelte mit den Augenbrauen. »Ich hoffe wirklich, der Sternenhimmel reißt es raus!«

Daraufhin mussten wir beide lachen.

»Ich muss dir noch etwas sagen«, begann er, während er ein Stück Brot abbrach.

»Ja?«

»Ich habe Nachforschungen veranlasst, weil ich denke, dass dein Onkel dich übers Ohr gehauen hat.«

Ich erstarrte. »Was?«

Aidan nahm meine Finger in seine. »Ich glaube, er hat dich um dein Erbe betrogen.«

»Wirklich? Wie kommst du darauf? Und du machst das einfach, ohne mir Bescheid zu sagen?« Mein Herzschlag beschleunigte sich.

Er blinzelte. »Ja, es ist doch in deinem Sinne. Ich wollte das erst herausfinden und sicher sein, dass was an der Sache dran ist.«

»Okay«, sagte ich, obwohl ich irritiert war.

»Bitte sei nicht böse auf mich, Chelsea. Ich will nur dein Bestes.«

»Ja, das verstehe ich, aber das hat mich jetzt eiskalt erwischt.«

»Es tut mir leid, ich hätte es nicht erzählen sollen.«

»Doch, natürlich! Am besten sogar, bevor du so etwas unternimmst. Was genau hast du denn veranlasst, um mal bei deinen Worten zu bleiben?«

»Ich habe einen Anwalt, der solche Nachforschungen anstellt. Du hättest einen Pflichtteil bekommen müssen. Anscheinend hast du aber einen Verzicht unterschrieben.«

»Was? Niemals!«

»Doch, ich habe eine Kopie des Schreibens gesehen. Ist es möglich, dass dein Onkel es dir untergejubelt hat? Oder ist es gefälscht?«

Ich dachte nach und erinnerte mich dunkel daran, dass er mir kurz vor der Beerdigung einen Zettel vor die Nase gelegt hatte. Harry hatte es heruntergespielt und versichert, es ginge nur um Formalien. Ich hatte es nicht einmal überflogen, sondern einfach meine Unterschrift daruntergesetzt. Mir wurde schlagartig übel. Aidan könnte recht haben.

»Baby, ist alles okay?«, wollte er wissen und setzte sich so dicht neben mich, dass sich unsere Schultern berührten.

»Ich bin mir nicht sicher«, erwiderte ich wahrheitsgemäß.

»Es tut mir leid, jetzt habe ich unser Wochenende verdorben.«

Ich rang mir ein Lächeln ab. »Nein, hast du natürlich nicht, Aidan. Ich … Das wird schon wieder. Lass uns ein andermal darüber reden, mich überfordert das gerade.«

»Dann bist du nicht wütend auf mich?«

Ich sah ihn direkt an. »Nein, ich bin nicht wütend. Komm her.« Ich legte meinen Finger unter sein Kinn und hob es an. »Ich schätze es, dass du dich um mich sorgst, auch, wenn es vielleicht ein bisschen übertrieben ist.« Danach musste ich schmunzeln. »Ich sage es doch, du bist ein Kontrollfreak.«

Aidan rang sich ein Lächeln ab, aber er wirkte nach wie vor bedrückt. Ich wollte nicht, dass die kostbaren Tage durch meine verkorkste Vergangenheit getrübt wurden, deshalb kniff ich ihn in den nicht vorhandenen Bauchspeck. »Komm schon, es ist alles gut. Wir werden sehen, was dabei herauskommt, ja? Ich danke dir von Herzen, dass du meine Bedürfnisse siehst, dass du dich für mich einsetzt. Das meine ich ehrlich.«

Das schien ihn zu überzeugen, er ließ seine Hand in meinen Nacken gleiten. »Dann bist du nicht sauer?«

»Nicht sauer«, bestätigte ich und suchte seine Lippen. »Du bist wundervoll«, sagte ich und küsste ihn.

Aidan stieß ein kehliges Stöhnen aus und zog mich auf seinen Schoß. Nur für ein paar Sekunden verloren wir uns in einem Kuss, dann kletterte ich wieder neben ihn, weil wir nicht allein waren. »Gott, das ist wirklich eine Folter«, meinte ich und versuchte meinen Herzschlag zu beruhigen. »Wenn wir alleine wären …«

Er hob eine Hand, um mich zu unterbrechen. »Sag es nicht, ich habe hier schon genug zu kämpfen.«

Er setzte sich so hin, dass nur ich seinen Schritt sehen konnte – und das, was ich da sah, bestätigte mir, dass es ihm genauso ging wie mir. »Hoffen wir auf den Sternenhimmel«, neckte ich ihn, und wir lachten. Dieser Satz schien sich zu einer Art Running Gag zwischen uns zu entwickeln.«

Aidan hatte nicht übertrieben – es war wirklich ein unvergessliches Erlebnis gewesen, in der Wüste zu übernachten. Auch ohne Sex. Fast war ich ein bisschen traurig, als wir am Montagmorgen zu unserem, äh, zu Aidans Jeep zurückgebracht wurden. Nachdem wir ein letztes Frühstück unter freiem Himmel genossen hatten, das aus frisch gebackenem Fladenbrot, getrocknetem Fleisch, Kamelmilch und Datteln bestanden hatte, ging es nach Hause.

»Ich danke dir von Herzen«, sagte ich, als wir ins Auto eingestiegen waren. »Es war herrlich.«

Er schob seine Hand auf meinen Schenkel und beugte sich zu mir. »Ich muss mich bei dir bedanken, Chelsea. Du bereicherst mein Leben mit jeder Sekunde, die du bei mir bist. Ich habe nicht gewusst, dass es so schön sein kann.«

Seine Worte ließen einen wohligen Schauer durch meinen Brustkorb rieseln. Ich lächelte und legte meine Hand an seine unrasierte Wange. Er sah so verwegen und sexy aus mit diesem Bartschatten, dass ich mich darauf freute, gleich mit ihm unter eine heiße Dusche zu steigen. Mir fielen auch schon ein paar Dinge ein, die wir dann gemeinsam tun könnten … Nach diesem Wochenende würde es bestimmt nicht nur wegen des Wassers heiß hergehen, dessen war ich mir sicher.

»Baby, wenn du mich so ansiehst, werde ich direkt hart. Lass uns erst nach Hause fahren, sonst falle ich gleich auf dem Parkplatz über dich her.«

Ich lachte, es klang ein wenig heiser, weil es mir ähnlich erging. »Na gut, dann konzentriere dich mal lieber aufs Fahren.«

»Ich werde sicher zwölfmal geblitzt, bis wir da sind.«

»Wäre es okay, zu mir zu fahren?«, fragte ich, weil ich das Ladekabel meines Handys zu Hause hatte, und nach dem Wochenende war mein Akku leer. Ich musste zumindest wissen, ob mit Shadow alles in Ordnung war.

»Natürlich, alles, was du willst.« Aidan hatte es leichter, er konnte sein Telefon im Auto laden, aber meines war zu alt und nicht kompatibel, aber lange würde es ja jetzt nicht mehr dauern.

Bei mir angekommen schloss ich die Tür hinter uns und sah ihn erwartungsvoll an. Er hatte das Smartphone in der Hand und scrollte darauf herum.

»Ich gehe schon mal ins Bad«, verkündete ich mit einem lasziven Lächeln und streichelte ihm über den Schritt.

Er hob den Kopf und reagierte nicht so, wie ich es erwartet hatte. Er wirkte abwesend. »Ja, ja, mach schon mal, bin gleich da … Muss nur kurz noch etwas regeln.«

Dafür hatte ich Verständnis, schließlich war auch er seit Sonntag ohne Kontakt zur Außenwelt gewesen. Dass wir in der Wüste keine Steckdose haben würden, hatten wir beide nicht bedacht. Natürlich liefen bei ihm viel mehr wichtige Nachrichten auf als bei mir. Davon ließ ich mich nicht verunsichern, sondern tapste ins Bad und pellte mich aus den Safari-Klamotten, so hatte ich sie scherzhaft getauft. Die Erinnerung an die letzten Tage ließen mich permanent grinsen, so schön war es gewesen. Aidan war der aufmerksamste, liebevollste und interessanteste Mensch, dem ich je begegnet war, und jetzt gehörte er mir. Zwar hatte er mir noch nicht die drei berühmten Worte gesagt, aber das würde schon noch kommen. Ich zumindest war mir sicher, dass das, was wir erlebten, Liebe war. Aber ich hatte es nicht eilig damit, es zu besiegeln, indem ich Liebesschwüre aussprach. Ihn zu spüren, ihn zu fühlen und Zeit mit ihm zu verbringen, war mir für den Moment genug.

Wir hatten ein ganzes Leben vor uns, da brauchten wir weiß Gott nichts zu überstürzen.

Nachdem ich mich ausgezogen hatte, stellte ich das Wasser in meiner Dusche an. Heute freute ich mich, dass sie winzig war, so mussten wir uns ganz nahekommen. Ein heißer Schauer überlief meinen Körper, als ich daran dachte, was ich gleich mit ihm anstellen würde.

Ich hörte, dass die Tür geöffnet wurde, und drehte mich zu ihm um. Als ich seinen Gesichtsausdruck sah, wusste ich, dass etwas nicht stimmte. Er war kreidebleich, die Augen hatte er weit aufgerissen.

»Es tut mir so leid, Chelsea, aber ich muss gehen.«

»Was ist passiert?«

Er schüttelte nur den Kopf. »Ich kann nicht«, brachte er tonlos hervor, sah betroffen zu Boden und verschwand ohne ein weiteres Wort aus meinem Apartment.

Ich war besorgt, schnappte mir ein Handtuch und lief ihm hinterher, aber er schüttelte nur den Kopf.

»Nicht jetzt, Chelsea. Ich muss gehen.«

Er war so schnell aus meiner Wohnung verschwunden, dass ich nicht einmal Zeit hatte, mir etwas überzuziehen. Ich war nicht direkt geschockt, aber doch überrumpelt, dass er plötzlich nicht mehr hier war. Das Wasser im Bad lief noch.

Kurz überlegte ich, ihn anzurufen, aber mein Handy war nach wie vor nicht am Ladekabel – ich hatte erst mit ihm duschen wollen.

Tja. Daraus wurde jetzt wohl nichts.

Mit einem Seufzen schloss ich mein Telefon zum Aufladen an und ging zurück ins Bad. Alleine zu duschen, war nicht einmal halb so schön, wie es mit ihm gewesen wäre, aber nach zwei Tagen in der Wüste freute ich mich doch über Shampoo, Duschgel und Conditioner.

Nachdem ich einen Kaffee aufgesetzt und mich angezogen hatte, schaltete ich mein Handy an. Es gab keine Nachrichten.

Im Gestüt rief ich nicht an. Da sich meine Pläne für heute überraschend geändert hatten, entschied ich, direkt hinzufahren. Aber vorher schickte ich ein paar Zeilen an Aidan. Ich hatte ja wohl ein Anrecht darauf zu erfahren, was eigentlich los war.

Fünfundzwanzig

CHELSEA

Die ersten Tage dachte ich mir nichts dabei, dass ich keine Antwort von Aidan bekam. Oder doch, natürlich, ich fragte mich, was in ihn gefahren war. So verhielt man sich nicht in einer Beziehung. Einfach abzutauchen und auf Nachfragen nicht zu reagieren? Dass er meine Nachrichten gelesen hatte, konnte ich sehen. Doch meine Anrufe ignorierte er.

Das war nicht normal, aber ich versuchte Gründe zu finden, um sein Verhalten zu entschuldigen. Vielleicht war etwas passiert, was ihn daran hinderte, mich zu kontaktieren? Hätte man nicht in fast allen Fällen Zeit, eine Nachricht zu schicken? So etwas dauerte doch nur ein paar Sekunden. Als er neulich nach London aufgebrochen war, hatte er es ja auch hinbekommen, und damals waren wir noch nicht einmal zusammen gewesen.

Nachdem ich meine Arbeit im Stall beendet hatte, rief ich Aria an, um die Sachlage zu erörtern, weil ich mich allein nur im Kreis drehte und beinahe verrückt wurde.

»Warum fragt er mich, ob ich eine Beziehung mit ihm möchte, und verschwindet dann wortlos? Er antwortet auf keine meiner Nachrichten oder Anrufe.«

Ich war allmählich wirklich verzweifelt. Hatte ich mich in ihm getäuscht? Dass ich mit Männern kein gutes Händchen hatte, bewies ja meine Vergangenheit. Aber Aidan war nicht wie mein Ex. Doch was war dann passiert?

Sie seufzte. »Ach, Liebes, wer versteht schon die Männer?«

»Was meinst du? War das … nicht ernst gemeint von ihm? Hat er nach dem Wochenende keine Lust mehr auf mich?«

»Ich habe ihn mit dir zusammen gesehen, ich denke schon, dass er etwas für dich empfindet.«

»Etwas, aber nicht genug?«, hakte ich nach.

»Das weiß ich nicht. Wo steckt er denn überhaupt? Vielleicht ist ja wirklich etwas Dringendes geschehen, das seine gesamte Aufmerksamkeit fordert und Telefonanrufe verbietet?«

»Was sollte das denn sein? Er ist ja nicht beim Geheimdienst! Ich habe keine Ahnung, wo er steckt. Es ist ja nicht so, als hätte ich eine App auf seinem Handy installiert. Vielleicht ist er hier in Dubai und ghostet mich, weil er genug von mir hat. Das scheint mir am plausibelsten.«

Was sollte ich sonst denken? Der Gedanke war so schmerzhaft, als würde ich Säure einatmen. Unruhig lief ich auf dem Platz vor den Pferdeställen im Kreis.

»Und wenn du Roxy anrufst?«, schlug Aria vor.

»Ich habe ihre Nummer nicht.«

»Aber ich, wir haben sie im Club ausgetauscht. Sie ist supernett und würde dir bestimmt die Wahrheit sagen.«

Ich zögerte. »Nein, ich kann sie nicht anrufen. Weißt du, wie das aussieht? Als wäre ich … keine Ahnung. Eine Klette?«

»Ich finde, du hast das Recht dazu, denn immerhin hat er dich gefragt, ob du mit ihm zusammen sein willst.«

Ich hatte Angst, dass er es sich anders überlegt hatte und es mir nicht sagen wollte. »Das Wochenende war so schön. Es war perfekt. Das kann ich mir doch nicht eingebildet haben?«

Ich war nicht bereit zu akzeptieren, dass alles vorbei sein sollte. Ich wollte mich an den berühmten Strohhalm klammern, obwohl mein Verstand mir sagte, dass ich mich nur lächerlich machte.

»Weißt du was? Ich rufe sie an, ich wollte sowieso mit ihr essen gehen, außerdem findet sie Falken spannend, und wir haben uns viel zu erzählen.«

»Aber ich will nicht, dass sie sich benutzt fühlt.«

»So ist es doch gar nicht. Und, Chelsea?«

»Ja?«

»Denk nicht so viel darüber nach, okay?«

Sie hatte gut reden, aber ja, ich gab mir Mühe. Während der Arbeit gelang es mir sogar ganz gut, der Umgang mit den Pferden machte mich glücklich. Shadow ging es immer besser, und auch das Training mit Sundancer war erfüllend.

Trotzdem tat mein Herz weh, wenn ich an Aidan dachte. Wer machte denn so was, einfach wortlos verschwinden?

Im heutigen Zeitalter war es nicht in Ordnung, seine Freundin urplötzlich hängen zu lassen, egal wie sehr ich mir eine Begründung herbeisehnte, die mir das Gegenteil bestätigte.

Sechsundzwanzig

AIDAN

Ich hatte mich von der Welt abgeschottet, seit ich in Australien angekommen war. Hier saß ich nun mit dem Nachlass meines Vaters. Der Kerl hatte nichts als Müll und Schulden hinterlassen. Es wäre ein Leichtes, eine Firma für die Entrümpelung zu beauftragen, aber ich brachte es nicht fertig.

Seit einer guten Woche schlief ich in einer einfachen Pension, deren Wirtin ich noch aus Kindheitstagen kannte.

Es war schrecklich, wieder hier zu sein. Alles wurde in mir aufgewühlt – und es waren viel mehr schlechte als gute Erinnerungen, die in mir hochkamen.

Weil ich die Stille, das Chaos in mir und das ganze alte Zeug nicht mehr aushielt, ging ich zum Friedhof. Die Hitze war unangenehm, denn in Australien war gerade Sommer. Für mich war es normal, an Weihnachten kurze Hosen zu tragen, trotzdem fühlte sich alles im Moment falsch an. Und schmerzhaft.

Ich wollte nicht an Chelsea denken, aber meine Gedanken wanderten ganz automatisch zu ihr. Was sie wohl gerade machte? Hatte sie mich bereits abgeschrieben?

Seit zwei Tagen hatte ich nichts mehr von ihr gehört – aber auch davor hatte ich keine ihrer Nachrichten oder Anrufe beantwortet. Ich konnte einfach nicht.

Der Tod meines Vaters hatte mich wie ein Schock getroffen, nicht, weil ich trauerte, sondern weil der Moment gekommen war, den ich seit Ewigkeiten verdrängt hatte. Ich war wie gelähmt.

Jetzt war endgültig alles vorbei, und ich musste mit meiner Vergangenheit abschließen. Also kam ich nicht mehr darum herum, mich mit gewissen Themen auseinanderzusetzen. Themen, die mir nicht gefielen.

Alte Bilder von meinem Vater zu sehen, hatte mir noch einmal klargemacht, wie ähnlich ich ihm war. So gern ich es auch abstreiten wollte, aber ich war nicht nur der Sohn meiner wundervollen Mutter. Etwas von meinem Vater steckte in mir. Und was für ein Mensch er gewesen war, musste ich mir nicht erst vor Augen führen. Ich konnte mich allzu lebhaft an seine Gräueltaten erinnern.

War ich überhaupt in der Lage, eine Frau wirklich zu lieben? Und selbst wenn, konnte ich treu sein? Für jemanden da sein, auch, wenn es mal schwierig wurde? Oder würde ich es machen wie mein Vater, der meine Mum geschlagen, betrogen und schlechtgemacht hatte?

Mir war er weiß Gott kein Vorbild gewesen, kein Mann, der mir gezeigt hätte, wie man eine Frau verehrte. Mein Vater war nie für meine Mutter dagewesen. Im Gegenteil, er hatte ihr das Leben zur Hölle gemacht.

Was, wenn ich tief in meinem Inneren auch so war?

Das konnte und wollte ich Chelsea nicht zumuten. Ich würde es nicht überleben, sie zerbrechen zu sehen, so, wie meine Mum zerbrochen war.

Auf dem Friedhof spendeten hohe Bäume etwas Schatten, aber ich schwitzte trotzdem. Mein Vater war nicht neben meiner Mutter beerdigt worden, dafür hatte ich gesorgt. Er hatte sein eigenes Grab, das nicht in ihrer Nähe war.

Die wenigen Leute, die gestern gekommen waren, um seinen Sarg der Erde zu übergeben, hatten mich nicht nach meinen Gründen gefragt, sie wussten, warum ich es so arrangiert hatte.

Was würde Chelsea über mich denken, wenn sie gesehen hätte, wie und von wem ich großgezogen worden war? Meine Mum hätte sie geliebt, aber meinen Dad? Vor dem wäre sie schreiend davongelaufen.

Also musste sie auch vor mir davonlaufen – oder ich vor ihr. Das Ergebnis war dasselbe, und es war nur zu ihrem Besten.

Hör auf, sagte ich mir und legte einen Strauß Blumen auf das Grab meiner Mutter. Ich erwartete kein Zeichen von oben, glaubte nicht, dass sie mir irgendetwas mitteilen wollte. Dabei hatte ich ziemlich viele Fragen in meinem Kopf, und gleichzeitig fühlte ich mich einfach nur leer.

Siebenundzwanzig

AIDAN

W as ist nur in dich gefahren?«, wurde ich von Roxy begrüßt, als ich ein paar Tage später direkt vom Flughafen zur Arbeit kam.

»Dir auch einen schönen guten Morgen«, erwiderte ich lustlos und ging an ihrem Schreibtisch vorbei, um in mein Büro zu gelangen.

Bedauerlicherweise hörte ich ihre Schuhe hinter mir auf dem Parkett klackern.

»Das kannst du doch nicht machen!«, schimpfte sie.

Ich ließ meinen Laptoprucksack fallen. »Was willst du von mir?«, fuhr ich sie an.

Roxy ließ sich davon nicht beeindrucken. Sie baute sich in meinem Büro auf und stemmte die Hände in die Hüften. »Ist dir klar, was du angerichtet hast?«

Ich atmete leise aus. »Ich habe den Nachlass meines Vaters geregelt, nachdem ich ihn beerdigt habe?«, schlug ich vor, dabei wusste ich natürlich, dass sie auf etwas ganz anderes anspielte.

»Dir ist echt nicht mehr zu helfen. Du hast dein Telefon zwei Wochen lang ignoriert! Bist du irre?«

Tatsächlich hatte ich mir bereits dieselbe Frage gestellt, aber war zu keinem Ergebnis gekommen. »Möglicherweise.«

Roxy trat auf mich zu und funkelte mich an. »Mir ist bewusst, dass der Tod deines Vaters nicht einfach für dich ist, aber das entschuldigt nicht alles. Hast du mal an Chelsea gedacht?«

»Hat sie was gesagt?« Mist. Wie hoffnungsvoll meine Stimme klang! Ich blickte auf meine Hände, um Roxy nicht ansehen zu müssen.

»Ich habe mit ihr geredet und erzählt, was los ist. Sie war … verständnisvoll. Aber ich finde nicht, dass du das in diesem Maß verdient hast.«

»Sie ist ohne mich besser dran«, erklärte ich und schaute ausdruckslos an Roxy vorbei.

Ihr Mund klappte auf. »Das meinst du nicht ernst.«

Ich zuckte mit den Schultern. O doch. Es war mein vollster Ernst, aber ich war zu erschöpft, das alles mit Roxy durchzukauen. »War sonst noch was?«

Verdammt, ich verhielt mich wirklich wie ein Arschloch – aber so war es nun mal: Ich war ein Dreckskerl wie mein Vater.

Meine Assistentin schürzte ihre Lippen. »Die Genehmigung ist endlich durch.«

Ich horchte auf. »Tatsächlich?«

Vermutlich musste ich mich dafür bei meiner Tante bedanken. Ich war noch nicht alle Nachrichten auf meinem Handy durchgegangen, aber von ihr waren auch ein paar dabei. Eins nach dem anderen. Ab heute war ich ja wieder da, und da an Schlaf derzeit ohnehin nicht zu denken war, würde ich sicher in Kürze wieder mit allem auf Stand sein.

»Ja. Wir sind dabei, alles für den ersten Spatenstich zu veranlassen. Luke ist übrigens auch stinksauer auf dich, weil du seine Anrufe ignoriert hast.«

»Da kann er sich hinten anstellen.«

»Mensch, Aidan, jetzt komm mal wieder klar.«

»Was glaubst du eigentlich, was ich hier gerade versuche«, schrie ich sie an.

Als ich sah, dass sie empört nach Luft schnappte, bekam ich ein schlechtes Gewissen. »Tut mir leid«, setzte ich sofort nach und rieb mir mit der Hand über die Stirn. Mit meinem Nervenkostüm war es nach den Strapazen der letzten vierzehn Tage nicht zum Besten bestellt, aber das gab mir noch lange nicht das Recht, mich Roxy gegenüber so unmöglich zu verhalten. Ich schämte mich, letztlich bestätigte es aber nur, was ich ohnehin schon gewusst hatte: Ich war ein Mistkerl.

Sie winkte ab. »Entschuldige dich lieber bei jemand anderem.« Damit verließ sie mein Büro hoch erhobenen Hauptes, und ich widmete mich meinen E-Mails, Nachrichten und allem anderen, was in den letzten zwei Wochen liegengeblieben war. Das hieß, ich versuchte es, aber es fiel mir schwer, auch nur einen klaren Gedanken zu fassen.

Achtundzwanzig

CHELSEA

E r ist wieder da«, las ich auf meinem Handy. Die Nachricht war von Roxy.

Aria hatte es nicht lassen können und sie schon letzte Woche kontaktiert, seitdem hatte ich ein paar Mal mit Aidans Assistentin hin und her geschrieben, und einmal hatten wir telefoniert.

Ich stand gerade auf dem Hof und hatte eigentlich mit Shadow arbeiten wollen, aber die Neuigkeit, dass Aidan wieder im Lande war, versetzte mich so in Unruhe, dass es besser war, das Training mit Shadow zu vertagen.

Ich war wütend auf Aidan. Und ich war enttäuscht. Vor allem jedoch brauchte ich ein paar Antworten. Von Roxy wusste ich, dass er nach Australien gereist war, weil sein Vater verstorben war.

Das war traurig, und ich hätte ihm in dieser Situation gerne zur Seite gestanden. Ich konnte mir Aidans Verhalten nach wie vor nicht erklären. Weshalb hatte er meine Nachrichten und Anrufe ignoriert? Er hatte mir versichert, dass wir ein Paar wären, und dann so was? Ich begriff es einfach nicht. Weil ich es nicht mehr länger aushielt, traf ich eine

Entscheidung. Ob es nun richtig oder falsch war, war mir gerade egal. Jedenfalls fuhr ich direkt zu seinem Büro – mir war sogar schnurz, wie ich aussah. Weil ich weder Geduld noch die Nerven hatte, machte ich es heute wie er und ließ mein Auto vom Valet Service parken. Dann kontaktierte ich Roxy, damit sie mich reinließ.

So kam es, dass ich wenig später von ihr mit rasendem Herzschlag und mulmigem Gefühl im Bauch zu Aidans Büro geführt wurde. Ich war vorher noch nie hier gewesen, aber hatte mir schon oft ausgemalt, wie es wohl eingerichtet war. Die Gänge waren mit hellem Parkett ausgelegt, die Wände in einem Sandton gestrichen, kunstvolle Fotografien von Wüstenlandschaften hingen dort in regelmäßigen Abständen. Es war sehr geschmackvoll und atmosphärisch. Ich fühlte mich fehl am Platz.

Vielleicht hätte ich nicht herkommen sollen. Womöglich war es ein Fehler, aber Umkehren kam jetzt nicht mehr infrage. Ich brauchte Antworten auf meine vielen Fragen.

»Ich warne dich nur schon mal vor, er sieht nicht gut aus, und er ist noch schlechter drauf«, flüsterte Roxy, ehe sie mir mit einer Geste zeigte, wo Aidans Büro lag. Die Tür war geöffnet, aber ich konnte ihn nicht sehen. Mein Atem stockte.

Nein. Umkehren war keine Option. Ich fasste mir ein Herz.

»Danke«, gab ich zurück und setzte dann meinen Weg fort.

Die Absätze meiner Reitstiefel klapperten auf dem Boden, mir kam es unfassbar laut vor – vermutlich, weil es sonst so still war.

Ich klopfte an den Türrahmen und trat dann einen Schritt hinein. Aidan saß über Unterlagen gebeugt an seinem Schreibtisch. Seine Haare waren zerzaust, die Ärmel seines weißen Hemdes hatte er zurückgekrempelt, es war zerknittert und saß nicht richtig.

Mein Herz zog sich sehnsüchtig zusammen, beinahe hätte ich alles vergessen und wäre zu ihm gerannt, aber dann hob er seinen Kopf.

Er sah schrecklich aus.

Dunkle Schatten lagen unter seinen Augen, seine Wangen waren eingefallen, als ob er an Gewicht verloren hätte. Obwohl er gebräunt war, hatte er keine Farbe im Gesicht.

»Was machst du hier?«, brachte er tonlos hervor, während er mich erschrocken ansah.

»Was für eine nette Begrüßung«, erwiderte ich, bemüht ruhig, doch es fiel mir schwer. Am liebsten würde ich ihn schütteln, aber ich zwang mich stehen zu bleiben. »Mein Beileid.«

Er zuckte leicht zusammen, dann lehnte er sich im Stuhl zurück. Sein Schweigen machte mich nervös, also ging ich ein paar Schritte näher.

Etwa eineinhalb Meter vor seinem Schreibtisch blieb ich stehen. »Ist das dein Verständnis von einer Beziehung?«

Ja, mir war klar, dass das nicht unbedingt die beste Eröffnung für dieses Gespräch darstellte, aber ich war verletzt, und die letzten zwei Wochen waren auch für mich furchtbar gewesen.

»Ja, darüber sollten wir sprechen.«

Sein kalter Tonfall ließ mich erschaudern. Er bot mir keinen Stuhl an, aber ich wartete nicht auf eine Einladung, sondern zog mir einen heran. Die Tischplatte ragte wie eine Mauer zwischen uns empor, was vielleicht gut war, denn ich wollte ihn immer noch berühren, umarmen und küssen.

Gefühle ließen sich nun mal nicht so einfach abschalten, bei mir jedenfalls nicht.

»Ich kann nicht mit dir zusammen sein«, erklärte er mir dann und presste die Lippen zu schmalen Strichen aufeinander. Seine Kiefer mahlten.

»Ja, so etwas in der Art dachte ich mir schon«, erwiderte ich leise.

Wir starrten uns an, aber ich konnte einfach nicht erahnen, was wirklich in ihm vor sich ging. Ich wollte nicht glauben, dass er mir seine Zuneigung nur vorgespielt hatte.

»Der Range Rover ist ein Geschenk«, erklärte er mir nach einer kurzen Pause.

Es dauerte einen Augenblick, bis ich begriff, wovon er sprach. Dann machte sich Wut in mir breit, die von den aufgestauten Emotionen der letzten zwei Wochen nur noch verstärkt wurde. Endlich ergab auch die Sache mit dem Range Rover einen Sinn. Immer, wenn ich in den letzten Tagen in der Werkstatt angerufen hatte, hatte man mir gesagt, dass mein Auto noch nicht fertig war. Jetzt wusste ich, wieso. Vermutlich hatte Aidan da seine Finger im Spiel gehabt. Was mich am meisten aufregte, war die Selbstherrlichkeit, mit der er mir ein so teures Geschenk machte, nachdem er mich gerade abserviert hatte.

Ich sprang auf die Beine. »Du spinnst wohl!«, brüllte ich ihn an.

Aidan winkte ab, er wirkte völlig unbeeindruckt, als wären meine Worte einfach an ihm abgeperlt. »Ich habe es dir schon länger sagen wollen, aber ich wusste, dass du ihn nicht annehmen würdest.«

Ich bekam kaum Luft, so sehr regte ich mich auf.

»Und was lässt dich glauben, dass ich es jetzt tue? Jetzt, nachdem du mich gevögelt und danach abserviert hast? Soll ich das Auto als eine Art Bezahlung ansehen?«

Er schüttelte den Kopf in stoischer Gelassenheit. Die Kälte, die er ausstrahlte, erfasste auch mich. »Nein, ich schenke ihn dir, weil ich es möchte.«

»Ich pfeif drauf, was du willst.« Ich zog den Autoschlüssel aus meiner Hosentasche und schmiss ihn auf seinen Schreibtisch.

»Ich verstehe, dass du wütend auf mich bist«, sagte er jetzt so leise, dass ich ihn kaum hören konnte. »Aber ohne mich bist du besser dran.«

Ich musste ein paar Mal blinzeln, bis seine Worte bei mir wirklich ankamen.

»Und du denkst, du müsstest das für mich entscheiden? So, wie du entscheidest, was für ein Auto ich fahre? So, wie du entscheidest, dass du mein Erbe anfechten willst?«

Er sah mich aus großen, traurigen Augen an und schwieg.

In mir brodelte es. »Nichts davon ist okay! Nichts!«

»Du hast einen Mann verdient, der nicht so ist wie ich, Chelsea. Du sagst es ja selbst. Ich bin ein Egoist. Ich kontrolliere Menschen, weil ich ein Mistkerl bin. Das ist nicht in Ordnung. Aber ich kann nicht anders, so bin ich nun mal. Ich will nicht derjenige sein, der dein Herz bricht. Ich will nicht derjenige sein, der dich zerstört. Du bist das Beste, was mir je passiert ist, und aus diesem Grunde kann ich nicht mit dir zusammen sein.«

Ich kapierte gar nichts. Seine Worte hatten mir Hoffnung gegeben, sie hatten mich gleichzeitig erschlagen. Die Mauer um Aidan war so hoch, dass ich ihn nicht erreichte, ich versuchte es trotzdem. »Hörst du dir irgendwann mal zu?«

Er reagierte nicht darauf. »Bitte geh jetzt, Chelsea. Es tut mir wirklich leid.«

Ich begriff, dass es keinen Sinn hatte, wenn er sich bereits entschieden hatte. Ich atmete tief durch. Ein Teil von mir wollte ihn anbetteln, sich an das zu erinnern, was wir gemeinsam erlebt hatten. Doch mein Stolz verbot es mir. Er hatte es gesagt: Er wollte nicht mit mir zusammen sein. Die Gründe musste ich vermutlich nicht verstehen, aber ich hatte begriffen, dass es ihm ernst damit war.

Ich ließ meine Schultern hängen und schluckte hart. Der Kloß in meinem Hals war riesengroß, als ich erwiderte: »Ja. Mir tut es auch leid.« Zu mehr fehlten mir die Worte, außerdem spürte ich, wie Tränen in mir aufstiegen, und ich wollte nicht vor ihm weinen. Ich wandte mich ab, doch etwa auf halbem Weg zur Tür drehte ich mich noch einmal zu ihm um.

Aidan starrte mich an, er hatte sich nicht gerührt. Seine Gesichtszüge wirkten erstarrt, wie auch alles andere an ihm. Ich erkannte ihn nicht wieder. Das war nicht der Mann, mit dem ich gelacht, gescherzt und geschlafen hatte. Ich wusste nicht, welche Version von ihm die echte war. Trotzdem wagte ich einen letzten Versuch, zu ihm vorzudringen.

»Auch, wenn das jetzt nichts mehr bringt, sollst du wissen, dass ich dich trotz allem liebe. Ich liebe dich, Aidan. Ich habe das schon lange empfunden. Daran ändert sich nichts, auch, wenn du dich jetzt hinter etwas versteckst. Ich glaube daran, dass jeder sein Schicksal selbst in der Hand hat. Deine Barrieren kannst du nur selbst überwinden, und vielleicht ist es ja wirklich so, wie du sagst. Das glaube ich allerdings nicht. Ich denke, dass du Angst hast. Aber so geht es uns allen. Die Frage ist nur, ob du dein Leben von dieser Angst bestimmen lassen möchtest, oder ob du sie überwindest.«

Danach wartete ich nicht mehr auf eine Antwort, denn selbst, wenn ich gewollt hätte, hätte ich es schlicht in seiner Nähe nicht mehr ausgehalten.

Tränen strömten über mein Gesicht, ich hörte Roxys Stimme, aber ich hämmerte auf den Knopf am Lift ein und war froh, als der Aufzug sich endlich öffnete und ich verschwinden konnte.

Ich hörte schwere Schritte auf dem Flur, aber zum Glück schlossen sich schon die Türen, und ich atmete zittrig aus.

Neunundzwanzig

AIDAN

Das hast du mal so richtig versaut«, hörte ich Roxy hinter mir sagen.

Ich stand am Lift, die Türen hatten sich soeben vor meiner Nase geschlossen. Chelsea war weg. Vielleicht für immer.

Ich drehte mich ganz langsam zu meiner Assistentin um. »Na, hast du irgendwelche schlauen Ratschläge für mich?«

Roxy verschränkte die Arme vor ihrer Brust. »Ich habe keine Ahnung, was da zwischen euch abgeht, aber für mich sieht es so aus, als ob du diese Frau liebst.«

Ich knirschte mit den Zähnen. »Sag mir etwas Neues.«

»Warum lässt du sie dann gchen?«

Ich hatte gesehen, was meine Worte in Chelsea angerichtet hatten. Der Schmerz, der sich auf ihrem schönen Gesicht spiegelte, hatte mich aufs Neue zerrissen. Ich bedauerte, dass ich ihr das alles angetan hatte.

Weil ich wusste, dass Roxy auf eine Antwort wartete, fuhr ich mir mit der Hand durch die Haare und sagte: »Ich kann nur alles kaputtmachen, das liegt in meinen Genen. Ich bin ein Arschloch und werde immer eines sein.«

Roxy trat näher und legte mir eine Hand auf den Oberarm, sie blickte zu mir auf, und aus ihren Augen sprach offenes Mitgefühl. »Ich weiß nicht, wer dir das eingeredet hat, Aidan, aber diese Person hatte unrecht. Ich sehe in dir einen ehrlichen, loyalen Mann, der leidet, der liebt und sich nach menschlicher Nähe sehnt. Du hattest mit Chelsea das Glück gefunden, vielleicht sogar die große Liebe. Die habe ich bei euch beiden gesehen. Wieso wirfst du das alles weg?«

Meine Kehle wurde eng und ich hatte das Gefühl, der Boden unter mir schwankte. Ein Teil von mir wünschte sich noch immer, dass Chelsea und ich eine Zukunft hätten, aber ich wusste, dass das nicht möglich war.

»Ich habe doch sowieso schon alles zerstört.«

Roxy trat zurück. »Frauen können mehr aushalten, als ihr Männer glaubt. Ja, die Chance besteht, dass du Chelsea nie wiedersiehst. Aber ich denke, dass sie dir alles verzeiht, weil sie versteht, dass du es nicht tust, um sie absichtlich zu verletzen. Zumindest möchte ich das glauben, Aidan. Dein Vater definiert nicht, wer du bist. Glaub mir.«

»Verdammt«, stieß ich hervor und rieb mir über das Gesicht. Es gab einen Funken Hoffnung in mir, den ich bis eben nicht mehr gespürt hatte. Aber die Angst überwog. Dennoch sagte ich zu Roxy und meinte es aus tiefstem Herzen: »Ich habe keine Ahnung, was ich tun soll.«

Sie drückte mich kurz – ungewohnt, aber willkommen. Dann trat sie zurück und sah mich streng an. »Mein Vorschlag wäre: Geh nach Hause und schlaf dich aus. So, wie du aussiehst, bekommt man Angst vor dir.«

»Sehr nett.« Sie brachte mich damit trotzdem zum Schmunzeln.

»Und dann rufst du sie an, und ihr redet.«

Alleine der Gedanke an Chelsea, an ihr Lächeln und die Liebe, die sie zu geben hatte, ließ mein Herz sehnsüchtig klopfen. Womöglich hatte ich eben den größten Fehler meines Lebens begangen. Ich seufzte traurig. »Ich kann mir nicht vorstellen, dass sie noch einmal mit mir spricht.«

Roxy winkte ab, und ich fragte mich, warum sie offenbar glaubte, dass das Gegenteil der Fall war. »Dann überleg dir was Romantisches, du Idiot. Das mache ich nicht für dich. Deine Fick-Dates habe ich organisiert, weil sie nicht wichtig waren. Aber Chelsea musst du selbst sagen, dass du sie liebst. Du solltest dich bei ihr entschuldigen. Ein Blinder sieht, dass ihr füreinander bestimmt seid.«

»Ich habe doch gar nichts von dir verlangt«, verteidigte ich mich, ohne auf die letzten Worte einzugehen, die meinen Puls höherschlagen ließen.

Sie verzog ihre Lippen. »Ich wollte es nur erwähnt haben. Und jetzt husch, einen weiteren Tag können wir auch noch auf dich verzichten. Bau keinen Scheiß! Schlaf dich aus, danach wird alles klarer für dich.«

Roxy hatte recht, ich wollte es zwar nicht zugeben, aber es stimmte. Deshalb packte ich meine Sachen und raste nach Hause. Das mit dem Range Rover würden wir später klären, wie auch alles andere. Ich musste mir überlegen, wie ich mein Leben führen wollte, aber das würde ich nicht herausfinden, indem ich ins Bett ging und mir die Decke über den Kopf zog. Deshalb rief ich meine Tante an. Bevor ich einen Schritt in meine Zukunft gehen konnte, musste ich meine Vergangenheit akzeptieren.

Zwei Stunden später wurde ich in ein Zimmer geführt, das nach ätherischen Ölen duftete. Die Vorhänge waren zugezogen. Ich war im Begriff, den Mann kennenzulernen, den ich mein ganzes Leben lang gehasst hatte. Jetzt wusste ich nicht mehr, was ich fühlen sollte.

Ein paar meiner Onkel, Neffen und Cousins waren auch anwesend, sie befanden sich im Zimmer neben uns.

Mein Großvater lag im Sterben, anscheinend war ich gerade noch rechtzeitig gekommen.

»Er hat auf dich gewartet«, hatte meine Tante vorhin zu mir gesagt, und jetzt wusste ich, dass es stimmte. Ein Teil von mir wollte ihm diesen letzten Wunsch nicht erfüllen, aber der andere Teil war stärker. Ich musste wissen, wo meine Wurzeln lagen, und ich sehnte mich danach, auch für mich Frieden zu finden. Darauf wagte ich zwar nicht ernsthaft zu hoffen, aber immerhin wünschte ich mir, mit allem abschließen zu können. Denn egal was ich tat, nichts machte meine Mum lebendig oder ihr Leid ungeschehen. Das wusste auch mein Großvater, der seine Augen öffnete, nachdem mein Onkel mich angekündigt hatte.

Ich beherrschte Arabisch mühelos, meine Mutter hatte es mich gelehrt. Womöglich hatte sie damals schon davon geträumt, dass ich als der verlorene Enkel irgendwann zurückkehrte, aber deswegen war ich nicht hier. Oder vielleicht doch, ich war mir nicht sicher.

»Guten Abend«, grüßte ich und trat zögerlich näher.

Jemand schob einen Stuhl neben das Bett und bedeutete mir, dass ich mich setzen sollte.

»Du bist ihr ähnlich«, sagte mein Großvater und sah mich aus wässrigen Augen an. Die Haut über seinen Wangen spannte, sein weißes Haar war schütter, der Bart gepflegt. Er hob seine knochigen Finger, und ich zögerte, folgte aber dem Impuls und legte meine Hand in seine.

Ein rasselnder Atemzug erfüllte den Raum, als mein Großvater die Augen schloss, während er weiter meine Hand hielt. »Ich habe vieles im Leben bereut«, erklärte er leise auf Arabisch. »Aber heute ist mein Tag mit Freude getränkt.«

Ich wusste nicht, was ich sagen sollte. Natürlich war ich noch immer wütend auf ihn, aber einen Mann, der bald dieses Leben verließ, konnte ich nicht anschreien. »Warum?«, war alles, was ich hervorbrachte.

»Die Zeiten waren anders, und deine Mutter hatte die Wahl.«

»Sie hat mich gewählt«, brachte ich hervor, weil wir beide wussten, dass ich sonst niemals zur Welt gekommen wäre.

»Sie war schon immer die Klügere von uns«, bestätigte mein Großvater, und ich hörte das Bedauern in seinen Worten.

Ein Geständnis wie dieses hatte ich von ihm nicht erwartet.

»Menschen machen Fehler«, erklärte er mir jetzt mit rauer Stimme. »Ich bitte Allah jeden Tag um Vergebung. Nun bitte ich auch dich um Verzeihung.«

Konnte ich ihm vergeben? Und falls ja, stand mir das überhaupt zu? »Meine Mutter hegte keinen Groll, als sie von uns gegangen ist.«

Großvater drückte meine Hand. »Danke, dass du mir die Gelegenheit gegeben hast, dich kennenzulernen. Das war mein letzter Wunsch. So Allah will, hat mein irdisches Leiden bald ein Ende.«

Ich schluckte. Ein Onkel gab mir ein Zeichen, dass es jetzt genug für den alten Mann war. Was wünschte man einem Menschen, der nicht mehr lange auf dieser Welt hatte? »Es hat mich gefreut, dich kennenzulernen.« Ich stand auf und gab ihm einen Kuss nach arabischer Tradition, dann verbeugte ich mich.

»Du bist ein Teil von uns«, gab mir mein Großvater mit. »Aber ich weiß, du gehst deinen eigenen Weg, da bist du wie deine Mutter.«

Nachdem ich den Raum verlassen hatte, musste ich tief durchatmen. Ich wurde noch zu Tee und Gebäck eingeladen, was ich nicht ablehnen konnte. Die Gespräche waren holprig und steif, aber irgendwie überstand ich auch das und war froh, dass ich es hinter mich gebracht hatte.

Als ich etwas später in mein Auto stieg, fühlte ich mich seltsam leer.

Dreißig

CHELSEA

Es kam mir vor, als lägen Jahre zwischen meinem Besuch in Aidans Büro und dem heutigen Tag, dabei war es vorgestern gewesen. Alles lief wie in Zeitlupe ab, ich war ein wandelnder Trauerkloß. Ich gestand es mir zu, denn ich hatte tiefe Gefühle für diesen Mann entwickelt und bis zum Schluss daran geglaubt, dass sich alles zum Guten wenden würde.

Hätte ich doch nur auf ihn gehört, als er mich anfangs gewarnt hatte, keinen Märchenprinzen in ihm zu sehen.

Aber nein, ich wollte mir nicht einreden, dass alles meine eigene Schuld war. Ich war überzeugt, dass das, was ich mit Aidan erlebt hatte, echt gewesen war.

Meine Brust wurde erneut eng, und ich atmete hörbar aus, weil ich mir selbst auf die Nerven ging.

»Chelsea, kommst du mal«, rief mir ein Kollege zu.

»Was ist denn?«

»Keine Ahnung, der Boss hat gesagt, du sollst zur Trainingsbahn kommen.«

Wenn der Chef rief, dann fragte man nicht zweimal, deshalb nahm ich Shadow das Halfter wieder ab und machte mich auf den Weg.

Mir fiel auf, dass ein paar Leute den Hof mit Lichterketten schmückten. Ach ja, nächste Woche war Weihnachten. Das konnte man schnell vergessen, wenn man im sonnigen Dubai lebte. Mir war nicht nach Feiern zumute – und das war auch sicher nicht der Grund, warum Sven mich rufen ließ. Ich ging davon aus, dass er mir etwas zeigen oder mir eine neue Idee mitteilen wollte.

Schnellen Schrittes überquerte ich den Hof und bog nach links ab, wo es zur Trainingsbahn ging. Ich sah Sven aus der Ferne, aber er war nicht allein. Bei ihm war noch jemand, er saß auf einem weißen Ross. Vielleicht ein Käufer, das Pferd kannte ich, es war eine eher ruhige Stute, die für die Zucht verwendet wurde.

»Hallo, was gibt's?«, rief ich, als ich näher kam.

Sven winkte und grinste verschwörerisch, dann ging die Stute im Schritt los und wurde vom Reiter in meine Richtung gewendet.

»Heilige Mutter«, sprudelte es aus mir hervor, als ich sah, wer auf dem Rücken des Schimmels saß.

Aidan hob seine Hand. »Es tut mir leid, ich habe die goldene Rüstung vergessen.«

»Ich lasse euch mal alleine«, verkündete Sven grinsend und machte einen eiligen Abgang.

»Bist du jetzt unter die Reiter gegangen?«, wollte ich von Aidan wissen, weil mir nichts Besseres einfiel. Das Herz schlug mir bis zum Hals hinauf. Ihn so unvorbereitet wiederzusehen, hatte mich kalt erwischt.

Ich liebte diesen Mann. Dagegen kam ich nicht an.

Und so wie er mich jetzt ansah, wuchs neue Hoffnung in mir.

Er grinste verlegen. »Also zuerst einmal, ich würde gerne absteigen, damit ich nicht so von oben auf dich herunterschaue –, aber dann komme ich vielleicht nicht mehr hoch und mein Plan fällt in sich zusammen! Ich weiß, dass ich dir mal großspurig erklärt habe, dass man mit mir keine Märchenschlösser bauen kann, dass ich kein Prinz bin, mit dem man ins Happy End reitet. Aber weißt du was? Vielleicht habe ich mich getäuscht. Möglicherweise ist es genau das, worauf ich immer gewartet habe. Bis ich dich getroffen habe, wusste ich nicht, wie schön es sein könnte. Ich wusste nicht, dass ich Liebe geben und empfangen kann.

So wie jetzt habe ich mein ganzes Leben noch nicht gefühlt. Wenn ich dich ansehe, dann sehe ich meine Zukunft …« Er lächelte schmerzlich. »Ich weiß, ich habe Mist gebaut, und ich könnte verstehen, wenn du mich zum Teufel jagst. Aber Chelsea: Ich liebe dich. Ich liebe dich so sehr, dass ich es nicht in Worte fassen kann. Mein Herz ist … Ich kann es nicht beschreiben, aber wenn ich an dich denke, dann pumpt es so viel schneller, weil es nur für dich schlägt. Eine ganze Weile wollte ich es nicht glauben, konnte es nicht glauben. Weißt du, meine Kindheit war ein wenig kompliziert, und ich hatte nicht gerade das beste Vorbild als Vater, deshalb hatte ich Angst, dass ich es versauen würde. Na ja, und irgendwie habe ich das ja auch.« Er schüttelte sich, woraufhin das Pferd nervös tänzelte. Er straffte sich und gab sich einen Ruck. »Trotzdem bin ich gekommen, weil ich dich fragen wollte, ob du mir vielleicht doch eine zweite Chance geben könntest, denn ich brauche dich. Ich will dich zur glücklichsten Frau der Welt machen, wenn du mich lässt.«

Ich war sprachlos. »Und was hat es mit diesem Pferd auf sich?«, scherzte ich, weil ich zu aufgeregt war, um etwas anderes zu sagen. Außerdem sah er süß aus, und mir gefiel die Geste. Von einem stolzen Ritter hatte er jedoch nicht viel, denn er saß nicht gerade locker im Sattel, was ich ihm nicht verdenken konnte, er war es ja nicht gewohnt.

»Ich will mit dir in den Sonnenuntergang reiten, du weißt schon, in unser Happy End. Kommst du rauf?« Er reichte mir eine Hand, und ich ließ mir das nicht zweimal sagen.

Seine Nähe zu spüren, war unbeschreiblich. So schön. So vertraut. »Ich habe dich so vermisst«, murmelte er an meinem Ohr. »Bitte verzeih mir! Ich kann dir nicht versprechen, dass ich nie wieder Mist baue, aber ich werde mir Mühe geben, dir der beste Partner zu sein, den es gibt. Ich liebe dich.«

»Ich liebe dich auch«, gab ich zurück und trieb die Stute zu einem gemächlichen Schritt an. Der Sonnenuntergang würde noch ein wenig auf sich warten lassen, aber das war okay, denn es ging natürlich um etwas ganz anderes. Einige Minuten ließen wir uns schweigend von der Stute über die Bahn schaukeln, dann hielt ich sie an, rutschte vom Rücken und half Aidan abzusteigen.

»Das hat sich gut angefühlt«, sagte ich zu ihm und blickte zu ihm auf.

Seine Augen funkelten, es war so schön, dieses Strahlen wieder in seinem Blick zu erkennen. »Was? Dass ich dein Retter bin?«

Ich lachte. »Retter oder Ritter?«

»Am liebsten beides.«

Ich grinste. »Ich denke, daran müssen wir noch arbeiten: Ich brauch keinen Mann, der mich rettet.«

Er umfasste mein Gesicht mit beiden Händen. »Das weiß ich mittlerweile. Du brauchst niemanden, aber ich wünsche mir, dass du mich trotzdem nimmst. Ich hoffe, dass ich der Mann für dich sein kann, den du dir wünschst.«

»Das bist du längst. Du bist alles, was ich will. Das habe ich dir von Anfang an gesagt.«

»Ich weiß, manchmal brauche ich etwas länger.«

»Ganz nach dem Motto: Besser spät als nie«, neckte ich ihn und schmiegte mich an seinen Körper.

»Besser spät, und dafür für immer«, flüsterte er an meinen Lippen, und ich musste lächeln.

»Das hast du schön gesagt, Aidan. Für immer klingt nach einer Zeitspanne, auf die ich mich mit dir einigen könnte …«

Epilog

CHELSEA

EINIGE MONATE SPÄTER

Es fühlte sich unfassbar an, wie ich mit Shadow über die Ziellinie preschte. Wir hatten so hart dafür gearbeitet, so viele Hürden überwunden und am Ende alles erreicht, was ich mir für den Hengst erträumt hatte. Aber das hier war kein Ende, das war der Anfang seiner glorreichen Karriere. Nicht nur seiner – auch für mich hatte sich einiges geändert in den letzten Wochen.

Während ich Shadow in einen leichten Trab fallen ließ, lächelte ich und winkte Aidan zu, den ich auf der Tribüne erspäht hatte. Dieser Mann war unglaublich, er war mein Ein und Alles geworden. Aidan bejubelte mich, egal, ob ich als Erste oder Letzte ins Ziel ging. Seine Bewunderung war sogar über die Entfernung zu spüren, und er hatte mich von Anfang an dazu ermutigt, dass ich alles schaffen konnte, wovon ich träumte. Am meisten freute ich mich darüber, dass er sich niemals zurückgesetzt fühlte, dass er sich niemals in den Vordergrund drängte oder mich bevormundete – außer, es ging um meine Sicherheit. Der Gedanke ließ mich schmunzeln. Ja, Aidans Beschützerinstinkt war äußerst ausgeprägt. Es hatte deswegen noch ein paar heftige Auseinandersetzungen gegeben, aber inzwischen war auch das eine Eigenschaft, die ich an ihm liebte, weil es mir zeigte, wie wichtig ich ihm war.

Ein paar Minuten später brachte ich Shadow nach hinten, leider musste ich ihn kurz an eine Mitarbeiterin des Gestüts abgeben, weil ich einige Formalien zu klären hatte. Als Jockey musste ich die Ausrüstung und mich selbst offiziell wiegen lassen – es gab Regularien, die mussten eingehalten werden.

Danach kehre ich direkt zu meinem Schützling zurück. Als ich Aidan bei Shadow entdeckte, musste ich lächeln. Ich dachte daran zurück, als er damals nach dem ersten verkorksten Rennen das Schlimmste verhindert hatte, indem er Shadow gekauft hatte. Aidan hatte Shadow vor einem ungewissen Schicksal bewahrt und mir damit einen Traum erfüllt. Mein Herz wurde warm. »Hast du ihn mit einer Möhre bestochen?«, wollte ich von Aidan wissen.

Er wandte sich mir zu, lächelte und war mit wenigen, langen Schritten bei mir. Er riss mich in seine Arme und wirbelte mich herum. Zum Glück kannte Shadow uns gut genug, um cool und gelassen zu bleiben.

»Du bist ein Champion, mein Champion«, erklärte Aidan und küsste mich dann.

Ich schlang meine Arme um seinen Hals und warf den Kopf lachend in den Nacken. »Ich liebe dich so sehr, weißt du das? Danke, dass du von der ersten Sekunde an an mich geglaubt hast. Zumindest vermute ich das.«

»Aber klar, warum sonst hätte ich dich von dieser Yacht retten wollen?«

»Du warst von Anfang an mein Märchenprinz, du wolltest es nur nicht zeigen.«

Er lächelte schief. »Für dich bin ich alles, was du willst.«

Ich beugte mich zu ihm und flüsterte in sein Ohr. »Ohne alles bist du mir am liebsten.«

Aidan sog scharf die Luft ein, dann setzte er mich auf den Boden und gab mir einen zärtlichen Klaps auf die Po. »Ich kann es kaum erwarten, deinen Sieg zuhause zu feiern.«

Sein Augenzwinkern machte mir klar, dass er mich auf seine Weise verwöhnen würde, woraufhin sich mein Unterleib sehnsüchtig zusammenzog. Gleichzeitig wurde mir bewusst, dass wir natürlich nicht alleine waren. Ich räusperte mich und stupste ihm mit dem Zeigefinger auf die Nase. »Das wird leider noch ein wenig dauern, mein Schatz.«

»Baby, ich warte, falls es sein muss, für immer auf dich.«

Mein Herz ging auf, wenn er mir so tief in die Augen sah wie jetzt. »Ich bin so unfassbar glücklich, dass Shadow bewiesen hat, was ich immer wusste. Es ist wirklich einer der besten Tage meines Lebens.«

Aidan küsste mich auf die Stirn. »Ich verspreche dir, nachher wird dein Abend viel besser. Bis später, Baby, ich liebe dich.«

Weil er wusste, dass ich zu tun hatte, wandte er sich ab und ging davon. Ich bekam das Lächeln nicht mehr aus dem Gesicht. Auch als Sven zu mir trat und mich freundschaftlich umarmte, grinste ich noch.

»Glückwunsch, Partnerin«, sagte Sven zu mir.

»Danke! Ich freue mich wahnsinnig.« Nachdem ich einen Teil des Erbes ausgezahlt bekommen hatte, war ich Teilhaberin beim Gestüt Lundström geworden. Mein Büro lag jetzt, wie Sven es mir einmal im Scherz vorgeschlagen hatte, über dem Stall. Ich könnte mir keinen besseren Arbeitsplatz auf der Welt vorstellen.

»Mein Handy steht nicht mehr still, seit ihr die Ziellinie überquert habt.«

»Das freut mich so sehr«, erwiderte ich.

»Lass uns morgen darüber reden, ich wollte dir nur meine Glückwünsche überbringen, ich muss gleich weiter.«

Wir umarmten uns noch einmal kurz, dann widmete ich Shadow meine volle Aufmerksamkeit. Ich konnte mein Glück kaum fassen. Hin und wieder war ich versucht mich zu zwicken, damit ich merkte, dass das kein Traum, sondern Wirklichkeit war.

AIDAN

Ich stand in der Küche, als ich Chelsea nach Hause kommen hörte. Sofort ließ ich den Kochlöffel fallen und ging ihr entgegen. »Da bist du ja«, begrüßte ich sie und zog sie in meine Arme.

»Hm, das riecht köstlich!« Chelsea schmiege sich an mich.

»Meinst du das Essen oder mich?«, neckte ich sie und ließ meine Hände über ihre Wirbelsäule gleiten.

»Beides. Ganz im Gegensatz zu mir, ich stinke vermutlich erbärmlich!«

Sie hob ihren Blick und lächelte. »Ich liebe dich umso mehr, wenn du nach Stall, Schweiß und Pferden riechst, Baby, das weißt du doch.«

Tatsächlich wuchs mein Verlangen mit jeder Sekunde, die ich sie hielt. »Nur, weil du mit mir duschen möchtest«, forderte sie mich mit diesem gewissen Funkeln in den Augen heraus.

»Was soll ich sagen: Schuldig im Sinne der Anklage.« Während ich das sagte, begann ich damit, sie aus ihren Reitklamotten zu pellen.

»Ich sollte das Zeug wirklich gleich in die Waschmaschine stecken, sonst endet das hier alles im Chaos.«

»Ach was …« Ich bedeckte ihren Hals mit Küssen und schob sie langsam in Richtung Schlafzimmer.

»Nicht, dass du noch bereust, dass ich bei dir eingezogen bin.«

Ich hielt abrupt inne. Mit einem Mal war ich ganz ernst. »Chelsea Quinn. Ich werde niemals auch nur für den Bruchteil einer Sekunde bereuen, dass du an meiner Seite bist. Das Gegenteil ist der Fall. Ich danke dem Universum jeden Tag mehrfach, dass du in mein Leben gekommen bist. Du bist das Beste, was mir je passiert ist. Du bist alles, was ich mir je erträumt habe, ohne zu wissen, dass es möglich sein könnte, jemanden so sehr zu lieben, wie ich dich liebe. Also nein, Chelsea, ich bereue nicht, dass du bei mir eingezogen bist.«

Sie hatte ihre Lippen geöffnet, und ich sah, dass Tränen der Rührung in ihren hübschen Augen schimmerten. »Du bist unglaublich.«

»Nein, du bist unglaublich.« Dann grinste ich. »Ich habe keine Ahnung, was du mit mir gemacht hast, aber seit ich dich liebe, bin ich ein echter Fan von Romantik und so. Ich kann gar nicht genug davon bekommen.«

Das sagte ich, dann schob ich sie ins Schlafzimmer, wo uns ein Meer an Kerzen erwartete, die ich vorhin aufgestellt hatte. Auf dem Bett hatte ich Rosenblätter verteilt. Auf dem Nachttisch stand eine Flasche Champagner in einer Schale mit Eiswürfeln. Kurz befürchtete ich, dass ich damit ein bisschen zu dick aufgetragen haben könnte, aber dann hörte ich Chelseas tränenerstickte Stimme. »Du bist verrückt, das weißt du, oder? Womit habe ich das nur verdient?«

Ich hob sie auf meine Arme, und während ich sie zum Bett trug, sagte ich zu ihr: »Du bist die Liebe meines Lebens, für dich würde ich alles tun und noch viel mehr. Ich bin wirklich verrückt, ich bin verrückt nach dir.«

Sie schlang ihre Hände um meinen Nacken, und das Strahlen in ihrem Blick verriet mir, dass sie genauso empfand wie ich für sie. Mehr konnte ich mir nicht wünschen, mit ihr hatte ich alles, was wichtig war. Es spielte keine Rolle mehr, ob ich reich oder arm war, ob ich dies oder das erreichte, alles, was für mich zählte, trug ich in meinen Armen und ich wusste, dass es mit ihr für immer so sein würde. Mit ihr hatte das Glück für mich einen Namen bekommen, und ich würde sie für den Rest meines Lebens auf Händen tragen, weil es das war, was Chelsea verdiente.

Liebe am Loch Ness

Highland-Liebesromane von Bestseller-Autorin

KARIN LINDBERG

Überall im Buchhandel erhältlich

KARIN LINDBERG

Karin Lindberg stammt aus Süddeutschland und lebt in der Lüneburger Heide. Zehn Jahre war sie in den Chefetagen großer Konzerne tätig – um direkt nach ihrer ersten Romanveröffentlichung zu kündigen und ausschließlich zu schreiben. Heute zählt sie zu den beliebtesten und erfolgreichsten Autorinnen Deutschlands, ihre millionenfach verkauften Liebesromane stürmen regelmäßig die Bestsellerlisten. Ihre Fans begeistert sie mit Geschichten voller Humor, aber vor allem mit ihrem Gespür für große emotionale Momente.

Weitere Informationen unter **www.karinlindberg.info**

Auf meiner Website könnt ihr den kostenlosen Newsletter abonnieren. Neben allen aktuellen Terminen erhaltet ihr regelmäßig kostenloses Bonusmaterial und exklusive Gewinnspielmöglichkeiten.